VOCÊ LIGOU PARA O SAM

VOCÊ LIGOU PARA O SAM

DUSTIN THAO

TRADUÇÃO
ISABELA SAMPAIO

Copyright © 2021 by Dustin Thao
Copyright da tradução © 2022 by Editora Globo S.A.

Primeira edição publicada pela Wednesday Books

Direitos de tradução arranjado por Sandra Dijkstra Literary Agency e Sandra Bruna Agencia Literaria, SL

Todos os direitos reservados. Nenhuma parte desta edição pode ser utilizada ou reproduzida — em qualquer meio ou forma, seja mecânico ou eletrônico, fotocópia, gravação etc. — nem apropriada ou estocada em sistema de banco de dados sem a expressa autorização da editora.

Título original: *You've Reached Sam*

Editora responsável **Paula Drummond**
Assistente editorial **Agatha Machado**
Preparação de texto **Ana Beatriz Omuro**
Diagramação **Julia Ungerer**
Projeto gráfico original **Laboratório Secreto**
Revisão **João Rodrigues**
Design de capa original **Kerri Resnick**
Ilustração de capa **Zipcy**
Adaptação de capa **Julia Ungerer**

Texto fixado conforme as regras do Acordo Ortográfico da Língua Portuguesa (Decreto Legislativo nº 54, de 1995)

CIP-BRASIL. CATALOGAÇÃO NA FONTE
SINDICATO NACIONAL DOS EDITORES DE LIVROS, RJ

T345v
Thao, Dustin
 Você ligou para o Sam / Dustin Thao ; tradução Isabela Sampaio. - 1. ed. - Rio de Janeiro : Globo Alt, 2022.

 Tradução de: You've reached Sam
 ISBN 978-65-88131-45-9

 1. Romance americano. I. Sampaio, Isabela. II. Título.

22-76097
CDD: 813
CDU: 82-31(73)

Meri Gleice Rodrigues de Souza - Bibliotecária - CRB-7/6439

16/02/2022 22/02/2022

1ª edição, 2022 — 9ª reimpressão, 2024

Direitos de edição em língua portuguesa para o Brasil
adquiridos por Editora Globo S.A.
R. Marquês de Pombal, 25
20.230-240 – Rio de Janeiro – RJ – Brasil
www.globolivros.com.br

Para meus pais, minha avó e Diamond

Prólogo

No segundo em que fecho os olhos, as lembranças surgem e me vejo de volta ao início.

 Algumas folhas voam para dentro quando ele entra na livraria. Está vestindo uma jaqueta jeans, com as mangas arregaçadas, e um suéter branco por baixo. Já é a terceira vez que ele vem desde que comecei a trabalhar aqui, duas semanas atrás. O nome dele é Sam Obayashi, o garoto da minha turma de inglês. Passei meu expediente olhando pela vitrine, me perguntando se ele viria de novo. Por alguma razão, ainda não nos falamos. Ele só fica dando voltas pela loja enquanto registro as compras dos clientes e reponho o estoque das prateleiras. Não dá para saber se está procurando alguma coisa. Ou se gosta daquela sensação de estar dentro de uma livraria. Ou se veio me ver.

 Enquanto tiro um livro da prateleira e me pergunto se ele sabe meu nome, vejo o brilho dos olhos castanhos que olham para mim do outro lado, através do espaço vazio. Ficamos em silêncio por tempo demais. Então ele sorri, e acho que está prestes a dizer alguma coisa — mas enfio o livro entre nós antes que ele tenha a chance. Pego a caixa ao meu lado e corro para a sala dos fundos. *Qual é o meu problema? Por que não sorri de volta?* Depois de me repreender por ter estragado o momento, reúno um pouco de coragem para sair e me apresentar. Mas, quando volto da sala, ele já foi embora.

No balcão da frente, encontro algo que não estava ali antes. Uma flor de cerejeira, feita de papel. Eu a giro em minhas mãos, admirando as dobras.

Será que Sam deixou isso aqui?

Se eu sair correndo da loja, talvez ainda consiga alcançá-lo. Mas, assim que disparo porta afora, a rua desaparece, e me vejo entrando num café barulhento na esquina da Third Street, quase duas semanas depois.

Mesas redondas despontam de um piso de madeira e adolescentes se amontoam ao redor delas, tirando fotos e bebendo em xícaras de cerâmica. Estou vestindo um suéter cinza, ligeiramente grande demais, e meu cabelo castanho está preso e bem-penteado. Ouço a voz de Sam antes de vê-lo atrás do balcão anotando o pedido de alguém. Reparo no movimento do seu cabelo escuro. Talvez seja o avental, mas ele parece mais alto atrás do caixa. Sigo na direção de uma mesa na outra ponta do café e coloco minhas coisas sobre ela. Espalho meus cadernos no meu tempo, reunindo coragem para me aproximar dele, mesmo que seja só para pedir minha bebida. Mas, quando tiro os olhos da mesa, ele está ali do meu lado, segurando uma xícara fumegante.

— Ah... — Tomo um susto com sua presença repentina. — Isso não é meu.

— É, eu sei, você pediu esse da última vez — Sam diz, colocando a bebida na mesa mesmo assim. — Um *latte* com mel e lavanda, né?

Olho para a xícara, para o balcão lotado e de volta para ele.

— Eu pago lá?

Ele ri.

— Não. Quer dizer, é por conta da casa. Não se preocupa.
— Ah.
Ficamos em silêncio. *Diz alguma coisa, Julie!*
— Posso preparar outra bebida para você no lugar dessa — ele oferece.
— Não, essa está ótima. Quer dizer... *Obrigada.*
— Sem problema — Sam diz com um sorriso. Ele desliza as mãos para dentro dos bolsos do avental. — Seu nome é Julie, né? — Ele aponta para o próprio crachá. — O meu é Sam.
— É, a gente está na mesma turma de inglês.
— Verdade. Você já leu o texto?
— Ainda não.
— Ah, que bom. — Ele dá um suspiro. — Eu também não.
Um silêncio se instala enquanto ele fica ali parado. Ele está com um leve cheiro de canela. Nenhum de nós sabe o que dizer. Dou uma olhada ao redor.
— Você está no seu intervalo?
Sam olha para o balcão e esfrega o queixo.
— Bom, meu gerente não está aqui hoje, então acho que dá pra dizer que sim. — Ele dá um sorrisinho malicioso.
— Tenho certeza de que você merece.
— Seria meu quinto intervalo hoje, mas quem está contando?
Nós dois rimos. Meus ombros relaxam um pouquinho.
— Tudo bem se eu me sentar aqui?
— Claro... — Tiro minhas coisas do caminho, deixando que ele se sente na cadeira do meu lado.
— Você veio de onde mesmo? — Sam pergunta.
— Seattle.
— Ouvi falar que chove bastante lá.
— Chove mesmo, é.
Eu sorrio enquanto ficamos sentados juntos conversando pela primeira vez, sobre a escola, nossas aulas e pequenos de-

talhes sobre nós mesmos: ele tem um irmão mais novo, gosta de documentários sobre música e toca violão. De tempos em tempos, seus olhos percorrem o ambiente, como se ele também estivesse nervoso. Mas, depois de algumas horas, nós dois estamos rindo como velhos amigos. Lá fora o sol se põe, e sua pele fica quase dourada à luz da janela. É difícil deixar de notar. É só quando um grupo de amigos do Sam passa pela porta e chama seu nome que olhamos para cima e percebemos quanto tempo já se passou.

Uma garota loira de cabelo comprido põe um braço em volta dos ombros do Sam, abraçando-o por trás. Ela me olha de relance.

— Quem é essa?
— É a Julie. Ela acabou de se mudar para cá.
— Ah... De onde?
— Seattle — respondo.

Ela me encara.

— Essa é minha amiga Taylor — Sam diz, dando tapinhas no braço que ainda o envolve. — Estamos indo ver um filme. Eu saio do trabalho daqui a uma hora. Você deveria ir.

— É um thriller psicológico — Taylor acrescenta. — Provavelmente você não curte essas coisas.

Olhamos uma para a outra. Não sei dizer se ela está sendo grosseira.

Meu celular vibra na mesa e dou uma olhada na hora. Parece que acordei de um devaneio.

— Tranquilo. É melhor eu ir para casa.

Quando me levanto da mesa, Taylor desliza para a minha cadeira, o que me faz pensar se eles estão juntos. Dou tchau, mas, antes de ir, sigo na direção do balcão. Quando acho que Sam não está olhando, tiro uma flor de papel da minha bolsa e a coloco ao lado do caixa. Passei uma semana assistindo a tutoriais sobre como fazer uma dobradura de flor de cerejeira como a que encontrei na livraria. Mas o passo a passo era difícil demais para que minhas mãos inexperientes pudessem acompanhar. Foi mais fácil fazer um lírio.

Fecho minha bolsa e saio correndo pela porta do café, e de repente estou na varanda da minha casa, encarando o gramado. O orvalho da manhã ainda cobre a grama. O carro do Sam para com a janela aberta. Ele me mandou uma mensagem na noite anterior.

Oi. Aqui é o Sam. Acabei de tirar carteira!
Quer carona para a escola amanhã?
Posso te buscar no caminho se você quiser

Sento no banco do passageiro e fecho a porta do carro. Sinto um cheiro agradável de couro e frutas cítricas. *Será que é perfume?* Sam tira sua jaqueta jeans do lugar enquanto ponho o cinto de segurança. Um cabo USB conecta o som do carro ao celular dele, que fica no porta-copo. Há uma música tocando ao fundo, mas não a reconheço.

— Pode mudar de música se quiser — Sam diz. — Aqui, conecta seu celular.

Uma onda de pânico me atinge e aperto meu celular com força. Ainda não quero que ele saiba o que eu escuto. *E se ele não gostar?*

— Não, essa está boa.

— Ah, você também gosta de Radiohead?

— Quem não gosta? — digo. Fazemos um trajeto silencioso pelas ruas do bairro. Trocamos olhares de vez em quando, enquanto penso em coisas para dizer. Olho para o banco de trás. Há um paletó pendurado na alça de teto. — Esse carro é seu?

— Não, é do meu pai — Sam responde, baixando o volume. — Ele não trabalha quinta-feira, então é a única manhã que posso dirigir. Mas estou juntando dinheiro para comprar meu próprio carro. É por isso que estou trabalhando no café.

— Estou tentando juntar dinheiro também.

— Para quê?

Penso a respeito.

— Para a faculdade, acho. Talvez um apartamento, depois que eu me mudar ou alguma coisa assim.

— Para onde você vai se mudar? Você acabou de chegar aqui.

Não sei o que dizer.

Sam assente com a cabeça.

— Então é um *segredo*...

Abro um sorriso com as palavras dele.

— Talvez eu te conte qualquer hora.

— Justo — Sam diz e olha para mim. — Que tal na quinta que vem?

Seguro uma risada enquanto entramos no estacionamento da escola. Por mais que o trajeto seja curto, as quintas-feiras estão se tornando meu novo dia favorito da semana.

A lembrança muda mais uma vez. Luzes dançam pelo chão do ginásio e a música toca alto quando passo por um arco feito de balões prateados e dourados. É a noite do baile da escola e não conheço ninguém. Estou usando o vestido novo que minha mãe me ajudou a escolher, um de cetim azul-escuro esvoaçante. Com meu cabelo comprido preso para cima, mal me reconheci quando me olhei no espelho. Eu queria ficar em casa, mas meus pais me obrigaram a sair e fazer amigos. Não queria decepcioná-los. Passei a última hora parada contra a parede fria de cimento enquanto observava a pista se encher de gente dançando e rindo. Dou uma olhada no meu celular de vez em quando, fingindo estar esperando por alguém, mas é só uma tela de bloqueio vazia. Talvez isso tenha sido um erro.

Algo me impede de ir embora. Sam chegou a dizer que talvez viesse hoje à noite. Mandei mensagem para ele algumas horas atrás, mas ele não respondeu — talvez ainda não tenha olhado o celular? Quando a música desacelera e a multidão se dispersa, saio do meu lugar na parede e ando na direção da pista de dança, procurando por ele. Demoro um tempinho, mas, no momento em que o vejo, meu coração afunda. Ali está ele, com os braços em volta da Taylor, dançando uma música lenta. Sinto meu estômago revirar. *Por que foi que eu vim?* Deveria ter ficado em casa. Não deveria ter mandado mensagem para ele. Eu me afasto antes que alguém me veja e disparo em direção às portas do ginásio.

A noite vai se revelando ao meu redor enquanto a música alta soa abafada, permitindo que eu respire com mais facilidade. O estacionamento, iluminado por alguns postes de luz, parece tão calmo em comparação com a pista de dança. Está nublado esta noite. Eu deveria ir para casa antes que as nuvens se tornem chuva. Penso em mandar uma mensagem pedindo para minha mãe me buscar, mas está cedo demais. Não quero que ela me pergunte qual é o problema. Talvez eu volte a pé para casa e entre escondida no meu quarto. Meus calcanhares estão começando a doer, mas ignoro a dor. Enquanto atravesso o estacionamento, a porta do ginásio se abre atrás de mim, seguida de uma voz que reconheço de imediato.

— *Julie...*

Eu me viro e vejo Sam, que parece mais sério do que o normal de terno preto.

— Aonde você está indo? — ele pergunta.

— Para casa.

— Na chuva?

Não sei o que dizer. Eu me sinto uma idiota. Então, forço um sorriso.

— É só um pouquinho de névoa. Sou de Seattle, lembra?

— Posso te dar uma carona se você quiser.

— Tudo bem. Não ligo de ir andando. — Minhas bochechas estão quentes.

— Tem certeza?

— Tenho, não se preocupa. — Quero ir embora daqui.

Mas Sam não sai do lugar.

Tento de novo.

— Sua namorada deve estar te esperando lá dentro.

— O quê? — Ele gagueja um pouco. — A Taylor não é minha namorada. A gente é só amigo.

Há muita coisa que quero dizer, mas o embrulho no estômago me impede de falar. Eu não deveria me sentir assim. Sam e eu nem estamos juntos.

— Por que você está indo embora tão cedo?

A imagem dele sob as luzes coloridas, com os braços em volta da Taylor, me vem à mente, mas não existe a menor possibilidade de eu lhe contar a verdade.

— Bailes de escola não são muito a minha praia. É só isso.

Sam faz que sim e desliza as mãos para dentro dos bolsos.

— É, eu te entendo. Esses bailes podem ser bem toscos.

— Será que alguém se diverte nessas coisas?

— Bom, talvez você não tenha ido com a pessoa certa.

Perco o fôlego enquanto absorvo a frase. Mesmo do lado de fora do ginásio, ainda dá para ouvir a música por trás das paredes, transformando-se em mais uma canção lenta.

Sam fica parado na porta, balançando para a frente e para trás nas solas dos seus sapatos sociais.

— Você não... gosta de dançar?

— Não sei... Não sou muito boa nisso. E não gosto que as pessoas fiquem me olhando.

Sam olha à nossa volta. Depois de um instante, ele sorri um pouco e estende a mão.

— Bom, não tem ninguém vendo a gente agora...
— Sam... — eu começo.

Seu sorrisinho de sempre aparece.

— Só *uma* música.

Prendo a respiração enquanto Sam dá um passo à frente e pega minha mão, me puxando para perto dele. Nunca imaginei que minha primeira dança seria assim, nós dois balançando do lado de fora, no estacionamento da escola. O rosto dele fica levemente úmido na névoa, e inalo seu cheiro doce familiar, apoiando minha bochecha em seu peito. Quando ponho as mãos nos seus ombros, ele percebe algo.

— O que é isso?

A flor de cerejeira de papel. Está amarrada no meu punho com uma fita.

Minhas bochechas ficam quentes de novo.

— Não consegui um *corsage*. Então fiz um eu mesma.
— Fui eu que te dei isso.
— Eu sei que foi.

Sam sorri com minha resposta.

— Sabe, eu queria te chamar para o baile de hoje, mas fiquei com medo de você dizer não.
— O que te fez achar isso?
— Você não me mandou mensagem. Naquele dia em que a gente se encontrou na livraria.

Semicerro os olhos na direção dele, tentando me lembrar.

— Mas você não me deu seu número.

Sam abaixa a cabeça, rindo sozinho.

— Qual é a graça? — pergunto, levemente irritada, enquanto ele pega minha mão. Ele puxa a flor de cerejeira do meu punho e começa a desdobrá-la. Ameaço protestar, mas fico em silêncio quando a flor vira apenas uma folha de papel nas mãos dele. Dentro tem um bilhete com o nome e o número do Sam.

— Nunca pensei em abrir ela... — eu digo.
— Acho que a culpa é minha.

Nós dois rimos disso. Então meu sorriso some.

— O que houve? — Sam pergunta.
— Ela está destruída agora.

O papel está rasgado e úmido por causa da névoa.

— Não se preocupa — Sam diz. — Posso fazer outra para você. Posso fazer outras mil.

Eu o envolvo com os braços e continuamos nossa dança lenta no estacionamento, ouvindo a música por trás da parede do ginásio, enquanto a névoa vai se avolumando como nuvens ao nosso redor antes de se transformar numa noite de céu limpo, e a lembrança muda de novo.

Roupas voam pela janela do segundo andar enquanto eu corro para o gramado, cheio de coisas do meu pai. Meus pais estão gritando há uma hora, e não suporto mais ficar em casa. Sempre soube que as coisas iam acabar em algum momento, mas nunca pensei que fosse acontecer tão cedo. *Aonde mais posso ir?* Pedi para Sam vir me buscar, mas ele ainda não chegou. Sinto os vizinhos me observando das suas janelas. Não posso mais ficar esperando aqui. Viro o quarteirão e começo a correr até que tudo desapareça atrás de mim.

Não sei nem para onde estou indo. Continuo correndo até nada mais parecer familiar. Só quando chego aos limites da cidade, onde a grama se estende em direção às montanhas, é que percebo que esqueci meu celular. Um par de faróis ilumina a estrada vazia. Quando saio do caminho, o carro diminui a velocidade até parar na minha frente e percebo que é Sam.

— Está tudo bem? — ele pergunta enquanto eu sento no banco do passageiro. — Apareci na sua casa, mas você não estava lá.

Se eu tivesse me lembrado do meu celular, teria compartilhado minha localização com ele.

— Como você sabia onde me encontrar?

— Eu não sabia... Só não parei de procurar.

Ficamos sentados no carro dele com o motor zumbindo por um bom tempo.

— Quer que eu te leve para casa? — Sam pergunta por fim.

— Não.

— Para onde você quer ir, então?

— Para qualquer outro lugar.

Sam começa a dirigir. Rodamos a cidade até perdermos a noção do tempo. As luzes das lojas vão se apagando uma a uma à medida que as ruas começam a escurecer. Sem ter mais para onde ir, Sam entra no estacionamento de uma loja de conveniência 24 horas e desliga o carro. Ele não me pergunta nada sobre o que aconteceu. Só me deixa descansar a cabeça no vidro e fechar os olhos por um instante. Antes de cair no sono, a última coisa de que me lembro é a luz fluorescente do letreiro da loja de conveniência e Sam me cobrindo com sua jaqueta jeans enquanto eu adormeço.

Acordo na grama na hora mágica. A luz do sol aquece minhas bochechas enquanto me levanto e olho ao redor. As árvores estão cheias de flores dobradas à mão, centenas delas, amarradas com longas cordas, balançando na brisa como salgueiros. Quando fico de pé, percebo uma trilha de pétalas que leva ao som de um violão tocando à distância. Sigo o som, passando por uma cortina de flores de papel, e me lembro de onde estou. Nosso lugar secreto no lago. O lugar em que já nos encontramos centenas de vezes. No momento em que passo pelas árvores e vejo a luz do sol reluzir na água, eu o encontro ali, esperando por mim.

— Julie... — Sam chama meu nome enquanto pousa seu violão no chão. — Não tinha certeza se você vinha...

— Eu não tinha certeza se você ainda estaria aqui — eu digo. Ele pega minhas mãos.

— Eu sempre vou estar aqui por você, Jules.

Não questiono isso. Pelo menos não agora.

Sentamos perto do lago e ficamos olhando para a água. As nuvens se movem lentamente em meio ao céu rosado. Às vezes, eu queria que o sol nunca se pusesse, para que pudéssemos ficar aqui, curtindo a companhia um do outro, conversando como sempre fazemos, rindo das piadas internas, fingindo que nada nunca poderia dar errado. Olho para Sam e absorvo seu rosto, seu sorriso lindo, seu cabelo preto que se espalha pela testa, sua pele bronzeada, e desejo poder congelar este momento e guardá-lo para sempre. Mas não posso. Mesmo num sonho, não sou capaz de parar o tempo. As nuvens estão se avolumando acima de nós, e há um estranho tremor debaixo da terra. Sam também deve ter percebido, porque fica de pé.

Seguro a mão dele.

— *Não vai ainda.*

Sam olha para mim.

— Julie... Se eu pudesse ficar com você, eu nunca iria embora.

— Mas você *foi* embora.

— Eu sei... Eu sinto muito.

— Você nunca disse adeus...

— Porque eu nunca pensei que fosse precisar...

De repente, um vento sopra atrás de nós, como se tivesse vindo para levá-lo para longe de mim. Por trás das árvores, o sol começa a se pôr, lançando sombras pela água. Não era para acabar assim. Era só o início. Nossa história mal tinha começado. Meu coração bate forte. Aperto a mão do Sam com mais força para impedir que ele se vá.

— *Isso não é justo, Sam...* — começo a dizer, mas minha garganta trava quando sinto lágrimas se acumulando nos meus olhos.

Sam me beija uma última vez.

— Eu sei que isso não fazia parte do nosso plano, Julie. Mas pelo menos tivemos esse tempo juntos, né? Quero que você saiba... Se eu pudesse fazer tudo de novo, eu faria. Cada segundo.

Se o fim é tão doloroso assim, não sei se valeu a pena.

Afrouxo um pouco a mão quando penso nisso.

— Desculpa, Sam... — eu digo, dando um passo para trás. — Mas não acho que posso dizer o mesmo...

Sam me encara como se esperasse eu retirar o que disse. Mas não temos mais tempo. Sam começa a desaparecer na minha frente, dissolvendo-se em pétalas de flor de cerejeira. Observo o vento ficar mais forte e puxá-las pelo ar. Antes que ele suma completamente, estico a mão para pegar uma única pétala e a aperto firme contra o peito. Mas, de alguma maneira, ela escapa dos meus dedos e desaparece no céu. Assim como o restante dele.

Capítulo um

AGORA

Sete de março, 23h09. Nem esquenta mais de vir me buscar. Posso ir para casa a pé.

Eu fui mesmo a pé para casa. Percorri todos os oito quilômetros desde a rodoviária, arrastando uma bagagem de mão abarrotada com uma rodinha quebrada no meio da noite. Sam tentou falar comigo sem parar. Doze mensagens não lidas, sete chamadas perdidas e uma mensagem de voz. Mas ignorei todas elas e continuei andando. Agora que as li de novo, queria não ter ficado tão irritada com ele. Queria ter atendido o telefone. Quem sabe então tudo seria diferente.

A luz da manhã atravessa as cortinas enquanto me encolho na cama, ouvindo a mensagem de voz do Sam mais uma vez.

"*Julie... Você tá aí?*" Ao fundo, risadas e o estalar da fogueira. "*Me desculpa! Esqueci completamente. Mas tô saindo agora! Tá bom? Me espera aí! Devo levar só uma hora. Eu sei, tô me sentindo péssimo. Por favor, não fica com raiva. Me liga, tá?*"

Se ao menos ele tivesse me ouvido e ficado com os amigos... Se ao menos não tivesse se esquecido de mim para início de conversa... Se ao menos simplesmente me deixasse ficar chateada só dessa vez em vez de sempre tentar consertar as coisas, ninguém estaria me culpando pelo que aconteceu. *Eu* não estaria me culpando.

Ouço a mensagem de voz mais algumas vezes antes de apagar tudo. Então, saio da cama e começo a revirar as gavetas em busca de qualquer coisa que fosse do Sam ou que me lembrasse dele. Encontro fotos nossas, cartões de aniversário, ingressos de cinema, flores de papel, presentes bobos como o lagarto de pelúcia que ele ganhou no parque de diversões da cidade no outono passado, além de todos os CDs que ele gravou para mim ao longo dos anos (quem ainda grava CDs?) e enfio tudo numa caixa.

A cada dia que passa, vai ficando mais difícil olhar essas pequenas lembranças dele. Dizem que com o tempo fica mais fácil seguir em frente, mas mal consigo segurar uma foto sem que minhas mãos tremam. Meus pensamentos o encontram, é sempre assim. *Não posso manter você por perto, Sam. Isso me faz pensar que você ainda está aqui. Que você vai voltar. Que talvez eu te veja de novo.*

Depois de recolher tudo, dou uma boa olhada no meu quarto. Nunca percebi o quanto do Sam eu mantinha por aqui. Agora o cômodo parece tão desocupado... Como se houvesse um vazio no ar. Como se faltasse algo. Respiro fundo algumas vezes antes de pegar a caixa e sair do quarto. É a primeira vez na semana que consigo sair da cama antes do meio-dia. Só dou dois passos para fora da porta antes de perceber que me esqueci de uma coisa. Ponho a caixa no chão e volto para pegá-la. Dentro do meu armário está a jaqueta jeans do Sam. Aquela com gola de lã e alguns *patches* bordados (logos de bandas e bandeiras de lugares para onde ele já viajou) nas mangas que ele mesmo aplicou. Estou com ela há tanto tempo, e a visto com tanta frequência, que esqueci que era dele.

Tiro a jaqueta do cabide. O jeans está frio ao toque, quase úmido. Como se ainda estivesse guardando a chuva da última vez em que a vesti. *Sam e eu corremos pelas ruas cheias de poças enquanto rajadas de relâmpagos clareiam o céu. O mundo está caindo no nosso trajeto para casa depois do show dos Screaming Trees. Puxo a jaqueta por cima da cabeça enquanto Sam segura seu violão autografado firme contra o peito, desesperado para mantê-lo seco. Passamos três horas esperando do lado de fora até o vocalista da banda, Mark Lanegan, sair e chamar um táxi.*

— *Estou tão feliz da gente ter esperado!* — *Sam grita.*
— *Mas estamos encharcados!*
— *Não deixa uma chuvinha estragar nossa noite!*
— *Você chama isso de chuvinha?*

De todas as coisas que estou jogando fora, essa é a que mais me faz lembrar dele. Ele a usava todos os dias. Talvez seja coisa da minha cabeça, mas ainda está com o cheiro dele. Não tive a chance de devolvê-la, como prometi. Aperto a jaqueta no meu corpo. Por um instante, considero ficar com ela. Quer dizer, por que tudo tem que ir embora? Posso enfiá-la no fundo do armário, escondê-la entre meus casacos ou algo do tipo. Parece um desperdício jogar fora uma jaqueta em perfeito estado, não importa de quem ela já foi. Então olho de relance para o espelho e caio na real.

Meu cabelo está despenteado; minha pele, mais pálida do que o normal. Ainda estou usando a camisa de ontem, segurando a jaqueta do Sam como se ainda fosse uma parte dele. Uma onda de vergonha me percorre e eu desvio o olhar. Seria um erro ficar com ela. Tudo tem que ir embora, senão nunca vou ser capaz de seguir em frente. Fecho a porta do armário e saio correndo antes que mude de ideia.

No andar de baixo, na cozinha, encontro minha mãe inclinada sobre a pia, olhando pela janela. É domingo de manhã, então ela está trabalhando de casa. O último degrau range quando piso nele.

— Julie... É você? — minha mãe pergunta sem se virar.

— Sim, não se preocupa. — Minha ideia era sair de fininho com a caixa pelas costas dela. Não estou a fim de ter toda uma conversa sobre o que tem dentro. — O que você está olhando?

— É o Dave de novo — ela sussurra, espiando pela cortina. — Estou vendo ele instalar novas câmeras de segurança do lado de fora da casa.

— Ah, é?

— É exatamente como eu esperava.

Dave é o nosso vizinho que se mudou seis meses atrás. Por algum motivo, minha mãe acha que ele foi enviado para nos vigiar. Ela está paranoica desde que recebeu uma carta do governo alguns anos atrás, cujo conteúdo ela se recusa a compartilhar comigo. "É melhor se você não souber", ela disse quando perguntei. Acho que tem alguma coisa a ver com uma palestra que ela deu no emprego antigo e que incitou protestos. Os alunos dela percorreram o campus destruindo relógios em todas as paredes. Qual era o motivo do protesto? O conceito de tempo. Justiça seja feita, ela disse que os alunos "não entenderam". Mas a universidade decidiu que seu estilo didático era radical demais e a dispensou. Ela está convencida de que eles a denunciaram ao governo. "Aconteceu a mesma coisa com o Hemingway", explicou para mim. "Mas ninguém deu ouvidos a ele. A história é fascinante. Você devia dar um google."

— Ouvi dizer que alguém invadiu a garagem dele na outra semana — digo para relaxá-la. — Provavelmente é esse o motivo das câmeras.

— Que conveniente — minha mãe diz. — Nós moramos aqui há o quê, quase três anos? Ninguém nunca pegou nem um gnomo de jardim.

Ajeito a caixa, que está começando a ficar pesada.

— Mãe, a gente nunca teve um gnomo de jardim — digo. *Ainda bem*. — E a gente também não coleciona carros esportivos antigos.

— De que lado você está mesmo?

— Do nosso — asseguro a ela. — Só me diz qual é o nosso plano para acabar com ele.

Minha mãe solta a cortina e suspira.

— Já entendi... Estou sendo paranoica. — Ela respira fundo, solta o ar como o instrutor de yoga lhe ensinou e então olha para mim. — Enfim, estou feliz que você acordou — diz. Seus olhos piscam para o relógio acima da geladeira. — Eu estava de saída, mas posso preparar alguma coisa para você se estiver com fome. Ovos? — Ela desliza na direção do fogão.

A chaleira elétrica começa a ferver. Perto da pia, ao lado de uma colher de chá, vejo um pacote de café.

— Não, estou bem.

— Tem certeza? — minha mãe insiste, com a mão pairando sobre o cabo de uma panela limpa. — Posso preparar outra coisa. Deixa eu pensar... — Ela parece mais apressada do que de costume. Olho de relance para a bancada e vejo uma pilha de provas não corrigidas. As provas semestrais acabaram recentemente na universidade local onde minha mãe trabalha. Ela é professora assistente do departamento de filosofia. Foi um dos poucos lugares que a entrevistaram depois do incidente. Felizmente, um dos seus antigos colegas é titular na universidade e pôs o nome dele na reta. Um erro e os dois poderiam perder o emprego.

— Na verdade, estou de saída. — Fico olhando para o relógio, tentando passar a impressão de que estou com pressa. Quanto mais tempo eu ficar por aqui, mais perguntas ela pode me fazer.

— Saindo de casa? — minha mãe pergunta. Ela desliga a chaleira elétrica e seca as mãos com um pano de prato.

— Só vou dar uma volta.

— Ah... Tá. Quer dizer, isso é bom. — Faz uma semana que minha mãe tem levado refeições para o meu quarto e passado para ver como estou várias vezes por dia. Então, não fico surpresa de ouvir um tom de preocupação na voz dela.

— E vou encontrar uma amiga.

— Fantástico. — Minha mãe faz que sim. — Vai ser bom pra você tomar um ar fresco, um café decente. E é bom ver seus amigos. Aliás, você já falou com o sr. Lee na livraria?

— Ainda não... — Na verdade, não falei com ninguém.

— Você deveria entrar em contato com ele, se puder. Pelo menos pra avisar que você está bem. Ele deixou alguns recados.

— Eu sei...

— Alguns professores também.

Tiro minha bolsa de um gancho na parede.

— Não se preocupa, mãe, vou falar com eles amanhã.

— Então você vai voltar para a escola?

— Eu tenho que voltar — respondo. — Se eu faltar mais uma semana, eles não vão deixar eu me formar. — Isso sem falar que estou atrasada em todas as tarefas, que não param de se acumular. Eu realmente preciso retomar o foco e me recompor, porque o que mais posso fazer? O mundo continua girando, não importa o que aconteça com a gente.

— Julie, não se preocupa com nada disso — minha mãe diz. — Eles vão entender se você precisar de mais tempo. Na verdade — ela levanta o dedo —, deixa eu fazer uma ligação. — Ela gira num círculo, olhando ao redor. — Cadê aquele negócio...

O celular dela está na mesa da cozinha. Quando minha mãe se aproxima para pegá-lo, pulo na frente dela.

— Mãe, escuta, eu estou *bem*.

— Mas, Julie...

— *Por favor*.

— Tem certeza?

— Prometo que estou bem, tá? Não precisa ligar pra ninguém. — Não quero que ela se preocupe comigo. Consigo lidar com isso sozinha.

— Então tá bom. — Minha mãe suspira. — Já que você diz. — Ela segura meu rosto com as mãos, acariciando minhas bochechas com os polegares, e tenta sorrir. A cor prata do seu cabelo brilha lindamente com a luz. Às vezes esqueço que ela já foi loira. Enquanto nos encaramos, minha mãe olha para baixo.

— E aí, o que tem na caixa?

Eu estava torcendo para ela não perceber.

— Não é nada. Estava fazendo uma faxina no meu quarto.

Sem me pedir, ela levanta a jaqueta como uma tampa e dá uma olhada lá dentro. Não demora muito para ela ligar os pontos.

— *Ah*, Julie... Tem certeza disso?

— Não é nada de mais...

— Você não precisa se desfazer de tudo — ela diz, vasculhando a caixa. — Quer dizer, dá pra guardar algumas coisas, se você quiser...

— *Não* — digo com convicção. — Não preciso de nada disso.

Minha mãe solta a jaqueta e dá um passo para trás.

— Está bem. Não vou te impedir de fazer isso.

— Tenho que ir. Te vejo mais tarde.

Saio de casa pela porta da garagem. No meio-fio, largo a caixa com os pertences do Sam perto da caixa de correio e da lixeira de recicláveis. Ela bate no chão com um estrondo, como se fossem moedas e ossos. A manga da jaqueta fica pendurada na lateral da caixa como o braço de um fantasma. Ajeito a camisa e começo minha caminhada matinal para o centro da cidade, deixando o sol me aquecer pela primeira vez em dias.

Na metade do quarteirão, uma brisa começa a empurrar folhas pelo meu caminho quando paro na calçada, atingida por um pensamento estranho. Se eu me virasse, ele estaria ali, segurando sua jaqueta e olhando para o resto das suas coisas? Imagino a expressão no rosto dele, e chego até a me perguntar o que ele poderia dizer, enquanto atravesso a rua e continuo a percorrer o quarteirão sem olhar para trás em nenhum momento.

Sinto uma leve friagem conforme avanço pela cidade. Ellensburg fica a leste de Cascades, então rajadas de vento da montanha nos atingem de vez em quando. É uma cidade pequena feita de prédios históricos de tijolinhos e um amplo espaço aberto. É uma cidade onde nada acontece. Meus pais e eu nos mudamos de Seattle para cá três anos atrás quando minha mãe conseguiu um novo emprego na Central Washington University, mas só nós duas ficamos depois que lhe ofereceram uma vaga de tempo integral. Meu pai voltou para o antigo emprego em Seattle e não olhou para trás. Eu nunca o culpei por ter ido embora deste lugar. Aqui não era o lugar dele. Às vezes também sinto que aqui não é o meu lugar. Minha mãe descreve Ellensburg como uma cidadezinha antiga que ainda está se descobrindo numa era em que todo mundo quer estar na cidade grande. Por mais que eu mal veja a hora de ir embora deste lugar, admito que ele tem seu charme.

Cruzo os braços ao chegar no centro da cidade e noto as mudanças que a primavera trouxe nas últimas semanas. Cestos de flores desabrocham sob os postes de luz. Uma fileira de tendas brancas se estende pelo quarteirão principal para a feira livre semanal. Atravesso a rua para evitar a multidão, na esperança de não encontrar ninguém. O centro de Ellensburg costuma ser bonito, especialmente nos meses mais quentes. Mas, ao caminhar de novo por estas ruas, me lembro dele. *Sam me espera sair do trabalho e compramos falafels na barraquinha de comida. Vamos ao cinema assistir a um filme nos "domingos por cinco dólares" e depois passeamos pela cidade juntos.* Quando o sinto parado na esquina, à minha espera, meu coração dispara e penso em voltar atrás. Mas não há ninguém ali, a não ser uma mulher entretida com seu celular. Eu passo sem que ela perceba.

Minha amiga Mika Obayashi e eu marcamos de nos encontrar para um café na lanchonete do outro lado da cidade. Há várias cafeterias na região, mas ontem à noite mandei uma mensagem para Mika dizendo que não estou nem um pouco a fim de encontrar ninguém. "Nem eu", ela respondeu. Dentro da lanchonete, estou sentada a uma mesa ao lado da janela, perto de um casal de idosos dividindo um cardápio. Quando a garçonete se aproxima, peço uma xícara de café, sem creme nem açúcar. Costumo colocar um pouco de leite, mas estou me treinando a tomar café puro. Li em algum lugar na internet que é um gosto que se adquire, assim como o vinho.

Só tomei alguns goles quando o sininho toca lá do teto e Mika passa pela porta, procurando por mim. Ela está vestindo um cardigã preto e um vestido escuro que nunca a vi usar antes. Sua aparência é melhor do que eu esperava, dadas as circunstâncias. Talvez tenha acabado de vir de uma das cerimônias. Minha mãe me disse que ela falou no funeral. Mika é prima do Sam. Foi assim que eu a conheci. Sam nos apresentou quando me mudei para cá.

Assim que me vê, Mika se aproxima e desliza pelo banco vermelho. Eu a observo baixar o celular e jogar a bolsa embaixo da mesa. A mesma garçonete volta, põe uma xícara sobre a mesa e serve uma torrente de café.

— Um pouco de açúcar e leite extras seria ótimo — Mika pede. — Por favor.

— Claro — a garçonete diz.

Mika levanta a mão.

— Na verdade, tem leite de soja?

— De soja? Não.

— Ah. — Mika franze a testa. — Só leite, então. — Assim que a garçonete se vira, Mika olha para mim. — Você não respondeu minhas mensagens. Não tinha certeza se a gente ainda ia se encontrar.

— Desculpa. Não ando muito boa em responder ultimamente. — Não tenho outra desculpa. Tenho o hábito de deixar meu celular no silencioso. Mas, esta semana, estive especialmente desconectada.

— Eu entendo — ela diz, franzindo a testa de leve. — Por um segundo, pensei que você pudesse ter cancelado sem falar nada comigo. Você sabe que não gosto de levar bolo.

— E foi por isso que cheguei mais cedo.

Nós duas sorrimos. Tomo um gole de café.

Mika toca minha mão.

— Senti sua falta — ela sussurra, apertando-a.

— Também senti sua falta. — Por mais que eu diga a mim mesma que gosto de ficar sozinha, sinto uma onda de alívio por ver um rosto familiar. Por ver Mika de novo.

A garçonete chega, põe sobre a mesa uma pequena jarra de leite, tira alguns pacotinhos de açúcar do avental e desaparece de novo. Mika abre três pacotinhos e os despeja dentro da xícara. Ela pega a jarra e a estende.

— Leite? — ela oferece.

Balanço a cabeça.

— Porque não é de soja?
— Não... Estou tentando tomar café puro.
— Hmm. Impressionante — ela diz, assentindo com a cabeça. — Bem Seattle da sua parte.

Com a palavra "Seattle", o celular da Mika se acende com as notificações que surgem na tela. O celular vibra na mesa. Mika espia o aparelho, depois olha para mim.

— Deixa eu guardar isso. — Ela esconde o celular na bolsa e pega um cardápio. — Você queria pedir alguma coisa?

— Não estou com fome, na verdade.

— Ah, tudo bem.

Mika devolve o cardápio à mesa. Ela entrelaça os dedos enquanto eu tomo outro gole de café. O jukebox pisca com luzes laranjas e azuis do outro lado do recinto, mas nenhuma música toca. Um clima de silêncio quase se instala entre nós até Mika finalmente fazer a pergunta.

— Então, quer falar sobre isso?

— Na verdade, não.

— Tem certeza? Pensei que fosse por isso que você quis marcar.

— Eu queria sair de casa.

Ela faz que sim.

— Isso é bom. Mas como você tem lidado com tudo isso?

— Bem, eu acho.

Mika não diz nada e olha para mim, como se esperasse mais.

— Bom, e você? — pergunto a ela. — Como tem estado?

Mika olha para a mesa enquanto pensa a respeito.

— Não sei. As cerimônias têm sido difíceis. Não tem um templo de verdade por aqui, então a gente está fazendo o que pode. Tem várias tradições e costumes que eu nem conhecia, sabe?

— Não posso nem imaginar... — digo. Mika e Sam sempre tiveram uma ligação com a cultura deles de um jeito que eu nunca tive. Meus pais são de algum lugar no norte da Europa, mas isso não é algo em que eu pense a respeito.

Voltamos a ficar em silêncio. Mika mexe seu café por um bom tempo sem dizer nada. Então ela fica imóvel, como se lembrasse de alguma coisa.

— Fizemos uma vigília por ele — ela diz sem olhar para mim. — No dia seguinte. Passei a noite inteira com ele. Tive a chance de vê-lo de novo...

Sinto um aperto no estômago ao pensar nisso. A ideia de *ver* Sam mais uma vez depois que ele... Eu me impeço de imaginar. Tomo outro gole de café e tento apagar a imagem, mas ela não vai embora. Queria que ela não tivesse me contado isso.

— Eu sei. Não é todo mundo que queria ver ele daquele jeito — Mika diz, ainda sem olhar para mim. — Eu quase não consegui também. Mas sabia que seria a última vez que teria a chance. Então eu fui.

Não digo nada. Bebo meu café.

— Mas tinha muita gente no funeral — ela continua. — Não tínhamos lugares o suficiente. Tinha gente da escola que eu nem reconheci. E muitas flores.

— Isso é muito bom.

— Algumas pessoas perguntaram por você — Mika diz. — Eu disse a elas que você não estava se sentindo bem. Que você prefere visitar ele sozinha.

— Não precisava explicar nada — eu digo.

— Eu sei. Mas algumas pessoas não paravam de perguntar.

— Quem?

— Não importa quem — Mika diz, fazendo pouco caso.

Tomo o último gole de café, que a esta altura já perdeu todo o calor, o que intensifica o gosto amargo.

Mika olha para mim.

— Então, você já foi visitar ele?

Respondo no meu tempo.

— Não... Ainda não.

— Você quer? — ela pergunta, pegando minha mão de novo. — A gente pode ir agora. Juntas.

Eu puxo a mão de volta.

— Eu... eu não posso agora...

— Por que não?

— Tenho umas coisas para fazer — respondo vagamente.

— Tipo o quê?

Não sei o que dizer. *Por que eu tenho que me explicar?*

Mika se inclina na mesa e abaixa o tom de voz.

— Julie, eu sei que tudo isso foi terrível pra você. Tem sido terrível pra mim também. Mas não dá pra evitar isso pra sempre. Você deveria vir, se despedir dele. Especialmente agora. — Depois, quase num sussurro, ela diz: — Por favor, é o *Sam*...

Sua voz falha ao dizer o nome dele. Ouço um choro se formar em sua garganta enquanto ela dá um jeito de segurá-lo. Vê-la desse jeito machuca meu peito, fica impossível falar. Não acredito que ela usaria isso contra mim. Não consigo pensar direito. Preciso me controlar.

Aperto minha xícara vazia.

— Eu já te disse, não quero falar sobre isso — digo de novo.

— Pelo amor de Deus, Julie — Mika me repreende. — O Sam ia querer que você viesse. Você não esteve ao lado dele a semana inteira. Não apareceu nem quando ele foi enterrado.

— Eu sei, e tenho certeza de que todo mundo tem muito a dizer sobre isso também — rebato.

— Quem liga pro que todo mundo está dizendo? — Mika grita e seu corpo meio que se levanta do assento. — Tudo que importa é o que o *Sam* diria.

— O Sam está *morto*.

Isso silencia nós duas.

Mika me encara por um bom tempo. Seus olhos procuram os meus em busca de sinais de culpa ou arrependimento, como se estivesse esperando que de alguma forma eu corrija minhas palavras, mas tudo que tenho a dizer é:

— Ele está morto, Mika, e minha visita não vai mudar nada.

Sustentamos nosso olhar pelo que parece um longo período de tempo antes de Mika afastar os olhos. Pelo silêncio dela, sei que está chocada e decepcionada. É neste momento que percebo que as mesas ao nosso redor também se calaram. Nossa garçonete passa por nós sem dizer uma palavra.

Depois de um instante, assim que a lanchonete retoma os sons, reúno minhas palavras.

— A culpa não é minha, sabe? Eu disse a ele pra não vir, mas ele não quis me ouvir. Eu disse pra ele *ficar lá*. Então todo mundo precisa parar de esperar algum tipo de pedido de desculpas de mim, e de me culpar por qualquer...

— Não estou tentando te culpar por isso — Mika diz.

— Eu sei que não. Mas todo mundo provavelmente está.

— Não. Nem todo mundo acha isso, Julie. E me desculpa, mas isso não tem a ver com você, e sim com o Sam. Tem a ver com não ter ido ao funeral dele. Tem a ver com o fato de a pessoa que era mais próxima dele, que o conhecia melhor, não ter nem aparecido pra falar sobre ele. O Sam merecia mais e você sabe disso. É isso que todo mundo esperava. Mas você não apareceu, em *nenhum* momento.

— Você tem razão. Talvez eu realmente conheça ele melhor — digo. — E talvez eu ache que ele não acredita em nada dessas coisas. As cerimônias, a vigília, o povo da escola, *fala sério*. O Sam não liga pra nenhum deles. Ele teria odiado tudo isso. Provavelmente está feliz que eu não apareci!

— Eu sei que você não acredita nisso — Mika diz.

— Não me diz no que eu acredito — respondo. Isso saiu mais ríspido do que eu queria. Quase retiro o que disse, mas não falo nada.

Por sorte, nossa garçonete reaparece para anotar nossos pedidos antes que a discussão prossiga. Mika olha para mim, olha para a garçonete e depois volta os olhos para mim.

— Na verdade, eu tenho que ir — ela diz abruptamente e recolhe suas coisas. Nossa garçonete dá um passo para o lado quando Mika se levanta do banco. Ela deixa um dinheiro na mesa e se vira para sair. — Estava quase esquecendo — ela diz. — Peguei suas tarefas na escola no outro dia. Não sabia quando você ia voltar. — Ela abre o zíper da bolsa. — Os anuários também chegaram. Os nossos foram os últimos a serem pegos, então peguei o seu também. Aqui... — Ela larga tudo na mesa.

— Ah... Obrigada.

— A gente se vê.

Eu não dou tchau. Só observo Mika desaparecer pela porta de entrada, tocando o sininho atrás de si e me deixando sozinha novamente. A garçonete se oferece para reabastecer meu café, mas nego com a cabeça. De repente, não suporto mais ficar aqui, dentro desta lanchonete barulhenta, apertada e manchada de calda que está me deixando ansiosa. Preciso sair deste lugar.

Lá se vai minha tarde. Não sei o que mais fazer a não ser passear ao ar livre novamente. Tento não pensar na Mika e no que eu deveria ter dito de diferente, porque é tarde demais. Caminho pela cidade, deixando a cafeína bater. Pelo menos a friagem da manhã já se foi. As vitrines das lojas brilham com o sol da tarde. Passo por elas sem entrar. Ali está a loja de antiguidades. Sam e eu costumávamos entrar nela e mobiliar nosso apartamento imaginário juntos. Eu paro na vitrine. Por trás do vidro empoeirado há prateleiras compridas cheias de pinturas e estatuetas, pisos cobertos de tapetes persas e móveis antigos, entre outras coisas. Então, contra minha vontade, outra lembrança surge...

Sam me entrega um presente.

— Comprei um negócio pra você.

— Por quê?

— Seu presente de formatura.

— Mas a gente ainda nem...

— Julie, só abre o presente!

Rasgo o embrulho. Dentro dele há um aparador de livro no formato de uma única asa, esticada.

— Não era pra ser um conjunto? — pergunto. — Cadê a outra parte? Está faltando.

— Eu só tinha como pagar por um na hora — Sam explica.

— Mas acabei de receber meu salário. A gente pode voltar lá agora pra comprar.

Quando voltamos na loja de antiguidades, a outra metade já tinha sido vendida.

— Mas quem é que compra meio aparador de livro? — Sam pergunta para a mulher no caixa.

Eu me viro para ele.

— Você.

Acabou virando uma piada interna nossa. Mas não tem mais importância. Eu o joguei fora na caixa com o resto das coisas dele.

Esta cidade está cheia de lembranças de nós dois. Há uma loja de discos onde eu sempre o encontrava quando saía do trabalho. A porta vermelha está aberta com uma cadeira. Algumas pessoas estão vasculhando os corredores de discos antigos. Alguém está trocando as cordas de uma guitarra. Mas nada de Sam sentado no balcão perto da caixa de som, ajustando a música. Ele nem trabalhava aqui. Simplesmente conhecia todo mundo. Eu me afasto depressa antes que alguém me veja e tente começar uma conversa que não estou a fim de ter.

Não sei por mais quanto tempo aguento ficar em Ellensburg. Estou cansada de reviver essas lembranças na minha cabeça. Não falta muito para a formatura, lembro a mim mesma. Só mais alguns meses e estarei fora daqui. Ainda não sei exatamente para onde vou, mas não importa, contanto que nunca mais tenha que voltar para este lugar.

Não me lembro de como vim parar no lago. Fica bem longe da cidade. Na verdade, não existe nenhuma trilha que leve a ele e nenhuma placa indicando a direção, o que significa que é preciso descobrir por conta própria. Da longa lista de lugares que eu planejava evitar hoje, este era o último em que eu esperava acabar.

Algumas folhas caem de uma árvore quando jogo minhas coisas no banco e me sento de frente para o lago. Sam e eu costumávamos nos encontrar aqui nos meses mais quentes. Era nosso pequeno esconderijo do mundo. Nosso refúgio secreto quando não tínhamos dinheiro para sair da cidade. Às vezes, eu me sentava com um caderno, tentando escrever alguma coisa, enquanto Sam ia nadar. Se eu fechar os olhos, posso ouvir seu movimento na água, ver suas omoplatas reluzentes atravessando o lago. Mas aí eu os abro e dou de cara com a superfície plana e brilhante, e me vejo sozinha de novo.

Para de pensar no Sam. Pensa em outra coisa.

Escrever costuma me ajudar a distrair a mente. Trouxe um caderno comigo. Mas como a gente faz para escrever quando é difícil manter o foco? Talvez, se eu ficar sentada aqui por tempo o bastante, algo venha até mim. Pouso minha caneta numa página em branco e espero que as palavras saiam. Não temos horários para escrita criativa na escola, então tento fazer isso no meu tempo livre. A gente nunca tem a chance de escrever o que quiser nas aulas, de qualquer maneira. Entendo que é preciso conhecer as regras antes de quebrá-las, mas escrever deveria trazer alegria, certo? Acho que os professores se esquecem disso. Às vezes, eu me esqueço disso. Espero que a faculdade seja uma experiência diferente.

Devo ter notícias das faculdades em breve. A Reed College é minha primeira opção. É onde minha mãe estudou. É de se imaginar que isso poderia me ajudar nessa situação. "Não tenho a melhor das reputações por lá, então eu não mencionaria meu nome", minha mãe me alertou. "Quando você tiver idade o suficiente, vou lhe contar a história. Fora isso, Portland é uma cidade maravilhosa. Você vai amar." O fato de ficar a apenas quatro horas de distância ajuda; assim, não vamos ficar tão longe uma da outra. Outro dia li a lista de cursos deles e é cheia de aulas de escrita criativa, todas ministradas por escritores estabelecidos de todas as partes do mundo. Acho que vou poder ser eu mesma lá, descobrir no que sou boa. Talvez eu acabe escrevendo um livro para minha tese criativa. Mas estou me precipitando. Descobri que eles precisam de uma amostra da minha escrita. Então, mesmo que eu chegue a ser aprovada na Reed, talvez não consiga passar no programa. Tenho alguns escritos em que poderia dar uma olhada, mas tenho medo de que nenhum deles seja bom o suficiente. Eu deveria trabalhar em algo novo. Uma amostra poderosa que vá impressioná-los. Mas esta última semana tem sido um obstáculo para minha criatividade. Não consigo tirar Sam da cabeça, não importa o quanto eu tente.

Ele não vai estar comigo quando eu abrir minha carta de admissão. Ele nunca vai saber se eu passei.

Uma hora se passa e a página continua em branco. Talvez eu devesse tentar ler em vez disso, pelo menos para me inspirar. O anuário está do meu lado. Tentei deixá-lo na lanchonete mais cedo, mas a garçonete me seguiu e quase o jogou na minha cabeça. A capa tem um design brega em cinza e azul. Folheio algumas páginas. Fotos de clubes e esportes ocupam uma boa parte dele, mas eu pulo todas elas. Depois vêm os favoritos do último ano, o palhaço da turma e os melhores amigos, e não me dei ao trabalho de ver quem ganhou. Várias pessoas da nossa turma fizeram campanha. Meio vergonhoso, se quer saber minha opinião. A próxima seção é a dos retratos dos alunos do último ano, mas não estou a fim de ver. Vou folheando até chegar ao final, até não sobrar mais nada além de páginas em branco para as pessoas escreverem. E então percebo que alguém escreveu, ali na penúltima página. Acho que Mika deve ter arrumado um tempinho para assinar antes de me entregar o anuário. Mas então olho a caligrafia mais de perto e percebo que não é a dela. Não, é de outra pessoa. Levo um segundo para reconhecê-la. Mas não pode ser.

Sam. É a letra dele, sei disso. Mas como ele fez isso? Quando ele conseguiu me escrever? Não consigo entender. Eu não deveria ler o que está escrito, pelo menos não agora, quando estou tentando esquecer com todas as forças. Mas não consigo me controlar, minhas mãos começam a tremer.

A voz dele preenche minha cabeça.

Oi.
Só queria garantir que ganharia de todo mundo, queria escrever aqui primeiro. Espero que seja mais uma prova do quan-

to eu amo você. Ainda não consigo acreditar. Como foi que três anos se passaram tão depressa? Parece que foi ontem que eu estava sentado no ônibus atrás de você tentando criar coragem para dizer alguma coisa. É uma loucura pensar que já existiu um tempo antes de a gente se conhecer. Um tempo antes de "Sam e Julie". Ou "Julie e Sam"? Vou deixar você decidir essa. Sei que você mal vê a hora de sair deste lugar, mas vou sentir falta daqui. Só que eu entendo. Suas ideias sempre foram grandes demais para uma cidade pequena, e todo mundo aqui sabe disso. Mas estou feliz que sua trajetória de alguma forma fez você parar em Ellensburg no meio do caminho. Assim você e eu tivemos a chance de nos conhecer. Talvez já estivesse escrito, sabe? Eu sinto que minha vida não começou até eu conhecer você, Julie. Você é a melhor coisa que aconteceu para esta cidadezinha. Para mim. Me dei conta de que não importa para onde vamos a seguir, contanto que a gente esteja junto.

Vou ser sincero. Antes eu tinha medo de sair de casa. Agora, mal posso esperar para seguir em frente e criar novas lembranças com você. Só não se esqueça daquelas que fizemos aqui.

Especialmente quando você fizer sucesso. E, não importa o que aconteça, promete que não vai me esquecer, tá?

Enfim, eu amo você, Julie, e sempre vou amar.

Para sempre seu,
Sam

Para sempre...

Fecho o anuário e fico olhando para a água enquanto absorvo o que li.

Uma família de patos surgiu do outro lado do lago. Eu os observo fazer pequenos anéis na água, e ouço uma brisa agitar as folhas dos galhos atrás de mim, enquanto todo o peso das palavras do Sam reverbera pelo meu corpo.

Faz uma semana que Sam morreu. E, na minha tentativa de seguir em frente, tenho tentado apagá-lo da minha vida como se fosse uma lembrança terrível. Depois de tudo que passamos juntos. Joguei fora todas as coisas dele. Não fui ao funeral. E nem mesmo disse adeus. Em sua morte, Sam pediu só uma coisa: que lembrássemos um do outro. Mesmo assim, aqui estou eu, fazendo um esforço enorme para esquecer.

Um arrepio me percorre quando as primeiras nuvens começam a aparecer. O frio da manhã retorna; permaneço sentada no banco, imóvel, observando sombras compridas surgirem na superfície do lago enquanto um súbito sentimento de culpa se infiltra nos meus ossos. Não sei nem quanto tempo se passou desde que me sentei. Mas, quando me dou conta, estou de pé novamente, correndo de volta para a cidade.

A feira está chegando ao fim quando corto caminho por ela — um lampejo de produtos caídos e pães derrubados. As pessoas se viram para me olhar. Não me importa em quem esbarro à medida que percorro as ruas do bairro na direção de casa. Pelo ângulo do sol e o trânsito parado, deve ser fim de tarde. O caminhão de lixo provavelmente passou horas atrás. Mas os horários mudam com frequência e as coisas atrasam, e em algum lugar perto do meio-fio a caixa com os pertences do Sam pode ainda estar por lá.

Assim que dobro a esquina e vejo minha casa, procuro pelo meio-fio e percebo que ela sumiu. Tudo. Todas as coisas do Sam. Quase tropeço quando uma sensação de peso e ansiedade toma conta de mim, como se meu peito se enchesse de água, e esqueço como respirar.

Corro para dentro de casa e dou uma olhada na cozinha. As bancadas estão vazias. Procuro pela sala na esperança de que minha mãe tenha me salvado de tomar uma decisão horrível e trazido algumas das coisas do Sam para casa. Mas não tem nada aqui.

Pego meu celular. Minha mãe está no escritório, mas ainda consegue atender no quarto toque.

— Mãe, cadê você?

— Por quê? Julie, está tudo bem?

Eu me dou conta de como pareço sem fôlego. Mas não consigo me recompor.

— A caixa com as coisas do Sam de hoje de manhã. Aquela que eu deixei lá fora. Você trouxe de volta?

— Julie, do que você está falando? Claro que não.

— Então você não sabe onde está? — pergunto em desespero.

— Desculpa, não sei — ela diz. — Você está bem? Por que está com essa voz?

— Estou bem. É só que eu... Eu tenho que ir.

Desligo antes que ela possa dizer mais alguma coisa. Meu estômago afunda. É tarde demais. Tudo que tinha me restado do Sam se foi.

De repente, lembro que faltei a todas as cerimônias realizadas em sua memória — memórias que eu abandonei. Não me dei nem ao trabalho de visitar seu túmulo. Não consigo ficar parada. Ando para lá e para cá pela casa vazia enquanto essas emoções repentinas, aquelas que eu estava reprimindo, circulam por mim feito água gelada nas minhas veias, fazendo minhas mãos tremerem. Mika tinha razão. O que Sam pensaria de mim se soubesse como o tratei?

Ao repassar os últimos dias na minha mente, começo a entender algo que não entendia antes. Toda a minha raiva reprimida não passava de um muro para esconder minha culpa.

Não foi Sam que me deixou naquela noite. Fui *eu* que o abandonei. No segundo em que me dou conta disso, saio de casa e corro.

Um céu encoberto deu as caras enquanto eu estava em casa, pintando sombras pelo bairro conforme atravesso as ruas. Ellensburg não é a menor cidade do centro de Washington, mas há uma rua principal que corta a cidade inteira e, se você segui-la direto, consegue ver tudo. Alguns quarteirões antes de chegar à universidade, há uma trilha não sinalizada que cruza todo o lado norte. Sigo a trilha em direção à colina conforme mais nuvens se aproximam, e sinto as primeiras gotinhas de chuva.

Dos bairros até o cemitério dá cerca de uma hora de caminhada, mas a trilha reduz o tempo em quase um terço. E, como não parei de correr desde que saí de casa, chego lá num piscar de olhos.

Está garoando, mas a chuva se transformou em névoa. Mal dá para ver o que há à minha frente. Minhas roupas estão encharcadas da corrida, mas não o suficiente para me incomodar enquanto caminho a passos largos em direção à entrada do parque memorial.

Sam está enterrado em algum lugar lá em cima. Preciso vê-lo pelo menos uma vez, me despedir e dizer a ele que sinto muito por não ter vindo antes e como fui uma pessoa horrível. Preciso que Sam saiba que não o esqueci.

Uma imagem se reproduz na minha mente como um rolo de filme. Eu o vejo sentado em cima da sua lápide, com sua jaqueta jeans, esperando por mim há uma semana. Várias conversas se desenrolam na minha mente enquanto penso no que dizer a ele, como explicar por que fiquei longe por tanto tempo. Mas, a sessenta centímetros do portão principal, eu paro de repente.

O poste de luz que pende acima do portão range, apagado na chuva.

O que estou fazendo aqui? O cemitério tem mais de cento e sessenta hectares de terra aberta. Olho para cima e vejo quilômetros de lápides enfileiradas. Não sei quanto tempo levaria para encontrá-lo nem por onde começar. Meus pés ficam congelados no concreto molhado. Não posso entrar. Não consigo me forçar a fazer isso. *Sam não está aqui.* Não há nada para ver, a não ser um lote de terra recém-coberto onde é para ele estar. Mas não quero que essa seja a última imagem que vou ter dele. Não quero essa lembrança. Não quero pensar nele tendo que passar o resto da eternidade enterrado em algum lugar no alto dessa colina.

Eu me afasto alguns passos do portão, me perguntando por que vim aqui. Isso foi um erro terrível. Sam não está aqui. Não quero que esteja.

Quando menos espero, já estou de costas para o portão e quase escorrego quando começo a correr novamente.

A névoa da noite já se transformou em pancadas de chuva quando os muros de tijolos que percorrem o cemitério vão desaparecendo atrás de mim. Não sei nem para onde estou indo desta vez. Quero ir o mais longe possível. O mundo está caindo quando entro na floresta. Continuo correndo até que a vista das casas e das ruas fique muito para trás.

A chuva amoleceu o chão e o encheu de poças. Enquanto corro, começo a me imaginar surgindo num mundo alternativo em que tudo ainda está bem, e desejo poder viajar no tempo para voltar atrás e mudar tudo. Mas não importa o quanto eu tente, não sou capaz de controlar o tempo e o espaço para me desvencilhar de suas forças que me puxam e me prendem.

De repente, meu pé fica preso em alguma coisa e caio no chão. Meu corpo arde em um milhão de lugares antes de ficar dormente, e então não sinto mais nada. Tento me levantar, mas não consigo mover um músculo. Então, não me dou ao trabalho. Simplesmente fico deitada no chão de pedras e folhas enquanto o céu continua a desabar.

Sinto falta do Sam. Sinto falta do som da voz dele. Sinto falta de saber que ele sempre ia me atender se eu ligasse. Não sei nem dizer onde estou ou com quem posso falar. Não estou em um dos meus melhores momentos. E amanhã vou me arrepender de ter deixado que as coisas chegassem a esse ponto. Mas agora estou tão desesperada e sozinha que pego o celular e o ligo. A luz me cega por alguns segundos. Esqueci que apaguei tudo hoje de manhã — todas as minhas fotos, mensagens e aplicativos, então não há nada aqui. Passo pela minha lista de contatos, tentando pensar em outra pessoa para ligar, mas não tenho muitas opções. Quando percebo que o nome do Sam não está ali, lembro que também o deletei. Não tenho certeza se ainda me lembro do número. Não sei nem dizer o que estou fazendo quando o digito mesmo assim, na esperança de ouvi-lo mais uma vez em seu correio de voz. Talvez eu possa deixar uma mensagem, dizer a ele que sinto muito.

O toque da chamada me assusta. É um som estranho de se ouvir no vazio da floresta. Fecho os olhos e estremeço de frio. O celular chama por um bom tempo, abafando lentamente meus pensamentos, e sinto que vai chamar para sempre, até que de repente o toque para.

Alguém atende a ligação.

Há um longo silêncio até que uma voz surge na linha.

— *Julie...*

Gotas de chuva tamborilam na minha orelha. Fico ciente do som do meu próprio coração batendo contra a terra. Viro um pouco o rosto em direção ao céu e continuo ouvindo.

— *... Você está aí?*

Essa voz. Leve e áspera como o murmúrio do oceano numa concha. Eu a conheço. Já a ouvi mil vezes antes, a ponto de se tornar tão familiar quanto a minha. Essa voz. Mas não pode ser.

Sam...

Capítulo dois

— **Você está me ouvindo...?** — ele pergunta. — *Julie?*
O oceano se dissipa e sua voz sai mais clara.
— *Você está aí?*
Afasto as gotas de chuva quando pisco. Eu devo ter dado play em uma das suas mensagens de voz por engano. Mas eu achei que tivesse deletado tudo hoje de manhã.
— *Se está conseguindo me ouvir, diz alguma coisa. Me diz se é você...*
Não me lembro de já ter ouvido essa frase. Então deve haver outro motivo. Talvez eu tenha batido a cabeça e de repente comecei a imaginar coisas. Minha visão fica embaçada, então fecho os olhos novamente para impedir que as árvores girem. Não sei dizer se a voz dele está saindo do celular ou da minha cabeça, mas respondo mesmo assim.
— Sam?
O silêncio domina a floresta. Por um segundo, acho que ele se foi. Que ele nunca esteve ali. Mas então ouço uma respiração que não é minha.
— *Oi...* — ele diz em tom de alívio. — *Pensei que o sinal tivesse caído...*

Meus olhos se abrem para revelar um pedacinho do mundo. Estou anestesiada demais pelo frio para distinguir cima e baixo ou saber onde está o céu. Vasculho minha mente em busca de algum sentido e não chego a lugar nenhum.

— *Sam?* — digo de novo.

— Está me ouvindo bem? Não sabia se isso ia funcionar.

— O que está acontecendo?

— Fiquei me perguntando se um dia você ia me ligar de volta — ele diz, como se tudo estivesse normalíssimo. Como se estivéssemos retomando uma conversa que paramos ontem. — Senti saudade. Senti uma saudade infinita.

Não consigo pensar direito. Não sei o que está acontecendo.

— Você também sentiu saudade?

Absorvo sua voz familiar, a chuva em contato com minha pele, a sensação de que meu corpo está afundando no chão, a tontura repentina na minha cabeça, e tento decifrar o que está acontecendo. Por mais estranho que tudo isso pareça, não consigo deixar de perguntar:

— É... você mesmo, Sam?

— Sou eu — ele diz e ri um pouco. — Pensei que nunca mais fosse ter notícias suas. Pensei que você pudesse ter me esquecido.

— Como é que eu estou falando com você?

— Você me ligou. — A voz dele é calma como as águas. — E eu atendi. Como sempre faço.

Sempre.

— Não estou entendendo... Como isso é possível?

A ligação fica muda. Gotas de chuva escorregam pela minha pele como suor. Sam leva um momento para responder.

— Para dizer a verdade, Julie, eu também não estou entendendo — ele admite. — Não sei como isso está acontecendo agora. Só quero que saiba que sou mesmo eu. Tá?

— Tá... — consigo dizer.

Decido dar corda, deixar a voz dele me cobrir como um guarda-chuva, por mais que não tenha como isso ser real. Sinto minha mente escorregando e meu corpo afundando cada vez mais na terra enquanto me agarro na voz do Sam como se fosse uma corda. Por mais que eu não saiba de onde ela está vindo. Quero que seja ele, mas não pode ser. É impossível. E é aí que eu me toco.

— *Estou sonhando...*

— Isso não é um sonho — Sam diz, e sua voz se espalha pela floresta. — Eu prometo.

— Então como é possível a gente estar se falando?

— Da mesma forma que a gente sempre se falou. Através do celular, que nem agora.

— Mas, Sam... Eu ainda não... — começo.

— Eu sei — ele continua. — É um pouquinho diferente dessa vez, mas prometo que te dou uma resposta melhor em breve. Mas, por enquanto, será que a gente não pode só curtir isso? Essa ligação, digo. Ter a chance de se ouvir de novo. Vamos falar de outra coisa. O que você quiser. Que nem antes.

Antes. Fecho os olhos de novo e tento voltar para lá. Para antes de perdê-lo. Antes de tudo isso acontecer. Antes de tudo ser arruinado. Mas, quando os abro novamente, ainda estou aqui na floresta. E Sam ainda é uma voz do outro lado da linha.

— Você ainda está aí? — ele pergunta. Sua voz é tão nítida que viro a cabeça na esperança de vê-lo.

Estou sozinha aqui. Uma pergunta me ocorre.

— Onde você está?

— Em algum lugar — ele responde vagamente.

— *Onde?* — pergunto de novo. Ajeito o ângulo do celular, tentando ouvir ruídos de fundo do outro lado da linha, mas a chuva abafa tudo.

— É difícil explicar. Quer dizer, não tenho certeza absoluta se conheço. Desculpa não ter todas as respostas. Mas nada disso importa, tá? Estou aqui agora. E nós dois estamos conectados de novo. Você não sabe o quanto senti sua falta...

Também senti sua falta. Senti tanto a sua falta, Sam. Mas as palavras não saem. Parte de mim ainda acha que estou sonhando. Talvez eu tenha caído numa toca do coelho e vindo parar numa realidade alternativa. Ou talvez eu tenha batido a cabeça com mais força do que pensava. Seja lá o que for, tenho medo de que, se nossa conversa terminar, eu o perca novamente e não consiga minha resposta.

A chuva continua. Mas o céu a reduziu a uma garoa suave.

— Que som é esse? — Sam pergunta, prestando atenção. — É de chuva? Julie, onde você está?

Dou uma olhada ao meu redor. Por um momento, esqueço como vim parar aqui.

— Em algum lugar ao ar livre.

— O que você está fazendo aí fora?

— Não lembro...

— Está perto de casa?

— Não... E-eu não tenho certeza de onde estou. — Na verdade, não tenho certeza de nada no momento.

— Está perdida?

Penso sobre a pergunta. Existem várias maneiras de respondê-la. Em vez disso, fecho os olhos para bloquear o resto do mundo, me concentrando na voz do Sam, tentando me agarrar a ela pelo máximo de tempo possível.

— Você deveria sair da chuva, Julie... Encontra algum lugar seguro e coberto, tá? — Sam diz. — Assim que conseguir, me liga de volta.

Meu coração sacode e eu abro os olhos.

— *Espera!* — Minha voz falha. — Por favor, não desliga! Não estou pronta para perdê-lo de novo.

— Não se preocupa, não vou a lugar nenhum — ele diz. — Vai para algum lugar seguro e me liga de volta. Assim que ligar, eu vou atender. Prometo.

Ele já fez promessas que não cumpriu antes. Quero recusar, mas não consigo falar. Eu gostaria que ele ficasse na linha para sempre. Mas Sam repete as palavras várias vezes, até eu começar a acreditar nelas.

"*Assim que você me ligar de volta... eu vou atender.*"

Não posso ficar aqui fora para sempre. Estou encharcada e começando a não sentir minhas mãos. Preciso sair desta floresta e me proteger do frio, antes que o sol se ponha e eu não consiga encontrar o caminho de volta.

Não me lembro de como a ligação terminou ou do que aconteceu depois. Essa parte é um borrão na minha mente, como uma página perdida de um livro. Tudo que sei é que continuei caminhando até sair da floresta e encontrar a rua principal de novo.

Já é noite quando chego à cidade. Corro pelas calçadas molhadas, passando por baixo das marquises das lojas para evitar a chuva. As luzes da lanchonete onde encontrei Mika pela manhã estão apagadas, mas o café no fim da rua ainda está iluminado. É a única luz acesa por vários quarteirões. Atravesso a rua e entro. Mesmo a esta hora, o lugar ainda está semilotado de alunos da universidade, reunidos sob luminárias marroquinas. Há capas de chuva penduradas nas costas dos bancos do bar. As telas dos laptops iluminam rostos inexpressivos. Sigo na direção de uma mesa nos fundos sem pedir nada. Assim que me ajeito, afasto minha cadeira das outras e me viro para a janela. Não há espelhos no café, então meu reflexo pálido no vidro me pega de surpresa.

Apago a vela e minha imagem desaparece. Passo a mão pelo cabelo molhado. Minhas roupas estão pingando no chão de madeira. Talvez eu devesse tê-las torcido um pouco antes de entrar. Felizmente, este cantinho do café é escuro o suficiente para que eu passe despercebida.

Respiro fundo algumas vezes para me acalmar e dou uma olhada pelo recinto. A mulher na mesa ao lado está lendo um livro. Não quero que ela ouça a ligação, então espero um pouco. Ela está sentada sozinha, vestida toda de preto, e me pergunto se trabalha aqui. Talvez esteja lendo durante o intervalo. Ela bebe o chá lentamente, o que me deixa ansiosa. É só quando ela se levanta para sair que minha respiração se acalma. Pego meu celular. São quase nove horas. Como foi que ficou tão tarde? Esta é a primeira vez que tenho noção do horário desde que saí de casa. Não tenho nenhuma mensagem nem chamadas perdidas. Acho que ninguém se deu conta de que eu saí.

Ponho o celular em cima da mesa e o pego de novo. Faço isso várias vezes até perder a conta. O cheiro de cafeína e *chai* chamusca meu nariz. Agora que saí da floresta, que estou pensando com mais clareza, a ideia de ligar para Sam de novo parece ridícula. O que quer que tenha acontecido lá fora provavelmente foi coisa da minha cabeça. É o que eu acho, pelo menos. Será que perdi a noção de vez?

Devo ter perdido, porque pego o celular de novo e digito o número dele.

A chamada é completada. Ouço o primeiro toque e prendo a respiração. Mas ele atende quase que no mesmo instante.

— Oi... Estava esperando você.

O som da voz dele me enche de alívio. Levo os dedos à boca para reprimir um som. Não sei se me sinto confusa, aliviada ou uma mistura dos dois.

— Sam... — digo o nome dele sem pensar.

— Não sabia se você ia ligar de novo — ele diz. — Pensei que você pudesse ter esquecido.

— Não esqueci. Eu não sabia muito bem para onde ir.

— Aonde você foi parar?

Viro a cabeça e olho para o vitral acima da porta sem pensar. De dentro do café, o letreiro do mosaico é refletido de trás para a frente nas luzes douradas e azuis.

— No Sun and Moon.

— No café onde eu trabalhava? — ele pergunta. Eu quase esqueci. Já fazia um tempinho que não vinha aqui. Sam fica em silêncio por um instante, e eu o sinto ouvindo os ruídos de fundo através do celular. De repente, também tomo consciência deles: o som dos bancos se arrastando pelo chão de madeira, o tilintar de uma colher num prato de cerâmica, os murmúrios baixinhos de uma conversa do outro lado da sala. — Foi aí que falei com você pela primeira vez. Você estava sentada nos fundos do café. Você se lembra?

Minha mente viaja para aquele dia. Um avental preto, o vapor de um *latte* quentinho, um lírio de papel em cima do balcão. Sam serviu minha bebida antes que eu pudesse fazer o pedido e nós conversamos por horas. Isso aconteceu há quase três anos. Estou na mesma mesa, não estou? A dos fundos, perto da janela. Quase não me dei conta.

— Você costumava pedir um *latte* com mel e lavanda. Eu ainda me lembro. Mas você não pede mais isso. Agora bebe café. Pelo menos tenta — ele diz com uma risada.

Parece que foi ontem que estávamos sentados juntos aqui. Mas não posso pensar nisso agora.

— Sam... — digo para trazê-lo de volta para o presente.

— Lembra aquela vez em que você queria um café expresso pra terminar seu trabalho, mas eu disse que era tarde demais pra isso? — ele continua, quase saudoso. — Você não parou de insistir, então eu preparei a bebida, e você não conseguiu dormir a noite inteira. Você ficou tão brava comigo...

— Eu não fiquei brava com você. Só estava mal-humorada.

— Lembra do show, naquela noite em que consegui um autógrafo no meu violão? Nós também fomos parar no café, não foi? Dividimos um daqueles cookies meia-lua... com cobertura branca, sabe? Aqueles que você disse que não têm nada a ver com luas? Você se lembra disso?

É claro que me lembro. A lembrança está viva na minha cabeça, fazendo meu estômago se agitar. Eu estava vestindo a jaqueta jeans dele, aquela que joguei fora hoje de manhã. Estávamos encharcados de chuva. Exatamente como estou agora. Meu coração bate forte. Por que ele está trazendo tudo isso à tona de novo? Essas lembranças. Acho que não tenho mais condições de ouvir nada disso.

— Por que você está fazendo isso? — pergunto.

— Como assim?

— Me lembrando de todas essas coisas...

— Isso é ruim?

— *Sam...* — começo a dizer.

Algo me interrompe. Um ombro com mangas pretas surge quando alguém puxa uma cadeira e ocupa a mesa atrás de mim. No mesmo instante, a porta se abre quando outro casal entra e fecha um guarda-chuva. Está ficando cheio demais aqui dentro. Eu me viro para ficar de frente para a janela e abaixo minha voz.

— Queria que você me dissesse o que está acontecendo — digo. — Como posso saber se isso é real?

— Porque é real. *Eu sou real*, Julie. Você só precisa acreditar em mim.

— Como você espera que eu faça isso? Eu sinto que estou enlouquecendo.

— Você não está maluca, tá?

— Então como é que estou falando com você?

— Você me ligou, Julie. E eu atendi. Como sempre.

É o mesmo que ele disse antes. Mas não é suficiente.

— Não esperava que você fosse atender. Não esperava ter notícias suas de novo.

— Você está decepcionada? — ele questiona.

A pergunta me pega de surpresa. Não tenho certeza de como respondê-la.

— Não foi o que eu quis dizer. Só quis dizer... Eu... — Não sei o que falar. Minha mente está distante e dispersa demais para me concentrar. Alguém deixa cair uma colher e o som ecoa pela sala, e então ouço risadas nas outras mesas. Está ficando barulhento demais aqui. Mais pessoas entram pela porta, a ponto de eu sentir que a cafeteria está encolhendo e que estou prestes a ser esmagada.

— Julie... — A voz do Sam me traz de volta. É a única coisa que me mantém firme. — Sei que nada faz sentido agora. Nós dois nos falando de novo. Sinto muito por não ter todas as respostas pra você. Eu gostaria de ter. Queria que existisse um jeito de provar que isso é real. Você vai ter que acreditar em mim, tá?

— Eu não sei mais no que acreditar.

Mais vozes ocupam o ambiente. Em seguida, ouço o som de passos, seguido de um borrão de jeans e cabelos loiros. O casal que entrou surge com bebidas quentes e ocupa a mesa de frente para a minha. Tento olhar de canto de olho sem que eles percebam. No segundo em que reconheço uma voz, sinto um embrulho no estômago.

Taylor se acomoda na cadeira enquanto Liam põe as bebidas na mesa. Os velhos amigos do Sam. Eles estão namorando há quase um ano. Estavam lá na fogueira na noite em que Sam morreu. Eu me viro na direção da janela e abaixo um pouco a cabeça, deixando meu cabelo molhado cair pela lateral do rosto. De todas as pessoas da escola que eu poderia encontrar, tinha que ser logo eles. Com certeza notaram minha ausência no funeral. Aposto que têm muito a dizer sobre isso.

Sam praticamente cresceu com eles. Eles formavam um grupinho muito unido que costumava sair junto antes de eu me mudar para cá. O grupo se afastou um pouco quando Sam e eu começamos a nos envolver. Suspeito que Taylor tenha tido seus próprios motivos para isso. Quando perguntei a Sam por que eles não gostavam de mim, ele disse que as pessoas daqui tinham uma implicância com gente que cresceu em cidades grandes. Provavelmente por causa das diferenças "políticas" das nossas famílias. O pai da Taylor dirige um caminhão nem um pouco econômico enquanto o meu andava por aí com um carro ecologicamente correto. O pessoal revirava os olhos quando ele me deixava na porta da escola. Meu pai odiava este lugar. Ele mal via a hora de se mandar daqui.

Talvez eles não tenham notado minha presença. Estou assustada demais para conferir. Enquanto tento decidir se devo esperar até eles irem embora ou ir para o banheiro, uma luz forte ofusca a lateral do meu rosto e eu olho para cima. Taylor abaixa o celular, que está apontado diretamente para mim. Ela arregala os olhos quando percebe que esqueceu de desligar o flash da câmera. Liam toma um gole da bebida, fingindo que nada aconteceu. Eles não pedem desculpas nem falam nada comigo. Meu corpo treme.

Não posso lidar com isso agora. Simplesmente não posso.
— Julie, o que houve?

A voz do Sam ressurge e eu me lembro de que ele ainda está na linha.

Um carro aparece do lado de fora e lança faróis para dentro da janela do café, me iluminando como se fosse um holofote. *Preciso sair daqui.* Eu me levanto de repente da minha cadeira, quase a derrubando. Taylor e Liam estão em silêncio, mas sinto seus olhares enquanto passo por entre as mesas, esbarrando em casacos e ombros ao abrir caminho em direção à porta e abri-la.

Finalmente parou de chover. As pessoas vêm na minha direção de todos os lados. Desvio de um guarda-chuva e corro pela calçada com o celular pressionado contra o peito. Assim que chego à esquina, começo a correr de novo. Corro até o barulho e as luzes do café ficarem para trás e não encontrar nenhum carro à vista.

Um único poste de luz ilumina mal e porcamente este lado do quarteirão quando me apoio nele. A lâmpada pisca acima de mim enquanto recupero o fôlego. Lembro que Sam ainda está na linha e ponho o celular de volta no ouvido.

— Julie, o que houve? Para onde você fugiu?

Minha cabeça está latejando. Não sei o que dizer, então tudo que digo é um ofegante:

— Eu não entendo o que está acontecendo comigo...
— Eu nunca fico assim. Mesmo quando Sam morreu, eu segurei as pontas.

— Julie... Você está chorando?

É só quando Sam faz a pergunta que percebo que estou. E não consigo parar. Qual é o meu problema? O que estou fazendo aqui fora? Nada mais faz sentido.

A voz do Sam fica mais suave.

— Desculpa. Eu realmente achei que, se atendesse, tudo ficaria melhor. A culpa é toda minha. Queria poder consertar isso.

Respiro fundo e digo:

— Por favor, me diz o que está acontecendo, Sam. Me diz por que você atendeu.

Há um longo silêncio antes de ele finalmente responder à pergunta.

— Queria nos dar uma chance de nos despedirmos.

Quase desabo no chão. Sinto um nó na garganta que quase me impossibilita de falar enquanto tento conter mais lágrimas.

— Mas eu nunca quis me despedir — consigo pôr para fora.

— Então não se despede. Você não precisa fazer isso, tá? Você não precisa dizer adeus agora mesmo.

Enxugo os olhos e continuo respirando.

— Escuta — Sam diz um tempo depois. — Vê o que acha disso. Me deixa te mostrar uma coisa. Acho que vai fazer você se sentir melhor, tá? — Antes que eu pergunte o que é, ele diz: — Só confia em mim.

Confiar nele. Acho que Sam não percebe quanta confiança já estou depositando nele só de continuar na linha. Não sei mais o que dizer, então não digo nada. Fico ali em silêncio sob a luz do poste, enquanto me agarro à voz do Sam e digo a mim mesma que está tudo bem quando não tenho mais certeza do que é real e do que não é.

Retiro o que disse antes sobre o lago. *Este* é o último lugar em que eu esperava acabar esta noite.

Não há nenhum carro na entrada da garagem do Sam. Não vejo nenhuma luz brilhando das janelas da casa. A família dele deve estar na casa de parentes fora da cidade. Não tenho certeza do que estou fazendo aqui. Sam me pediu para vir pegar algo que ele pretendia me dar. "*Confia em mim*", ele insistia em dizer. Há uma chave extra presa com fita adesiva embaixo da caixa de correio, bem do jeito que ele tinha me falado. Eu a encontro e abro a porta da frente, torcendo para não ter ninguém lá dentro.

Está escuro demais para enxergar qualquer coisa. O cheiro de flores e incenso me sufoca. Passo por cima dos sapatos do irmão mais novo dele enquanto tateio a parede em busca de um interruptor. Uma única lâmpada se acende e eu olho ao meu redor. A sala está repleta de flores que estão começando a murchar. Uma bela coroa de crisântemos está pendurada perto da cornija da lareira. Deve ser tudo para Sam.

A voz do Sam surge do outro lado da linha.

— Tem alguém em casa? — ele me pergunta.

— Acho que não. Está o maior silêncio aqui.

— Que estranho. Cadê todo mundo?

— Mas tem um monte de flores pra você — digo a ele. — A casa está cheia delas.

— Flores? — Sam repete com uma nota de surpresa na voz. — Interessante... As suas também estão aí?

— As minhas?

Olho ao redor da sala de qualquer maneira, sabendo muito bem que nenhuma delas é minha. Nem mesmo um cartão. Uma pontada de culpa se forma no meu peito, e me sinto péssima de novo.

— Não estou vendo elas aqui — é tudo que digo.

— Tenho certeza de que minha mãe as guardou em outro lugar — Sam diz.

— Pode ser...

Não quero mais ficar aqui. Então, tiro os sapatos e vou para o andar de cima. É tão estranho estar sozinha na casa.

Passo pelo quarto do James, o irmão mais novo, na ponta dos pés, por mais que ele não esteja lá. Talvez seja a força do hábito. O quarto do Sam fica no final do corredor. A porta é cheia de logos de bandas e adesivos da NASA. A maçaneta está fria quando toco nela. Respiro fundo antes de abri-la.

Não preciso acender a luz para saber que tem algo de diferente. A cortina está aberta, me fornecendo luz da lua o suficiente para enxergar as caixas no quarto. Algumas das prateleiras estão vazias. Parece que os pais do Sam já começaram a empacotar as coisas, deixando apenas a roupa de cama e o cheiro dele. Respiro fundo novamente. *Nunca pensei que voltaria aqui de novo.*

— Ainda está aí? — A voz do Sam me traz de volta a ele.

— Desculpa a bagunça. — Ele sempre dizia isso logo antes de eu entrar no quarto.

— O que estou procurando?

— Deve estar em algum lugar na minha escrivaninha — Sam diz. — Eu embrulhei pra você.

Examino a escrivaninha dele. Atrás do computador, por baixo das pastas, dentro das gavetas. Mas não encontro nada.

— Tem certeza? Tenta a gaveta do meio de novo.

— Não tem nada ali, Sam — digo a ele. Dou uma olhada em volta do quarto. — Pode ser que esteja numa das caixas.

— Que caixas?

Quase não sinto vontade de contar a ele.

— Tem umas caixas no seu quarto. Acho que seus pais estão empacotando as coisas.

— Por que eles fariam isso?

Dou a ele um instante para que a ficha caia.

— Ah... Certo. Acho que acabei me esquecendo por um segundo.

— Posso procurar dentro delas, se você quiser — digo.

Sam não me escuta.

— Por que eles empacotariam minhas coisas tão cedo... — ele diz mais para si mesmo do que para mim. — Não morri há tanto tempo assim, morri?

— Não posso falar pelos seus pais, sabe... Mas às vezes é difícil olhar pra essas coisas — tento explicar.

— Acho que sim...

Acendo a luminária da escrivaninha para enxergar melhor o quarto. As caixas estão ocupadas pela metade com roupas, livros, CDs e a coleção de discos do Sam, além de pôsteres enrolados – tantas coisas que pensei que nunca mais veria de novo. De repente me lembro das coisas que joguei fora hoje de manhã. Aqui estão elas, bem na minha frente. Sua camiseta do Radiohead. Seu boné dos Mariners que ele comprou quando fomos a Seattle, por mais que ele não entendesse nada de beisebol. Tudo isso ainda tem o cheiro dele. Por um segundo, chego até a esquecer o que estou procurando.

— Conseguiu encontrar? — Sam pergunta de novo.

Abro outra caixa. Está cheia de equipamentos de gravação. Sam deve ter passado os últimos seis meses juntando dinheiro para comprar esse microfone. Ele sempre falava sobre gravar suas próprias músicas. Eu lhe disse que o ajudaria com as letras. Sam queria ser músico. Queria que um dia sua música tocasse no rádio. Queria fazer sucesso mundialmente. Agora não vai ter mais a chance.

Por fim, encontro o presente. Está embrulhado com páginas de revistas e cheio de lenços de papel. É mais pesado do que eu esperava.

— O que é?

— *Só abre, Jules.*

Eu o abro, deixando o embrulho cair no tapete. Levo um segundo para perceber o que é.

— Espera aí... — Eu o viro na minha mão, tentando entender o que estou segurando. O aparador de livro em forma de asa. O mesmo que joguei fora de manhã. Mas não pode ser.

— Sam... Onde você conseguiu isso?

— Na loja de antiguidades. É a outra metade que você não tinha.

Eu o examino de perto. Ele está certo, este não é o mesmo aparador que ficava no meu quarto. É a metade perdida que não conseguimos encontrar.

— Mas achei que alguém já tivesse comprado quando voltamos na loja.

— Fui eu.

— Como assim?

— Essa é a surpresa — Sam diz com uma risada. — Voltei lá e comprei a outra parte pra você. Deixei você achar que já tinha sido vendida. Dessa forma, seria mais especial quando você finalmente conseguisse juntar as duas. Quando as asas se completassem. É bem romântico, né?

Só que eu não tenho mais a outra asa. Porque a joguei fora, e agora as duas partes nunca vão se reencontrar. Não acredito que arruinei esse presente. Arruinei tudo.

— Eu estava esperando uma reação e tanto — Sam diz, notando meu silêncio. — Eu fiz alguma coisa errada?

— Não, não fez, é só que eu... — Engulo em seco. — Eu não estou mais com a outra parte, Sam.

— Você perdeu?

Seguro o aparador com força.

— Não... Eu joguei fora.

— Como assim?

— Eu joguei tudo fora — conto a ele. — Todas as suas coisas. Eu não conseguia mais olhar pra elas. Estava tentando esquecer você. Me desculpa de verdade, Sam.

O silêncio toma conta do quarto. Sei que ele está magoado, então digo a ele:

— Tentei pegar as coisas de volta, mas era tarde demais. Tudo já tinha ido embora. Eu sei, eu sou horrível. Me desculpa...

— Você não é horrível — Sam diz. — Não diz isso. Não estou bravo com você, tá?

Meus olhos se enchem de lágrimas de novo.

— Mas eu estraguei seu presente...

— Você não estragou nada. Ainda pode ficar com ele. Vai ser que nem antes.

Antes. O que ele quer dizer com isso? Não tem mais como voltar para lá.

— Mas o resto das suas coisas ainda se foi. Nunca mais vou conseguir pegar elas de volta...

Sam pensa a respeito.

— Bom, que tal se você pegar outra coisa minha? Qualquer coisa que você quiser do meu quarto.

Eu já tinha pensado nisso. Mas fiquei com medo de perguntar.

— Tem certeza?

— É claro. Qualquer coisa mesmo — ele diz. — Quero que fique com você.

Eu o mantenho na linha enquanto vasculho as caixas novamente. Isso é tão estranho, é o completo oposto do que eu estava fazendo hoje de manhã. Pego a camiseta do Radiohead e outras coisinhas: uma palheta, pulseiras de bandas, o boné que ele comprou na viagem que fez para Tóquio. Depois, vou até o armário e abro a porta. Ainda há algumas roupas penduradas, mas eu a encontro no mesmo instante. Lá está ela, sua camisa xadrez *oversized* de botão. Sam a usava quase todos os dias, não importava a estação do ano. Acho que nem seus pais conseguiram jogá-la fora.

Tiro a camisa do cabide e a visto. Por um breve segundo, sinto as mãos dele em mim, mas é tudo coisa da minha cabeça. Enxugo os olhos com a manga. Depois de um momento, ando até a cama e me deito. O telefone está quentinho contra minha bochecha.

Foi um dia longo, e uma semana mais longa ainda, e não me dou conta do quanto estou exausta até meu corpo repousar no colchão que parece tão seguro quanto o meu. Sam me diz que posso ficar no quarto dele o tempo que eu precisar. Nem preciso dizer muito. Só fico ao telefone, escutando, e *sinto* a presença dele na linha comigo. Depois de um momento, quase que do nada, Sam diz:

— Eu sinto muito.

— Pelo quê? — pergunto a ele.

— Por tudo isso.

A princípio, ainda não sei pelo que ele está se desculpando. Mas então me dou conta do que ele quis dizer. Acho que sim, pelo menos.

— Eu também.

Sam fica no telefone comigo pelo resto da noite e conversamos até eu cair no sono. Assim como já fizemos milhares de vezes.

Capítulo três

ANTES

Está escuro demais para enxergar qualquer coisa. Uma mão se move pelo meu rosto e puxa uma corda, iluminando a luminária de mesa no chão entre nós. Lençóis brancos pendem da lâmpada de teto no quarto do Sam enquanto ficamos deitados no tapete com almofadas empilhadas ao nosso redor como muros. Estamos escondidos no forte que ele construiu com seu irmão mais novo, James. Sam afasta o cabelo do meu rosto para me ver melhor. Ele está vestindo sua regata azul-Royal favorita, a que mostra seus ombros e realça sua pele bronzeada do verão. Ele sussurra:

— Podemos fazer outra coisa se você estiver entediada.

James enfia a cabeça pela abertura dos lençóis com uma lanterna.

— Eu ouvi isso.

Sam joga a cabeça para baixo, grunhindo.

— Nós já estamos aqui há duas horas.

— Você prometeu que ia passar tempo comigo hoje à noite — James diz. Ele acabou de completar oito anos. — Achei que vocês estavam se divertindo.

— E estamos — garanto a ele, e dou um cutucão no braço de Sam. — Sam, relaxa.

— É, Sam. *Relaxa* — James repete.

— Tá bom. Mais uma hora.

Olho tensa para a lâmpada de teto que está segurando o peso dos lençóis e passo os olhos pelo forte. Parece que pode desmoronar a qualquer momento.

— Tem certeza de que é seguro aqui dentro?

— Não se preocupa — Sam diz com uma risada. — Já fizemos isso um milhão de vezes. Né, James?

— Ninguém está seguro aqui, nas terras devastadas — James diz com sua voz assustadora.

— É verdade — Sam responde para entrar na brincadeira. Ele olha para mim. — A gente deveria se preocupar mesmo com o que tem *lá fora*. Melhor ficar agarradinho e manter um ao outro em segurança — ele sussurra, brincalhão. Depois se inclina e me dá um beijo na bochecha.

James se encolhe.

— Eca. Dentro do forte *não*!

— Foi só na bochecha!

Caio na gargalhada, depois fico em silêncio de novo.

— Vocês ouviram isso? — Eu paro para escutar. — Estou ouvindo chuva.

— Chuva ácida — James me corrige.

Olho para Sam e suspiro.

— Vou ter que voltar a pé pra casa debaixo disso.

— Ou você pode passar a noite aqui — ele diz com um risinho.

— *Sam*.

James aponta a lanterna para os nossos rostos.

— A mamãe disse pra avisar ela se a Julie ficar aqui depois da meia-noite.

— Você faria isso comigo? — Sam pergunta, parecendo magoado. — Meu próprio irmão?

— Ela disse que me daria dez dólares.

— Então você está aceitando subornos agora, é? — Sam pergunta. — E se eu te der quinze dólares?

— A mamãe disse que você faria uma oferta. Ela disse que está disposta a cobrir qualquer coisa, além de me dar ingressos para o jogo dos Rockets.

Sam e eu nos olhamos. Ele dá de ombros.

— Ela é boa.

— Vamos nos concentrar — James diz, olhando pela abertura do forte em busca de sinais de invasores. — Precisamos descobrir o que os alienígenas fizeram com os outros que sequestraram.

— Achei que a gente estivesse se escondendo do apocalipse zumbi — Sam comenta.

— ... que os alienígenas começaram. Dã — James responde, revirando os olhos. Ele muda os braços de lugar e segura a lanterna como se fosse um sabre de luz. — Precisamos correr e conseguir os ingredientes para o antídoto. Não podemos perder mais nenhum homem. — Atrás de nós jaz o corpo do sr. Urso embalado numa fronha. Juntos, tivemos que tomar a difícil decisão de sacrificá-lo antes que o vírus se espalhasse para o restante de nós.

— Ah. Você quer dizer... este antídoto? — Sam segura um frasco de vidro que se parece muito com seu frasco de perfume.

James abaixa o sabre de luz lentamente. Sua voz fica sombria.

— Estava com você o tempo todo... enquanto um dos nossos homens estava infectado?

— Estava no meu bolso o tempo inteiro.

— Traidor.

— Pior ainda — Sam diz. — Eu sou o alienígena.

James estreita os olhos.

— Eu sabia.

Eu arfo quando James se joga em cima do Sam, puxando o forte com ele. Os lençóis caem sobre mim, cobrindo meu rosto, e depois se levantam novamente no ar antes de mudarem e se desfazerem em flocos de neve conforme a cena muda ao meu redor.

Estou sentada no carro do Sam com a porta aberta. Estamos estacionados em frente ao campus da Reed College. O chão está coberto de folhas e uma fina camada de neve. Sam abre sua porta e dá a volta para o meu lado do carro. Ele se agacha para olhar para mim e estende a mão.

— Vamos, Julie. Vamos dar uma olhada — ele diz. — A gente dirigiu até aqui.

— Eu disse que não precisamos. Já está começando a nevar. A gente deveria ir embora.

— Mal dá pra chamar isso de neve — Sam comenta.

— Vamos embora, Sam — digo de novo, e me viro para a frente do carro, pronta para ir.

— Pensei que você quisesse dar uma olhada no campus. Quer dizer, não é por isso que a gente dirigiu por *quatro* horas?

— Eu só queria ter uma *noção* do lugar. E agora já tenho.

— Do banco do meu carro? — Ele encosta a mão no teto do carro e olha para baixo. — Não estou entendendo. Você estava tão animada quando planejou isso. E agora já quer ir embora.

— Não é nada. Quero dar uma olhada no centro da cidade antes que tudo feche. Vamos — eu falo.

— *Julie...* — Sam diz. Ele me lança um olhar que quer dizer que me conhece bem demais. — Fala pra mim qual é o problema.

Cruzo os braços e suspiro.

— Sei lá. E se eu odiar? Já estou achando que não tem nada a ver com as fotos. Estou decepcionada.

— Mas você nem viu tudo ainda.

— E se for pior? — Aponto para um prédio de tijolos vermelhos que lembra um celeiro perto de um campo vazio. — Olha, aquilo parece que saiu direto de Ellensburg.

— Você não está dando uma chance justa à sua faculdade dos sonhos, Jules — Sam diz. Ele se levanta e dá uma olhada ao redor, para as pessoas que estão passando. — Você não quer pelo menos conversar com alguns alunos? Perguntar a eles como são as coisas aqui, sobre a vida social e tudo mais?

— Na verdade, não — respondo. — E se eles forem um bando de riquinhos metidos a besta que ficam me perguntando o que meus pais fazem da vida?

— É isso que estamos aqui pra descobrir.

Respiro fundo e desabafo.

— Sei lá, Sam... Essa cidade tem um clima que é... Qual é a palavra? — Faço uma pausa para pensar. — Pretensioso.

— Achei que você gostasse de coisas pretensiosas — Sam diz.

Olho feio para ele.

— Estou brincando. — Ele sorri. — Então agora você não gosta nem um pouco de Portland, entendi.

— Superestimada. Até onde sei.

Sam suspira, e então se agacha para me alcançar de novo. Sua voz fica suave.

— Você está com medo de deixar sua mãe, não está? — ele pergunta.

— Não quero que ela fique sozinha — respondo. — Meu pai já foi embora, então talvez eu devesse tirar um ou dois anos de pausa nos estudos e trabalhar na livraria. O sr. Lee disse que me promoveria a subgerente.

— É isso que sua mãe ia querer? — Sam questiona.

Não digo nada.

— É isso que *você* quer?

Continuo em silêncio.

— Ela vai ficar bem, Jules — Sam diz. — Tá? Não existe pessoa mais independente. Quer dizer, sua mãe dá aula de uma matéria chamada *Distorcendo o tempo*. Ela literalmente faz pilates em outras dimensões.

— Eu sei — falo.

Sam pega minha mão e nossos dedos se entrelaçam.

— Portland vai ser ótimo — ele promete. — A gente vai encontrar um apêzinho maneiro no centro da cidade... dar um jeito nele... procurar por cafés onde eu possa tocar e você possa sentar e escrever... Vai ser do jeito que a gente planejou.

— Pode ser.

— Vamos ver qual é a desse campus — ele diz.

— A gente *realmente* não precisa — eu falo. — Estou de boa com o que estou vendo do carro. Sério.

— Tá. — Ele suspira. — Então vou dirigir até o jardim. — Ele pega as chaves e se levanta.

— O quê? *Sam*...

Isso é algo que ele com certeza faria. Eu o seguro antes que ele dê a volta no carro.

— Tá, eu vou.

Sam sorri enquanto pega minhas mãos e me ajuda a sair do carro, e a névoa começa a se avolumar ao nosso redor. Eu sigo Sam para dentro dela como se estivesse passando por um muro de fumaça, enquanto luzes estroboscópicas piscam ao meu redor e a música começa a tocar e ficar mais alta até eu perceber que fui para outro lugar.

A fumaça desaparece quando Sam me leva para um porão lotado na casa de alguém cujos pais não estão na cidade. É minha primeira festa de ensino médio e não conheço ninguém aqui. Há uma mesa de pingue-pongue cheia de copos vermelhos e azuis. As pessoas não chegam a estar dançando, mas balançam ao som da música. Vários garotos estão usando óculos escuros dentro de casa. Parece que cheguei atrasada.

— Quer alguma coisa pra beber? — Sam pergunta por cima da música.

— Claro... O que eles têm?

Sam olha para o bar encostado na parede.

— Você gosta de cerveja? — ele pergunta.

— Gosto — eu minto. Não estou planejando beber nada. Só queria algo para segurar. Eu me lembro de um truque que minha mãe me disse que usava na época dela. *"Joga tudo fora e enche de suco de cranberry"*, ouço sua voz na minha cabeça.

Sam me guia em meio à multidão na direção de um sofá vermelho nos fundos, onde uma garota de moletom branco está sentada de pernas cruzadas.

— Essa é minha prima, Mika — Sam nos apresenta. — Essa é a Julie. Ela acabou de se mudar pra cá.

Mika se levanta para apertar minha mão.

— Prazer — ela diz. — De onde você é mesmo?

— Seattle.

— Isso. Dá pra sacar.

— Dá? — pergunto, sem saber o que pensar disso.

Sam olha para ela e depois volta a olhar para mim.

— Então, o que está achando de Ellensburg até agora? — ele pergunta. Dá para ver que ele já bebeu alguma coisa.

— Não sei ainda — respondo. — Não tem muito o que fazer por aqui.

Sam assente com a cabeça.

— É, acho que sim. Você provavelmente está acostumada com, sei lá, shows de laser, hologramas, fliperamas 3D e coisas assim.

— Ela disse que veio de Seattle, não do futuro, Sam — Mika diz.

— Não, a gente tem algumas dessas coisas — eu falo.

Sam olha para Mika.

— Viu só?

Alguém esbarra em mim e quase derruba minha bebida, então eu saio do caminho.

— Essa é uma festa do pessoal do último ano — Sam diz para me impressionar. — Eu tive que pedir ao Spence se você podia vir. É ele quem mora aqui. A festa é do irmão mais velho dele.

Não consigo pensar em nada para dizer, a não ser:

— Legal.

Um minuto se passa sem que ninguém diga nada. Sam tenta falar de amenidades.

— Então, o que você gosta de fazer pra se divertir?

— Hm, gosto de escrever — eu digo.

— Tipo livros?

— Acho que sim. Quer dizer, eu ainda não escrevi um. Mas um dia...

— Qual é seu livro favorito? — ele pergunta.

— Gosto de O *gigante enterrado*.

— É meu favorito também — Sam comenta.

— É mentira. Ele nunca leu isso — Mika diz.

Sam olha feio para ela.

— Vou deixar vocês dois sozinhos — Mika fala sem emitir som, e desaparece no meio da multidão.

— Tá bom, talvez eu não tenha lido esse ainda — Sam admite. — Mas conheço o autor. Ele é japonês, né?

— É. Ishiguro.

— Sabia. — Sam faz que sim. — Minha mãe tem todos os livros dele na nossa sala. — A música alta desacelera para

algo mais palatável. Uma guitarra toca um blues acompanhada de uma voz estilo John Lennon. — É o Mark Lanegan. Conhece ele?
— É claro — eu minto.
— Ele é daqui, sabia? Ellensburg. Meu pai já encontrou com ele no posto de gasolina uma vez.
— Que maneiro — minto de novo.
— É, tá vendo? Também acontecem coisas empolgantes por aqui. Ellensburg é um lugar ótimo. Você vai gostar muito — ele diz com certa confiança. — Já estive em Seattle, e é uma bosta. Você tem muita sorte de ter ido embora.
— Eu amo Seattle — respondo.
— Ah... é? Já ouvi coisas boas de lá. — Ele tenta sorrir.
— Essa música é boa — comento.
— É "Strange Religion" — Sam diz, balançando a cabeça com a melodia. — Uma das minhas favoritas.
Ficamos ouvindo a música, marcando o ritmo com a cabeça, olhando sem jeito um para o outro de tempos em tempos, enquanto as outras pessoas no porão formam pares e dançam juntinho. Quando Sam quase tropeça, eu o seguro pelo braço.
— Você deveria se sentar — digo, e o ajudo a chegar ao sofá. Sam encosta a cabeça na parede, e não sei dizer se está prestes a dormir. Ele parecia ótimo ainda agora.
— Você não costuma beber muito, né? — pergunto.
— Não — Sam responde.
— Eu também não — digo.
— Estou muito feliz que você veio hoje — ele diz. — Não tinha certeza se você viria.
— Bom, eu vim — respondo. Tiro o copo da mão dele e o ponho em cima da mesa.
— De repente a gente pode sair qualquer dia. Tipo, depois da escola ou algo assim.

— Eu gostaria disso.
— Você bebe... café?
— Não, mas estou me treinando a beber — digo.
— Estou muito feliz que você veio hoje.
— Você acabou de dizer isso.
Sam sorri para mim e fecha os olhos.
De repente, a música para. Alguém acende e apaga as luzes. Uma voz grita de cima da escada.
— *Galera*, a polícia está lá fora! Todo mundo pra porta dos fundos!
— Sam, acorda, a gente tem que ir...
— Hã... — Ele boceja enquanto envolvo o braço dele no meu pescoço e o levanto do sofá. Uma debandada de corpos passa correndo em direção ao quintal enquanto eu manco e tropeço, tentando segui-los para fora. Por fim, consigo atravessar a porta e sair na completa escuridão conforme o peso do Sam vai desaparecendo dos meus ombros. A cena muda de novo, e me vejo em outro lugar.
Uma brisa sopra na minha pele e, quando olho para cima no escuro, vejo que cheguei ao lado de fora. Pisco e um campo de beisebol surge sob a luz da lua. Há um telescópio no meio, virado para o céu. Inclinado ao lado dele vejo Sam, que está tentando ajustar alguma coisa.
— Não vai dar certo — ele diz.
— O que houve? — pergunto.
Ele olha para mim, a decepção estampada nos olhos.
— Está nublado demais. Não dá pra ver nada. Pensei que fosse dar certo. Queria fazer uma surpresa pra você — ele diz.
Semicerro os olhos na direção do céu.
— Fazer uma surpresa com o quê? Estrelas?
— Não. Queria te mostrar os anéis de Saturno. Para aquela história que você está escrevendo na aula. Você disse

que queria ver os anéis pra poder descrevê-los melhor. — Ele se abaixa e confere as lentes do telescópio de novo. — Droga.

— Não acredito que você teve todo esse trabalho pra fazer isso.

— Mandei um e-mail para o departamento de astronomia da universidade e tudo — ele me conta. — E eles só me deixaram pegar o telescópio emprestado pra hoje à noite.

— Sam — eu sussurro e ponho a mão nas costas dele. Ele ergue o olhar da lente. Nós nunca nos beijamos antes. Nunca vou me esquecer do seu olhar de surpresa quando puxei seu rosto devagar com minhas mãos e toquei os lábios dele com os meus, e tomamos um leve choque estático no metal do telescópio.

— Obrigada por isso — eu sussurro.

— Mas você nem chegou a ver.

— Estou bem só com a minha imaginação.

Nós dois sorrimos. Sam me envolve com as mãos e me puxa para um segundo beijo mais longo sob o céu noturno cheio de nuvens e os pedacinhos de luar que despontam entre elas.

Lembro que mais tarde ele disse:

— Vou te mostrar os anéis outro dia. Prometo.

Ele não cumpriu a promessa.

Capítulo quatro

AGORA

O sinal ecoa pelo corredor vazio quando chego atrasada para a escola. Perdi o ônibus hoje de manhã. Agora tenho que entrar numa aula que já começou e chamar ainda mais atenção para mim mesma. Considero a ideia de faltar o primeiro tempo para evitar isso de vez. Mas perdi uma semana inteira de aula, e já estou aqui. Melhor acabar logo com isso, já que vou ter que encarar todo mundo mais cedo ou mais tarde. Pelo menos eu me lembrei de programar o alarme ontem. Mas jamais planejei acordar na cama do Sam e ter que ir voando para casa.

Sam.

Ainda estou tentando entender direito o que aconteceu noite passada. *A ligação na floresta. Ouvir a voz dele de novo.* Foi tudo real, não foi? De que outro jeito eu teria ido parar no quarto dele? São só sete horas deste lugar, lembro a mim mesma. Aí posso ligar para ele de novo. É tudo em que consigo pensar. É o que está me mantendo sã enquanto me preparo para o resto do dia de aula sem ele aqui.

Respiro fundo antes de cruzar a porta para o primeiro tempo. Todas as cabeças se viram lentamente na minha direção e a sala fica em silêncio. O sr. White para com o giz no quadro e abre a boca barbuda como se estivesse prestes a dizer alguma coisa. Mas ele desvia o olhar e continua sua aula, permitindo que eu procure meu lugar. Enquanto passo pelas mesas, ninguém faz contato visual comigo. Quando vejo a mesa vazia com duas cadeiras perto da janela, meu coração para. Era ali que Sam e eu costumávamos sentar juntos. Mas não fico enrolando por muito tempo porque sinto que as pessoas estão me olhando. Respiro fundo de novo antes de me aproximar e ajeitar minhas coisas. Não olho para ninguém. Só encaro a frente da sala e observo os minutos se passarem no relógio.

Depois da aula, todo mundo me ignora. Ninguém pergunta como eu estou nem olha na minha direção. Não sei o que eu estava esperando quando voltasse. É difícil não me deixar incomodar. Talvez todos eles tenham percebido que eu não fui ao funeral. Talvez pensem que sou uma pessoa fria e sem coração que não sente nada depois da morte do namorado. O resto do dia se desenrola da mesma maneira. Os corredores ficam em silêncio quando passo, e logo depois vêm os sussurros. Mas mantenho a cabeça erguida e finjo não ouvir nada. De repente me lembro da foto que Taylor tirou de mim e me pergunto para quem ela mandou. Provavelmente para seu grupo de alunos do último ano, todo mundo que estava na fogueira aquela noite. Tenho certeza de que me ver daquele jeito fez com que eles se sentissem melhor. Felizmente, não tenho nenhuma aula nem com ela nem com Liam. Estou tentando ao máximo evitar esses dois o dia inteiro. Cheguei até a descer pela outra escada para evitar passar pelo armário deles.

Na hora do almoço, não sei onde me sentar. Ponho a comida na minha bandeja sem pressa enquanto procuro por Mika. Não a vi a manhã inteira. Talvez ela ainda esteja dando um tempo da escola. Ela não entrou em contato comigo desde que nos encontramos na lanchonete ontem. Se ela soubesse o que aconteceu na noite passada... *Depois que liguei para Sam e ele atendeu.* Mas não tem como contar nada para ela ainda. Será que Sam ia querer que eu fizesse isso? Eu deveria perguntar a ele antes de tomar qualquer decisão. Se nossas ligações são reais, não quero arriscar nada.

Há várias cadeiras vazias, mas nenhum lugar para sentar. Considero comer lá fora, mas sinto que todo mundo está me observando. Não quero que pensem que estou com medo de comer sozinha. Não vou ser uma daquelas garotas que acaba se escondendo numa cabine do banheiro.

Procuro uma mesa vazia nos fundos do refeitório. Algo chama minha atenção. Atrás de uma cadeira, joias cor-de-rosa cintilam ao longo de uma mochila de seda branca. Ela pertence à minha amiga Yuki. Seus cabelos pretos sedosos escorrem pelas costas dela, lindos e compridos. Ela está sentada perto da janela com dois outros alunos de intercâmbio — Rachel, do Vietnã, e Jay, da Tailândia. Eu me aproximo e posiciono minha bandeja.

— Tem alguém sentado aqui?

Eles erguem os olhos da comida e das lancheiras e piscam repetidas vezes. Jay, que é mais alto do que as outras pessoas na mesa, tira os fones de ouvido e afasta os cabelos escuros e ondulados da testa. Ele está vestindo uma camiseta de beisebol azul e listrada que comprou em sua viagem a Seattle.

— Não... é claro — Rachel diz. O cabelo dela está preso num rabo de cavalo hoje. Ela tira a bolsa para abrir espaço para mim. — Por favor, senta com a gente.

— Obrigada — digo.

Há uma troca de sorrisos constrangidos quando me sento entre ela e Jay. Yuki e eu trocamos um aceno de cabeça do outro lado da mesa. Comemos em silêncio. Normalmente, os três conversam com animação. Mas há um clima pesado na mesa que nos mantém quietos e sérios.

Sem dizer nada, Jay arrasta uma caixinha com fatias de manga na minha frente. Um gesto de simpatia. Sorrio para ele e pego um pedaço. Então Jay empurra um pacote de biscoitinhos caseiros na minha direção, junto com aqueles mini Kit Kats sabor chá-verde que ele sabe que são meus favoritos. São os favoritos dele também. Tento devolver, mas ele insiste.

— Que tal se a gente dividir? — ele pergunta. Ele sempre foi fofo desse jeito.

Rachel sorri para mim.

— Sentimos sua falta, Julie — ela diz. — Temos pensado em você. É muito bom almoçar com você de novo.

— E sentimos falta do Sam também — Jay diz com pesar. — A gente sente muito... pelo que aconteceu.

A mesa fica em silêncio de novo. Os olhos de Yuki disparam entre mim e Jay, como se estivesse interpretando minha reação ao nome do Sam. Para ter certeza de que não tem problema falar dele. Parece estranho eles falarem sobre Sam assim. Como se eu não estivesse no telefone com ele na noite passada.

— O Sam era um ótimo amigo — Yuki acrescenta com um aceno de cabeça. Ela tenta sorrir. — Para todos nós. A gente vai sempre se lembrar dele.

— Sempre — Rachel diz.

Sinto um quentinho no coração ao ouvir isso, especialmente vindo da Yuki. Ela conhecia Sam havia mais tempo do que os outros. Ela morou com a família dele durante o primeiro ano do programa de intercâmbio. Sam foi a primeira pessoa que conheceu quando chegou em Ellensburg, e ele lhe mostrou a cidade. A mãe dele esperava que isso pudesse ajudá-lo a melhorar seu japonês. No dia seguinte ao funeral, ela passou na minha casa para me dar sopa e chá, mesmo que eu tenha ignorado todas as mensagens dela.

Jay e Rachel se mudaram para cá há alguns meses. É o primeiro ano deles no estado de Washington. Nós temos outros alunos estrangeiros. Os que vieram da Europa são tratados como se fossem da realeza e recebem convites para todas as festas. Yuki, Jay e Rachel, por outro lado, tiveram mais dificuldade de se enturmar. Eles foram excluídos, apesar de falarem inglês fluentemente. Ninguém se dá ao trabalho de falar com eles como falam com os alunos franceses e alemães, então eles contam muito uns com os outros. A parte horrível é que, quando as pessoas os veem juntos o tempo todo, os acusam de se isolarem do resto da escola. Nunca notei isso até Sam tocar no assunto comigo. Sam me disse que os amigos dele se referiam a eles como "aqueles" asiáticos. Quando Sam finalmente disse: "Eu também sou asiático, sabe", um dos seus amigos respondeu: "É, mas você é... *diferente*." Porque Sam nasceu aqui e não tinha sotaque. Sam não respondeu. Simplesmente pegou suas coisas um dia e foi sentar na mesa da Yuki, e eu fui com ele. Agora o almoço parece vazio sem ele aqui. *Como se estivesse faltando alguma coisa.* Sei que os outros também sentem isso.

Jay me passa outro Kit Kat e se inclina para perto de mim.

— Se precisar de qualquer coisa, é só avisar — ele sussurra. — Pode contar com a gente.

Não sei o que mais dizer a eles, a não ser:

— Obrigada.

Cutuco minha salada com o garfo enquanto continuamos a comer em silêncio. Bem mais tarde, meio que do nada, digo a todos na mesa:

— Acho que o Sam ia ficar feliz de saber o que vocês disseram dele. — Tenho certeza de que é verdade. E pretendo contar a ele mais tarde.

*

Depois que as aulas acabam, corro até meu armário para pegar minhas coisas. Estou tentando não encontrar com ninguém. Só quero ir para casa e ligar para o Sam assim que chegar ao meu quarto. É o que nós combinamos. Enquanto estou ali parada, sinto uma presença atrás de mim. Alguém cutuca meu ombro.

— Julie?

Eu me viro e encontro olhos verde-escuros. É o Oliver, melhor amigo do Sam, um pouco perto demais. Ele está vestindo seu casaco esportivo azul da escola e a mochila pende de um ombro só.

— Você voltou mesmo...
— Precisa de alguma coisa?
— Queria dar oi.
— Ah. Oi — digo depressa. Eu me viro para o armário e pego outro livro, na esperança de que ele se toque.

Oliver não sai do lugar.

— Como você tem estado?
— Bem.
— Ah... — Ele espera que eu diga mais, mas não falo nada. Talvez estivesse esperando uma resposta diferente. Não estou a fim de ter essa conversa agora. Especialmente com ele. Mas ele continua falando. — Que semana foi essa, né?
— Pois é.
— Tem certeza de que está bem? — Oliver pergunta de novo.
— Eu disse que estou bem.

Não quis ser grossa de propósito. Mas Oliver e eu nunca fomos bons amigos, apesar do relacionamento dele com Sam. Sempre existiu uma tensão entre a gente que nunca entendi completamente. Sempre pareceu que nós dois competíamos pela atenção do Sam. Já houve um tempo em que eu quis conhecer Oliver. Sempre que estávamos juntos com Sam, lembro que tentava puxar assunto com ele, mas ele nunca me dava papo ou então fingia não ouvir. Ele chamava Sam para ir a algum lugar e dizia que não tinha espaço no carro dele ou um ingresso extra para mim. Então, foi mal se não estou no clima para bater papo. Especialmente agora que Sam não está mais aqui. Não preciso ser amigável. Não devo nada a ele.

Além disso, Oliver era uma das pessoas que estavam na fogueira aquela noite. Talvez seja disso que ele queira falar. Não estou atrás de confrontos agora. Eu fecho meu armário.

— Tenho que ir.

— Mas eu esperava que a gente pudesse conversar ou algo assim — ele diz, um tanto quanto tenso.

— Não estou com tempo agora. Desculpa. — Vou embora sem dizer mais nada.

— Espera... Só um segundinho?

Continuo andando.

— *Por favor* — Oliver grita atrás de mim. Sua voz tem um tom cortante e ferido que me atinge e me faz parar. — Por favor... — ele diz de novo, de um jeito quase desesperado desta vez. — Não tenho mais ninguém com quem falar.

Eu me viro devagar. Ficamos ali parados, olhando um para o outro enquanto as outras pessoas passam direto por nós. Agora que estou olhando para ele, consigo ver a dor em seu rosto. *Ele também perdeu Sam.* Só que não tem a mesma ligação que eu tenho com Sam. Dou um passo na direção dele, encurtando a distância entre nós, e sussurro:

— Tem a ver com o Sam?

Oliver faz que sim.

— Ninguém mais entende — ele diz e se inclina para perto de mim. — Por que isso tinha que acontecer com ele, sabe?

Eu toco o ombro dele e sinto como está tenso. É como se estivesse guardando alguma coisa. Nenhum de nós diz mais nada porque não precisamos. Pela primeira vez, é como se nos entendêssemos.

— Eu sei... — digo.

— Estou bem feliz que você voltou — Oliver fala. — Foi estranho não ter você por perto também. — Então, de repente, ele me envolve com os braços e me abraça apertado. Sinto na bochecha a maciez do couro do casaco dele. Costumo me esquivar desse tipo de afeto, mas, para esta ocasião, eu permito. Nós dois perdemos alguém que amamos. Depois de um tempo, Oliver se afasta e endireita a mochila. — Tudo bem se eu te mandar uma mensagem qualquer hora? Só pra conversar?

— Claro que sim.

Oliver sorri.

— Obrigado. Vejo você amanhã.

Eu o vejo desaparecer no corredor. É quase como se tivéssemos acabado de nos conhecer. É cedo demais para dizer se Oliver e eu podemos ser amigos depois de tudo isso, mas pelo menos, no mínimo, talvez as coisas sejam diferentes.

Em casa, encontro o carro da minha mãe na entrada da garagem. Ela está na cozinha lavando a louça quando eu entro. Assim que fecho a porta, ouço o som da torneira desligando, seguido pela voz dela.

— *Julie?* — ela grita da cozinha. Antes que eu possa responder, ela dispara pelo corredor com uma expressão de alívio no rosto. — Onde você esteve o dia inteiro?

Eu tiro o casaco.

— Estava na escola. Pensei que tivesse te falado ontem.

— Mas por que você não respondeu minhas mensagens? — ela pergunta.

— Que mensagens?

— Eu mandei mensagem ontem à noite. Cheguei até a ligar.

— Você me ligou? — Não me lembro de ter visto nenhuma notificação quando acordei. A única pessoa com quem falei desde a noite passada foi Sam. Dou uma olhada no celular de novo. — Tem certeza? Não recebi nada seu.

Eu lhe entrego o celular para que ela veja com os próprios olhos.

— Claro que tenho certeza — ela diz, rolando a tela. — Que bizarro. Eu com certeza te mandei mensagem. Acha que é algum problema no seu celular? Acho que pode ser o meu.

— De repente é o sinal.

— Talvez... — minha mãe diz, pensativa. Ela me devolve o celular. — Por mais que eles tentem fazer essas coisas o mais inteligentes possível, elas nunca funcionam, sabe. — Ela solta um longo suspiro.

— Desculpa ter preocupado você.

— Tudo bem — minha mãe diz. — Só estou feliz que você está bem. Ela pega a jaqueta da minha mão e a pendura num gancho na parede. — Por sorte eu percebi que sua mochila não estava aqui hoje de manhã, então imaginei que você estivesse na escola. Que horas você voltou pra casa ontem à noite?

— Ah... — Meus olhos se voltam para o chão. Ela não percebeu que eu não vim para casa. — Não foi tão tarde... — digo.

— Eu poderia ter te dado uma carona de manhã, sabe?

— Não me importo de ir a pé. — Eu me viro para a escada.

— Espera. — Minha mãe me impede. — Como foi na escola? Está tudo bem?

Eu paro no primeiro degrau.

— Foi tudo... bem — digo sem me virar.

— Não quer falar sobre isso?

— Talvez não nesse segundo. Estou meio cansada.

Minha mãe faz que sim.

— Tudo bem. Você sabe que estou sempre por aqui, Julie — ela diz enquanto subo a escada. — Mas a gente deveria dar uma olhada no seu celular logo! No meu também, pensando bem. Eu já tinha minhas suspeitas de que alguém estava tentando hackear ele. Talvez tenha sido *grampeado*. Mas, por outro lado, o que não é grampeado hoje em dia... Eles provavelmente estão gravando tudo que a gente está dizendo agora. Toma cuidado!

— Vou tomar!

Fecho a porta atrás de mim e olho ao redor do quarto. Tudo está do mesmo jeito que deixei. Voltei hoje de manhã da casa do Sam para trocar de roupa e pegar minhas coisas antes de ir para a escola. É por isso que me atrasei para a aula. Não planejava passar a noite no quarto dele, mas estava tão cansada, e Sam me disse que não tinha problema. Não falei com ele desde então. Eu me sento na lateral da cama e pego o celular. Combinamos de conversar depois da escola, assim que eu chegasse em casa. Lembro que o fiz prometer que atenderia de novo. Caso contrário, eu não conseguiria dormir. Fico olhando para a tela vazia do celular. Embora meu lado racional continue achando que a noite passada foi só um sonho, dou uma olhada e vejo sua camisa xadrez pendurada nas costas da minha cadeira. Na minha escrivaninha está o outro aparador de livro que ele me deu ontem à noite. Sua camiseta do Radiohead está dobrada e escondida na gaveta do meio. Conferi faz um segundo para ter certeza de que ainda estava lá.

Verifico meu celular. Por algum motivo, o número do Sam não aparece no histórico de chamadas. Percebi isso pela manhã, quando acordei. É como se não existisse nenhum registro de que isso aconteceu. Não tem como ser só coisa da minha cabeça, né? De que outra forma eu saberia sobre a chave embaixo da caixa de correio? Acho que só há um jeito de ter certeza. Respiro fundo e digito o número do Sam. O som dos toques me deixa tensa. Mas só chama duas vezes antes que ele atenda.

— *Julie...*

O aperto no peito se desfaz e volto a respirar normalmente.

— *Sam.*

— Você ainda parece aliviada de me ouvir — ele diz com uma risada. O calor da sua voz me leva de volta ao início e é... como *antes*.

— E dá pra me culpar? — sussurro, como se alguém pudesse nos ouvir. — Eu não espero que você vá atender.

— Mas eu prometi que atenderia, não foi?

Prendo a respiração e absorvo a voz dele como se fosse ar.

— Eu sei que prometeu... E é por isso que eu liguei. Mas você percebe como isso é loucura, né? Era pra você ter partido...

— Como assim? — ele pergunta.

Minha barriga enrijece. Não sei dizer se ele está falando sério. Ele tem que saber o que aconteceu naquela noite, uma semana atrás, certo? *A fogueira. As chamadas perdidas. Os faróis na estrada.* Não deveria ter como a gente voltar a se falar ao telefone. Tenho quase medo de perguntar. Mas preciso saber. As palavras pesam na minha garganta.

— *Você morreu, Sam...* Você sabe disso, né?

Há um longo silêncio antes que ele responda.

Sam solta um suspiro.

— É, eu sei... Ainda estou processando.

Um arrepio me percorre. Parte de mim queria ouvir uma resposta diferente. Algo que pudesse trazê-lo de volta para mim.

— Então estou imaginando tudo isso?

— Você não está imaginando nada, Julie. Prometo, tá?

Outra promessa. Sem uma explicação. Seguro o celular com força, tentando manter a calma.

— Ainda não entendo como isso é possível. Como é que a gente está se falando?

Sam fica em silêncio de novo. Passo o celular para a outra orelha enquanto espero a resposta dele.

— Honestamente, Jules, eu não sei — ele diz. — Tudo que eu sei é que você me ligou e eu atendi. E agora estamos conectados de novo.

— Não pode ser tão simples assim — eu começo.

— *Mas por que não pode ser?* — Sam me pergunta. — Eu sei que isso não faz muito sentido agora. Mas talvez a gente não precise complicar as coisas com perguntas que não sabemos responder. Talvez a gente possa só aproveitar essa chance pelo que ela é. Pelo tempo que tivermos.

Olho de relance para as paredes enquanto penso sobre isso. *Outra chance. De estarmos conectados de novo.* Talvez ele esteja certo. Talvez isso seja um presente ou uma falha no universo. Algo muito além do nosso entendimento. Eu me lembro de uma coisa da noite passada.

— Quando eu estava do lado de fora do café, você disse outra coisa. Você disse que queria nos dar uma segunda chance de dizer adeus. Você disse que foi por isso que atendeu. Você falou sério?

Sam leva um tempo para responder.

— Em algum momento, acho que nós dois precisamos dizer adeus. Mas você não precisa se preocupar com isso agora, tá?

— Então... Até lá, ainda posso te ligar?

— É claro. Sempre que precisar de mim.

— E você promete que vai atender?
— Sempre.
Sempre.

Fecho os olhos e absorvo tudo isso. Minha mente logo viaja de volta para o *antes*. Antes de tudo mudar, quando todos os planos que fizemos ainda estavam de pé. Antes do Sam morrer e quando eu podia tocá-lo e saber que ele está ali. Antes de tudo ser tirado de nós. Do outro lado da linha, percebo que Sam está fazendo o mesmo. Quando abro os olhos, me vejo sozinha no meu quarto. Enquanto penso no Sam, e nessa segunda chance que estamos tendo, uma dúvida me ocorre. Eu sei que já perguntei isso antes, mas ele não me deu uma resposta.

— Onde você está, Sam?
— Em algum lugar — ele responde vagamente.
— *Onde?*
— Não dá pra dizer. Pelo menos não agora.

Por algum motivo, sinto que não deveria pressioná-lo com esse assunto.

— É algum lugar onde eu já estive?
— Acho que não…

Tento escutar os sons do outro lado da linha. Mas não consigo ouvir mais nada.

— Pode pelo menos me dizer o que está vendo?

Ele espera um instante.

— Um céu infinito.

Dou uma olhada na janela. A cortina está parcialmente aberta, então eu me aproximo e a tiro do caminho. A janela já está destrancada quando eu a abro, deixando entrar uma brisa enquanto olho para além dos telhados das casas, além do topo das colinas distantes, e em direção ao céu. Eu sinto Sam *escutando*. Pergunto a ele:

— Estamos olhando para o mesmo céu?
— Talvez. Não tenho certeza absoluta.
— Imagino que isso seja tudo que você pode me contar.
— Por enquanto, pelo menos. Desculpa.
— Tudo bem — digo para acalmá-lo. — Só estou feliz por você ter atendido.
— Estou feliz por você ter me ligado — ele diz. — Achei que nunca mais fosse saber de você.

Lágrimas se acumulam nos meus olhos.

— Pensei que tivesse perdido você pra sempre. Senti saudade.
— Também senti saudade. Senti uma saudade infinita.

Não lhe faço mais perguntas sobre o que está acontecendo. Não agora, pelo menos. Simplesmente aceito as coisas do jeito que são e absorvo a impossibilidade de estar reconectada com alguém que pensei ter perdido, não importa o quanto pareça ridículo. O restante da nossa ligação se desenrola como um devaneio, enquanto eu continuo a questionar o que é real e o que não é. Eu me pergunto se isso importa. Conversamos sobre coisas banais, e sinto como se tivéssemos voltado aos velhos tempos. Conto a ele o que Yuki e os outros disseram no almoço. Conto a ele sobre o resto do meu dia na escola, tipo minha conversa com Oliver. Parece imaginação, mas existem coisas que são inexplicáveis. Seria mais fácil dizer a mim mesma que nada disso é real, mas aí eu vejo os objetos físicos que não deveriam estar no meu quarto. *A camiseta, as pulseiras, o outro aparador de livro.* Como eu poderia ter conseguido tudo isso se ele não tivesse me falado onde estava a chave extra?

Minha cabeça se enche de perguntas, mas eu as deixo de lado por enquanto e me permito viver nesta linda e estranha toca do coelho em que eu caí. Não me importa como isso é possível. Eu tenho Sam de volta. Não quero abrir mão dele.

Capítulo cinco

Trabalho na livraria do sr. Lee há quase três anos. O lugar é uma relíquia, cheio de livros com capa de couro, obras estrangeiras raras e colecionáveis, e já existe há duas gerações, apesar de cada vez mais pessoas fazerem compras on-line hoje em dia. É a última livraria da cidade. Eu a encontrei por acaso na minha primeira semana morando aqui. A loja não tem nome e não há nenhum letreiro do lado de fora. O único indício são os livros empilhados em torres espiraladas nas vitrines. Muitos dos nossos clientes entram por curiosidade.

Para dizer a verdade, eu não estava certa de quanto tempo o emprego duraria quando me candidatei. Toda vez que viro aquela esquina a caminho do trabalho, tenho medo de encontrar as luzes apagadas e uma placa de FECHADO desvirada na porta. Fico surpresa de ver como o sr. Lee ainda consegue nos manter empregados com o pouco que temos para fazer. Não consigo expressar toda a minha gratidão por sua gentileza.

O sino dos ventos de cristal tilinta contra a porta de vidro quando eu entro. Já se passou mais um dia, e decido aparecer depois da escola para ver como estão as coisas. Depois de uma semana sem dar nenhuma notícia, chegou a hora. Quando entro na loja, parece que atravessei um portal. Vejo lâmpadas penduradas no ar por cordas de diferentes alturas, piscando de tempos em tempos. O lugar parece pequeno do lado de fora, mas as dezesseis longas fileiras de estantes pintadas à mão que quase encostam no teto fazem a loja parecer enorme.

A princípio, o espaço parece vazio. Mais silencioso do que o comum. Então, ouço o esforço de uma caixa sendo aberta, seguido pelo rasgar de fitas, o som de vários livros caindo no chão e a voz de alguém.

— *Ah, caramba*.

Imaginei que Tristan estaria trabalhando hoje. Eu sigo a voz e o encontro agachado nos fundos da seção de fantasia, resmungando sozinho, recolhendo os livros caídos. Eu me ajoelho para ajudá-lo.

— Quer uma mãozinha?

— Hã? *Ai...*

Tristan se vira rápido demais e bate a cabeça na escada da estante.

— Meu Deus, está tudo bem?

— Sim, completamente bem. — Tristan se encolhe, sorrindo em meio à dor. Ele pisca quando me reconhece. — *Julie?* Quando foi que você chegou aqui?

— Tem um segundo — digo enquanto verifico a testa dele. — Talvez a gente devesse colocar alguma coisa nisso aí.

Tristan desconsidera.

— Não, sério, estou bem — ele repete e ri de forma pouco convincente. — Acontece comigo o tempo todo por aqui.

— Isso me preocupa um pouco.

— Não se preocupa! É só um galo.

Depois de empilharmos os livros, ajudo Tristan a se levantar. Ele endireita a postura e passa a mão por seus cachos castanhos algumas vezes, embora eles voltem para onde estavam. É um tique nervoso dele.

— Desculpa ter te assustado — digo.

— Você não me assustou — ele responde, tirando a poeira das mangas. — Fiquei um pouco surpreso, só isso. Não sabia que você vinha hoje.

— Senti vontade de ver como estavam as coisas. Eu sei que já tem um tempinho. — Dou uma olhada ao redor da loja em busca de mudanças. Mas tudo está exatamente do jeito que deixei. Eu me viro para Tristan. — Desculpa por ter deixado vocês sozinhos do nada. Soube que você se ofereceu para cobrir meus horários. Eu nunca te agradeci.

— Ah, não precisa me agradecer. Quer dizer, fico feliz que pude ajudar.

Além do sr. Lee, só Tristan e eu trabalhamos aqui. Se um de nós fica doente, o outro se responsabiliza pelos seus horários e por fechar a loja. Contamos muito um com o outro, especialmente na época das provas finais, quando precisamos coordenar nossos horários de provas. Odeio ter jogado uma semana inteira no colo dele sem dizer uma palavra. Tristan está no penúltimo ano, então nunca temos aulas juntos. A primeira vez que nos falamos foi quando nós dois nos sentamos com o sr. Lee na nossa entrevista para este emprego. O sr. Lee disse que ficou impressionado com nosso conhecimento sobre livros e nos escolheu especificamente para os gêneros que costumávamos ler mais. Ele percebeu que eu entendo muito de jovem adulto e ficção literária, e elogiou a experiência de Tristan com ficção científica e fantasia. Mais tarde, descobrimos que fomos os únicos que nos candidatamos.

— Ainda me sinto culpada — comento.

— Pois não deveria — Tristan diz, sacudindo a cabeça. — Você pode tirar o tempo que precisar. Eu gosto de ficar aqui. Então não precisa se sentir mal.

O sino dos ventos toca, nos avisando que um cliente entrou na loja. Tristan olha por cima do ombro e passa a mão pelo cabelo. Ele sussurra, ligeiramente cauteloso:

— Como você está, aliás? Estava pra falar com você, mas não tinha certeza se era cedo demais, sabe? Sinto muito pelo que aconteceu com o Sam. As coisas devem estar difíceis agora...

Fico olhando para o chão enquanto penso no que dizer. Desde que Sam atendeu o telefone, é como se o mundo inteiro tivesse mudado de novo, e eu não tenho mais certeza de como responder a essas perguntas. Como se junta tristeza e esperança, sem que alguém interprete do jeito errado? Sem dar dicas do seu segredo?

— Estou levando um dia de cada vez...

Tristan assente com a cabeça.

— Faz sentido...

O sino dos ventos toca de novo. Eu uso essa distração momentânea para mudar de assunto. Passo a mão pelas prateleiras.

— Enfim, como estão as coisas na loja?

— Bem boas — Tristan responde, entendendo minha intenção. — Aliás, você tem que ver isso. — Ele pega meu braço e me puxa para outra seção da loja. Uma mulher e seu filho estão folheando alguns livros usados na vitrine. Tristan sorri para eles. — Se precisarem de alguma coisa, é só me avisar — ele diz.

Chegamos na ala de ficção científica, a seção favorita dele.

— Olha, toda a série Space Ninja, edição de colecionador — Tristan diz, me mostrando a prateleira em que está trabalhando. — Só existem cinquenta exemplares no mundo todo.

— Uau.

Tristan abre o livro com mãos cuidadosas.

— Tem um mapa holográfico de toda a Galáxia NexPod. Não é maneiro? — Ele vira a página. — E aqui tem uma foto do Capitão Mega Claws, também holográfica. Se você inclinar um pouquinho, a garra se mexe.

— É lindo. — Eu toco o papel holográfico enquanto ele brilha. — Mas parece caro.

— Já foi vendido.

— Ah, então por que ainda está aqui?

— Ainda tenho que mandar pelo correio — ele explica. — Alguém comprou pela internet.

— Nós estamos na internet?

— Desde a semana passada, só — Tristan diz. — Agora nós temos uma loja on-line e tudo. Está realmente expandindo nossa base de consumidores.

— Isso é maravilhoso. E o sr. Lee está de boa com isso?

— É claro. Chegou até a me pedir pra atualizar nossa página no Facebook. E temos uma conta no Twitter agora, aliás.

— As pessoas ainda usam isso?

— Você ficaria surpresa.

— Interessante.

Tristan devolve o livro à prateleira.

— Também entrei em contato com o autor, Steve Anders. Convidei ele pra vir aqui fazer uma sessão de autógrafos e já tive resposta.

— *Ai, meu Deus.* Quando ele vem?

— Não vem — Tristan diz, franzindo a testa. — O agente dele disse que eles nunca nem ouviram falar de Ellensburg.

— A maioria das pessoas nunca ouviu falar — digo com um suspiro. — Pelo menos você tentou.

— É. Foi o que o sr. Lee disse.

O sino dos ventos toca de novo, trazendo outro cliente. É sempre ótimo ver pessoas entrando na loja, mesmo que não comprem nada. Depois de um instante de silêncio, sinto o cheiro de sálvia e folhas de chá. Uma energia calma envolve a loja. Eu me viro para ver a porta aberta da sala dos fundos e o sr. Lee parado ao lado de Tristan, com a mão no ombro dele. Ele tem uma tendência a aparecer do nada.

— Boa tarde, Julie.

— Sr. Lee... — é tudo que consigo dizer. Eu estava esperando que ele estivesse aqui hoje. Sinto uma pontada de culpa no peito por não ter entrado em contato antes, mas sei que ele entende. Ninguém sabe disso, mas o sr. Lee estava comigo no dia em que descobri que Sam havia morrido. Na verdade, foi bem aqui na loja que recebi aquela ligação da Mika pela manhã. O sr. Lee me tirou do chão, fechou a livraria mais cedo, me levou até o hospital e ficou esperando para me levar para casa. Ele sempre amou ter Sam por perto.

O sr. Lee dizia que ele "trazia boa sorte".

— E o que eu trouxe? — perguntei certa vez.

— Você trouxe o Sam.

— Os livros sentiram sua falta — o sr. Lee diz, levantando a mão. Embora outra pessoa possa estranhar as palavras dele, eu já me acostumei com o jeito com que ele atribui personalidade aos livros da loja, dando vida a eles. Por exemplo, quando um livro novo chegava, ele dizia: "Precisamos encontrar um lar para esse aqui." Isso sempre me faz sorrir.

— Eles não saíram da minha cabeça — respondo.

Ele faz que sim.

— Tive um pressentimento de que você passaria aqui — ele diz. — *Timing* perfeito. Queria que você visse uma coisa.

Deixamos Tristan com os clientes e nos dirigimos para o escritório. A sala fica atrás de uma estante secreta que não é lá muito secreta. Toda vez que entro nela e sigo o cordão de luzes piscantes e os enfeites de papel pelo teto, me sinto Alice atravessando o espelho.

A sala está cheia de pilhas de caixas de papelão, cada uma delas ocupada por vários livros para os quais ainda não temos lugar ou que simplesmente não separamos. O sr. Lee me pede para esperar aqui enquanto ele some dentro de uma salinha no canto. Quando volta, está segurando um livro que não reconheço logo de cara.

— Encontrei isso na caixa de doações semana passada. Dê uma olhada. — Ele entrega o livro para mim.

Passo a mão pela capa. É um lindo tecido marrom encadernado, macio ao toque, com padrões florais bordados que surgem salpicados de ouro, e não há nada escrito em cima. Talvez esteja faltando a sobrecapa. Folheio algumas páginas em busca do título. Mas está tudo em branco.

— É um caderno — o sr. Lee diz. — Bem bonito, não concorda?

— É mesmo... — sussurro, admirando a qualidade das páginas. — Não acredito que alguém doou isso. Não chegou nem a ser usado.

— Pensei em você na mesma hora — ele diz e aponta para o velho computador na mesa dos fundos. — Já reparei que você roubou papel da impressora para escrever. Então, imaginei que poderia gostar desse presente. Quem sabe... Talvez se você mudar o meio em que escreve, isso pode te dar alguma inspiração.

— Eu só estava pegando o papel emprestado — respondo.

O sr. Lee dá uma risadinha e desconsidera.

Eu olho para o caderno.

— Posso ficar com ele?

— Contanto que faça bom uso — o sr. Lee responde com um aceno de cabeça. — Eu penso nisso como um investimento.

— Como assim?

— Veja bem... Quando você terminar seu livro, nós podemos colocá-lo nas prateleiras, bem na frente da loja — ele explica. — E eu posso dizer aos clientes que ela escreveu o livro aqui, sabe? No diário que eu dei a ela.

Eu sorrio enquanto abraço o diário. O sr. Lee sempre me encoraja a escrever mais. *"Use seu tempo na loja. Converse com os livros para se inspirar. Eles estão cheios de ideias."* Às vezes, compartilho minhas histórias com ele para saber sua opinião. Ao contrário dos meus professores de inglês na escola, o sr. Lee é bem versado no mundo da literatura e sempre encontra beleza nas minhas palavras. Ele entende o que estou tentando dizer mesmo quando eu mesma não tenho muita certeza.

— Mas não sei se conseguiria escrever um livro inteiro — admito. — Estou tendo dificuldade só de pensar ultimamente. Não tenho mais certeza sobre o que escrever.

— No que você tem pensado? — ele pergunta.

Passo a mão pela lombada do diário.

— Em tudo, eu acho. Na minha vida. No que está acontecendo nela. — *E no Sam, é claro.*

— Então anota isso. Escreve sobre o que está acontecendo.

Olho para ele.

— Sr. Lee, ninguém quer ler sobre minha vida.

— Para quem você está escrevendo mesmo? — o sr. Lee pergunta, arqueando uma sobrancelha. Ele já me perguntou isso antes. Eu sei a resposta que ele quer ouvir. *Escrevo para mim mesma.* Mas não tenho certeza do que isso realmente significa. Não consigo não me importar com o que as pessoas pensam, especialmente em relação à minha escrita. — Nós temos muitas vozes dentro da cabeça. Você precisa selecionar aquelas que significam alguma coisa para você. Que história *você* quer contar?

Fico olhando para o diário enquanto penso a respeito.

— Vou tentar, sr. Lee. Obrigada por isso. E desculpa por não avisar quando saí...

O sr. Lee levanta o dedo para me impedir.

— Não precisa se desculpar. — Ele abre a porta da estante e gesticula na direção da loja. — Os livros lhe dão as boas-vindas de volta.

Sempre me sinto em casa quando estou na livraria. Eu poderia passar horas e horas aqui. Sinto um conforto em estar rodeada por paredes de livros. Mas, por mais que seja bom estar de volta, Sam está esperando por mim. Nós combinamos de fazer outra ligação hoje. Mas, desta vez, ele me pediu para encontrá-lo num lugar novo para que pudéssemos conversar. Ele disse que queria me mostrar algo.

Eu tinha acabado de sair da livraria quando o sino dos ventos toca de novo, seguido pelo som da voz do Tristan.

— *Julie! Espera!*

Eu me viro e o vejo com a mão estendida, segurando meu celular.

— Você esqueceu uma coisa.

Deixo escapar uma arfada.

— *Ai, meu Deus...* — Pego o celular e o pressiono com força contra o peito. Meu coração bate forte enquanto vários "e se" passam pela minha cabeça. *E se eu o perdesse? E se eu não pudesse ligar de novo para Sam? Como pude ser tão desleixada? Como eu poderia me perdoar?* Prometo a mim mesma nunca mais fazer isso. — *Muito obrigada* — digo sem fôlego.

— Sem problema — Tristan responde. — Você deixou no balcão.

— *Você salvou minha vida.*

Tristan ri.

— O que a gente faria sem nossos celulares, né?

— Você honestamente não faz ideia, Tristan.

Respiro aliviada e sorrio enquanto espero que ele volte

para dentro da loja. Mas ele não volta. Simplesmente fica ali parado, meio sem jeito.

— Tem mais alguma coisa?

Tristan coça a nuca.

— Mais ou menos. Quer dizer... Esqueci de mencionar um negócio antes.

— O quê?

— É sobre o festival de cinema. O Spring Flick? Meu filme foi aceito. Queria te contar — ele diz.

— Que incrível, Tristan! Parabéns! Eu sabia que seria aceito. Spring Flick faz parte do Festival de Cinema de Ellensburg que acontece todos os anos na universidade. É um dos maiores eventos da cidade. Tristan e os amigos dele inscreveram um curta na categoria do Ensino Médio. Eles passaram os últimos seis meses filmando um documentário sobre Mark Lanegan, o músico de rock alternativo de Ellensburg. Sam era muito fã.

— É no mês que vem, algumas semanas antes da formatura — Tristan prossegue, passando a mão pelo cabelo. — Tenho um ingresso sobrando. Você mencionou que queria ir da última vez, se o filme fosse aceito. Ainda quer ir?

A palavra *formatura* me pega desprevenida e quase entro em pânico. *Só faltam mesmo dois meses?* Ainda nem tive notícias das faculdades. E estou tão atrasada na escola, e se eu não ficar em dia a tempo? Fico tão perdida em pensamentos que esqueço a pergunta do Tristan. Devo estar demorando tempo demais para responder, porque o rosto dele fica vermelho e sua voz gagueja.

— Desculpa. Não deveria ter puxado esse assunto tão cedo. Você deve ter coisa demais na cabeça agora. Eu deveria voltar lá pra dentro... — Ele se vira na direção da loja.

— *Espera* — eu o chamo de volta. — É claro. Eu vou.

— Sério? — ele pergunta, de repente radiante. — Quer dizer, tá. Tá bom, ótimo. Maneiro. Vou dar mais detalhes depois. E, sabe, se mudar de ideia é só me avisar. Também não tem problema.

— Eu vou, Tristan — digo enquanto me viro para ir embora.

Tristan fica parado na porta, acenando, enquanto eu atravesso a rua e desapareço na esquina.

Flores de cerejeira caem sobre os meus sapatos quando o ônibus me deixa na entrada da universidade. A torre de tijolos de Barge Hall surge por trás das árvores enquanto olho à minha volta. As trilhas espalhadas pelo campus estão cobertas de pétalas rosadas e brancas. Um riacho corre ao lado da biblioteca. Eu atravesso uma ponte para chegar ao outro lado. Enquanto corto caminho pela grama, galhos de árvores derrubam pétalas no meu cabelo e nos meus ombros. Uma leve brisa as faz girar no ar conforme sigo em frente. Quando as árvores florescem na primavera, a região central do estado de Washington parece um lugar saído de um sonho.

O Festival das Sakura acontece uma vez por ano, e pessoas de todas as partes de Washington vêm aqui para ver. Sam e eu vínhamos de ônibus para cá o tempo todo quando o tempo estava quente. O passeio pelas trilhas da universidade é lindo. É a primeira vez que as vejo este ano. Eu inspiro o aroma e me lembro de nós dois andando juntos, a mão do Sam na minha.

Sam para e inspira o ar.

— *Isso me leva de volta...*

— *É parecido?* — pergunto.

Ele olha para mim.

— *Com o quê?*

— *Com as flores de cerejeira do Japão.*

Sam dá uma boa olhada ao redor.
— Isso é tipo comparar um lago com o oceano. Sabe? Não é nada parecido.

Ele tinha acabado de voltar de uma viagem a Quioto para visitar os avós e participar do Festival das Sakura de lá. Ele disse que era uma viagem em família...

Eu cruzo os braços.
— Valeu de novo pelo convite.
— Eu te disse. — *Ele ri e pega minhas mãos.* — A gente vai esse verão, depois da formatura. Prometo. Você vai amar. Não vai ser nada parecido com o que você já viu.
— Nada a ver com Ellensburg?
— Mundos diferentes.
Eu sorrio e lhe dou um beijo na bochecha.
— Mal posso esperar.

— E aí, como estão as flores esse ano? — A voz do Sam ao telefone me traz de volta.

Liguei assim que as trilhas ficaram livres e só sobramos nós dois ali.

— Estão lindas — respondo. Olho para as árvores enfileiradas ao longo das trilhas e ouço o riacho correndo em algum lugar à frente. — Mas nem se compara ao oceano, né? — Sam não responde, mas sinto que está sorrindo do outro lado da linha. — Por que você me pediu pra voltar aqui?

— É nossa tradição — Sam diz. — Caminhar por aqui toda primavera, lembra? Percebi que a gente não teve a chance de vê-las esse ano. E isso me deixou meio triste. Não queria que você achasse que eu esqueci. Então pensei em trazer você aqui mais uma vez, enquanto ainda posso.

— Mas você não está aqui — eu o lembro.

— Eu sei. — Sam suspira. — Mas finge que eu estou. Só por um segundo. Bem aí, do seu lado, como antes…

Fecho os olhos e tento imaginar isso. Uma brisa passa pelo meu rosto, mas nada muda. *Você deveria ter me deixado ir com você da última vez. Isso não compensa as coisas.*

— Não é a mesma coisa, Sam. Nem um pouco…

— Eu sei. Mas é o melhor que eu posso fazer agora.

Um casal passa por mim de mãos dadas, me lembrando do que não tenho. *O toque da mão. O calor da pele. A sensação dele ao meu lado.* Mesmo que eu esteja em contato com Sam de novo, ele não está aqui de verdade, está? Aperto o celular com força, afasto o pensamento da cabeça e sigo em frente. Eu estava preocupada de andar exposta assim e esbarrar com alguém. Sam me disse que eu não deveria contar a ninguém sobre nossas ligações porque ele não sabe o que pode acontecer. Não quero correr nenhum risco, então prometi manter nossa conexão em segredo por enquanto. Quando o campus fica mais vazio, encontro um banco desocupado longe da trilha e me sento.

— Então, como estão as coisas na escola? — Sam pergunta. — Está tudo… diferente?

— Quer dizer, sem você lá?

— É.

— Acho que sim — respondo. — Eu só voltei faz uns dias. Mas odeio que você não esteja mais lá. Não gosto de sentar do lado de uma mesa vazia, sabe?

— As pessoas estão falando de mim?

Penso a respeito.

— Não sei. Eu não estou falando com ninguém.

— Ah… Tá.

Há alguma coisa na voz dele. Um pouco de tristeza?

— Mas tenho certeza de que as pessoas ainda pensam em você — acrescento. — Penduraram fotos suas na secretaria e em alguns corredores. Sempre vejo elas quando chego. As pessoas não te esqueceram, se é isso que está se perguntando.

Sam não diz nada. Queria saber no que ele estava pensando. Enquanto fico ali sentada em silêncio, pensando sobre o pessoal da escola, uma dúvida me ocorre.

— Você está conversando com mais alguém, Sam?

— Como assim?

— Digo, no telefone. Assim.

— Não. Só com você.

— Por quê?

Sam espera um instante.

— Você foi a única que me ligou.

Penso a respeito.

— Isso quer dizer que se outra pessoa tivesse te ligado, você também teria atendido?

— Acho que não.

— Por quê?

— Porque nossa conexão é diferente — ele diz. — E talvez eu estivesse esperando sua ligação. De certa forma.

— Poderia ser outra coisa? — pergunto.

— Tipo o quê?

— Sei lá — digo, e de repente penso sobre isso. — Quem sabe tem alguma coisa que você deva me dizer. Ou quem sabe tem algo que você precise que eu faça...

— Ou quem sabe eu quis atender e ter certeza de que você estava bem — Sam diz. — É tão difícil assim de acreditar?

Eu me reclino no banco e absorvo as palavras dele.

— Quanto tempo temos disso?

— Não vai ser pra sempre. Se é isso que você está perguntando.

Eu temia que ele fosse me dizer isso. Engulo em seco.

— Então isso significa que um dia você não vai mais atender?

— Não se preocupa. A gente se despediria antes, tá? A gente vai saber quando for acontecer antes que aconteça.

— Você não vai simplesmente embora de novo?

— Prometo, Julie. Vou ficar o tempo que puder.

Fecho os olhos por um instante e tento encontrar um alento nisso. Não lhe faço mais perguntas. Não quero que isso estrague este dia tão bonito. Uma brisa agita as pétalas pela grama. Quando abro os olhos, olho por entre os galhos e vejo o sol brilhando como moedas de prata em meio às flores de cerejeira.

— Queria que você estivesse aqui comigo — sussurro.

— Também queria estar aí.

Quando chego em casa, o sol já se pôs. Fiquei no telefone com Sam por tanto tempo que perdi a noção do tempo. Queria ligar de novo assim que voltasse ao meu quarto, mas ele disse que deveríamos esperar até amanhã. Provavelmente é melhor assim. Por mais que a escola seja a última coisa em que eu esteja pensando, tenho muito trabalho para pôr em dia. Estou tão atrasada em todas as minhas leituras que elas se acumularam em pilhas na minha escrivaninha. É um esforço e tanto manter a concentração. Mal consigo ler um capítulo do meu livro de história quando um barulho na janela faz minha cabeça dar um salto. Um segundo depois, ouço o barulho de novo enquanto uma pedra entra voando no quarto, quicando pelo chão. Corro até a janela e olho para fora.

Uma silhueta alta se move pela entrada da garagem. Alguém familiar.

— *Oliver? É você?*

Lá embaixo, Oliver está com seu casaco esportivo da escola, acenando para mim.

— Oi... E aí?

Olho feio para ele.

— O que você está fazendo aqui?

— Ah, sabe como é, só estou dando uma passada — ele diz, dando de ombros casualmente. — Pensei em dar um oi. Espero que não esteja te incomodando.

— Oliver... Você jogou uma *pedra* na minha janela.

— Verdade, foi mal, foi bem indelicado da minha parte... — ele diz, estendendo as mãos como se estivesse se rendendo a alguma coisa. Ao que parece, ele não vai a lugar algum.

— Você *precisa* de alguma coisa? — pergunto.

Ele sacode a cabeça.

— Não. Não mesmo. Quer dizer, talvez. Meio que... sim? Quer dizer, não. Quer dizer...

— Só diz logo.

Seus ombros afundam e ele suspira.

— Queria perguntar se você quer dar uma volta comigo ou algo do tipo.

— Agora?

— Quer dizer, a menos que você esteja ocupada.

— Eu meio que estou.

— Ah...

Acho que não era essa a resposta que ele esperava. Ele olha à sua volta no escuro, meio nervoso.

— Desculpa — eu falo.

Oliver dá de ombros.

— Não, tudo bem. Acho que vou para casa, então... — Ele dá meia-volta e fica de frente para a rua como se estivesse prestes a ir embora. Mas não vai. Em vez disso, congela numa posição de quem parece estar de saída. Espero mais um tempo, mas nada acontece.

— Você não vai embora, né?

Ele abaixa a cabeça, parecendo desolado.

— Eu realmente precisava de alguém pra conversar — ele diz.

Dou uma olhada nos trabalhos da escola em cima da escrivaninha e depois de volta para Oliver.

— Tá, tudo bem. Já vou descer. Só não faz mais barulho.

Oliver cobre a boca e levanta a mão num sinal de "OK".

Alguns minutos depois, encontro Oliver esperando por mim nos degraus da varanda, com as mãos nos bolsos. Está escuro aqui fora. No momento em que apareço na luz da varanda, Oliver arregala os olhos.

— Ah... Hm, sua camisa... — Ele gagueja um pouco e dá um passo para trás.

Está meio frio hoje à noite, então vesti a camisa xadrez do Sam antes de sair do quarto sem pensar muito a respeito. Não tinha certeza se ele ia perceber.

— Não encontrei meu casaco — comento. Arregaço as mangas e cruzo os braços, tentando não chamar muita atenção para a roupa. Ficamos um tempo em silêncio.

— Então, para onde vamos? — pergunto.

— Lugar nenhum, na verdade — Oliver diz. — Tudo bem?

— Claro.

Ele sorri de leve. Na luz da varanda, eu o vejo melhor. O cabelo castanho-escuro forma ondas na sua testa pálida, e não há uma mecha fora do lugar. Sempre tive inveja do cabelo do Oliver. Não tem como os cachos serem naturais.

Oliver faz um gesto para que eu desça os degraus.

— Depois de você.

Caminhamos em silêncio pelas calçadas iluminadas por postes. Os únicos sons são os dos nossos passos no concreto e dos carros que passam de vez em quando. Oliver olha para a frente, com o olhar distante. Não sei para onde estamos indo nem se isso importa.

Depois de um tempo, decido dizer alguma coisa.

— A gente vai conversar?

— Claro — ele responde. — Sobre o que você queria conversar?

Eu paro de andar.

— Oliver... *Você* me chamou pra sair hoje.

Oliver para na calçada sem olhar para trás.

— Verdade. — Ele olha para os dois lados da rua para ver se não há carros. — Por aqui — ele diz e atravessa a rua. Eu o sigo com certa relutância. Quando saímos do bairro, tenho a sensação de que ele está nos levando a algum lugar.

Oliver não olha para mim. Continua andando. Depois de um tempo disso, ele finalmente me faz uma pergunta.

— Você ainda pensa nele?

Não preciso perguntar quem.

— Claro que penso.

— Com que frequência, você diria?

— O tempo todo.

Oliver faz que sim.

— Eu também.

Atravessamos a rua de novo, evitando as luzes da cidade. Oliver vira numa rua de terra em que não tenho certeza se deveríamos andar. Eu o sigo de qualquer maneira, olhando de um lado para o outro para ver se não vem carro.

— Você tem olhado o Facebook do Sam ultimamente? — Oliver continua.

— Não, deletei o meu recentemente. Por quê?

— É bem estranho — ele diz. — As pessoas ainda estão escrevendo lá. No mural dele. Como se ele ainda pudesse ler, ou algo assim.

— O que estão dizendo?

— Exatamente o que você espera que digam — Oliver diz com a mandíbula tensa. — Não suporto isso. Ninguém nem usa mais Facebook, sabe? Eu não lembro a última vez que escrevi no mural de alguém. Aí de repente ele morre e vem uma enxurrada de mensagens? Eu vejo o que tem por trás de todas. É como se não estivessem escrevendo pra ele, e sim uns para os outros. Tentando ver quem sofre mais, sabe?

Não sei o que dizer.

— As pessoas às vezes lidam de maneiras diferentes. Você não deveria deixar isso te afetar.

— Não é diferente se todo mundo está fazendo isso. — Ele aponta para o outro lado da rua. — Por aqui.

Está ficando tarde, mas não digo nada. A cidade agora ficou para trás em algum lugar, e perdi a noção de quanto tempo estamos andando. Normalmente, eu não iria tão longe assim, ainda mais à noite. Mas Oliver está comigo. E dá para ver que ele não quer ficar sozinho.

A temperatura cai um pouco e vejo o vapor que sai da minha respiração. Mas, por algum motivo, não sinto frio. Mantenho os braços cruzados e me concentro no som do cascalho esmagado debaixo dos meus pés, até Oliver parar de repente e eu quase esbarrar nele. Então, olho para cima e vejo a placa. Mesmo no escuro, as letras brancas em negrito refletem as palavras.

VOCÊ ESTÁ SAINDO DE ELLENSBURG

Estamos na fronteira da cidade. Um gramado se estende da linha de cascalho que divide Ellensburg do resto do mundo. O ar está parado; as estrelas, apenas começando a despontar. Olho para a esquerda e vejo a lua pairando baixo sobre as árvores, iluminando as pontinhas da grama que estão levemente congeladas pelo frio, fazendo-as brilhar como o luar na água.

Oliver toca a linha com o pé e eu fico ao lado dele, observando. Ele olha para longe por um tempinho, com as mãos enfiadas nos bolsos.

— Eu e o Sam vínhamos muito aqui — ele diz num tom quase melancólico. — Quer dizer, costumávamos vir, de qualquer maneira. — Ele olha para mim. — Antes de ele conhecer você.

Não digo nada.

Oliver afasta o olhar.

— Sabe... Por um bom tempo, eu tive raiva de você.

— Pelo quê?

— Por roubar meu melhor amigo de mim — ele diz. — Eu sempre tive um pouco de ciúme, se quer saber a verdade. De como ele sempre me largava pra ir ver você. E, sempre que a gente saía, ele só sabia falar de você.

Olho para ele e uma risada se agita dentro de mim.

— Que engraçado. Eu sempre tive ciúme de você pelo mesmo motivo.

Oliver sorri, e então olha para longe de novo.

— Eu e o Sam fizemos muitos planos juntos, sabe. De ir embora de Ellensburg em algum momento. Sempre que a gente ficava de saco cheio desse lugar, ou um de nós estava tendo um dia ruim, a gente vinha até aqui e ultrapassava a linha — ele diz enquanto demonstra. — A gente sempre falava sobre terminar a faculdade na Central, e aonde iríamos depois. Mas isso foi antes de ele fazer novos planos com você.

— E é por isso que você sempre me ignorava?

— Desculpa por isso.

— Tudo bem — respondo, e ultrapasso a linha também. — Talvez eu não tenha sido a melhor pessoa com você também.

Depois de um tempo, Oliver solta um suspiro e seus olhos cintilam.

— Isso acaba comigo, sabe? Que ele não tenha conseguido sair daqui. Que foi só isso. Que essa linha é o mais longe que ele já foi. — Ele sacode a cabeça.

Eu engulo em seco.

— Também fico triste.

— Mas fico feliz que ele tenha conhecido você — Oliver diz sem olhar para mim. — Dava pra ver que você fazia ele feliz. Os momentos em que vocês estavam juntos. Pelo menos ele teve isso. — Não digo nada, então ele acrescenta: — Não liga pra nenhum deles, aliás. Todo mundo que está culpando você. Eles não sabem de nada. — Desvio o olhar enquanto ele continua: — O Sam realmente te amava, sabe? Se eles o conhecessem minimamente, saberiam o quanto ele odiaria as coisas que andam dizendo. Vou tentar impedir se ouvir alguma coisa.

Não sei mais o que dizer.

— Obrigada.

Ficamos olhando para a grama em silêncio por um tempo. Então, de repente, Oliver diz algo, quase para si mesmo ou para a lua.

— Queria poder dizer uma última coisa a ele. — Então se vira para mim. — Você pensa nisso? Sobre o que diria para o Sam, se tivesse mais uma chance?

Olho para baixo. Ele não sabe que eu já tenho essa chance. Que ainda tenho Sam. Mas não posso lhe contar.

— É, já pensei nisso.

— Eu também.

Está ficando tarde. Mas continuamos parados em silêncio, simplesmente pensando e olhando para o outro lado do mundo por mais alguns minutos antes de finalmente termos que voltar.

Assim que chegamos à minha casa, Oliver me leva até a porta da frente. Antes de entrar, preciso lhe perguntar:

— E aí, o que você diria a ele?

Oliver fica me olhando, meio confuso.

— Digo, para o Sam. Se você tivesse a chance?

— Ah, bom, eu... — Oliver gagueja. Ele abre e fecha a boca, como se tivesse desaprendido a falar. Como se alguma coisa o impedisse. Ao vê-lo sofrendo desse jeito, ponho a mão no ombro dele.

— Não precisa me contar — digo.

Oliver expira aliviado.

— Quem sabe outra hora — ele diz.

Sorrio e destranco a porta.

— Você acha que a gente pode fazer isso de novo? — Oliver pergunta.

— Dar outra volta, você quer dizer?

— Isso — ele diz e assente com a cabeça. — Ou, sabe, passar um tempo juntos ou algo do tipo.

Penso a respeito.

— Eu gostaria disso. Mas, da próxima vez, é só bater na porta. Ou uma mensagem também serve.

— Vou tentar me lembrar — ele diz. — Se bem que eu cheguei a mandar mensagem. Mas você não respondeu.

— Quando?

— Hoje mais cedo. E ontem também.

— Quer dizer... Mais de uma vez? Não pode ser. — Verifico minha caixa de entrada de novo só para garantir. Não tem nenhuma mensagem do Oliver. Agora que penso sobre isso, não estou recebendo mensagens novas de ninguém. Será que elas não estão mais aparecendo? Percebi que isso tem acontecido desde que comecei a conversar com Sam, alguns dias atrás. — Deve ser meu celular. Ele tem andado esquisito ultimamente.

— Que alívio — Oliver diz. — Pensei que você estivesse me ignorando.

— Então você decidiu aparecer e jogar pedras na minha janela?

Oliver segura um sorriso.

— O que posso dizer... Sou insuportável.

— Talvez um pouquinho. Enfim, eu tenho que entrar.

Mas, antes disso, Oliver se aproxima sem dizer nada e me envolve com os braços de novo. É um abraço mais longo do que o último, mas eu deixo acontecer.

— Sua camisa — ele sussurra perto do meu ouvido. — Ainda está com o cheiro dele.

— Está.

Nós nos damos boa-noite. Fecho a porta atrás de mim e ouço Oliver se demorar um pouco mais na varanda antes de, por fim, descer os degraus. Enquanto me preparo para dormir, não paro de pensar no que Oliver diria a Sam se tivesse a chance. Eu me pergunto se um dia ele vai confiar em mim o suficiente para contar. Ou talvez seja algo que eu já saiba.

Capítulo seis

Tem uma música que eu escuto sempre que me sento para escrever. Chama-se "Fields of Gold", a linda versão ao vivo da cantora Eva Cassidy. A música começa com um violão distante e uma voz triste que lembra o lamento de um lobo ou o canto de um pássaro. Toda vez que ela toca, fecho os olhos e me vejo ali, parada num campo de cevada dourada, com uma brisa fresca soprando no cabelo e o sol quente se pondo às minhas costas. Ninguém nunca está comigo, só o campo sem fim e o som de um violão vindo de algum lugar que não consigo ver.

Sam aprendeu a tocar a música para mim depois de me dar um tapinha no ombro na aula e perguntar o que eu estava escutando. Eu me lembro de uma vez, enquanto estávamos deitados na grama, que lhe pedi para cantá-la para mim, por mais que eu soubesse que às vezes ele tinha vergonha da própria voz, e ele disse: "*Um dia.*" Pedi várias vezes depois disso, e ele sempre tinha uma desculpa, tipo ainda não ter aquecido a voz, ou estar se sentindo meio rouco, ou precisar treinar um pouco mais. Talvez estivesse com medo de estragar a música para mim, porque sabia o quanto eu a amava. Ele só a cantarolou em raras ocasiões, como na noite em que se sentou comigo na varanda depois de eu ter ajudado meu pai a tirar suas coisas de casa e tê-lo visto ir embora.

Enquanto escuto a música sozinha no meu quarto, de repente me dou conta de que nunca vou ouvir Sam cantá-la para mim, e que o *"Um dia"* nunca veio.

Na manhã seguinte, as músicas do Sam tomam conta de tudo. Encontro um dos seus velhos CDs no carro da minha mãe e fico sentada sozinha no estacionamento, ouvindo-o antes da aula. É uma playlist que Sam fez para mim com gravações ao vivo que ele mixou no seu quarto, e cada música me comove com lindos *riffs* de violão que ele tocou por cima de baladas famosas, criando suas próprias versões. Ele tinha um gosto musical antigo que herdou do pai. Elton John, Air Supply, Hall & Oates. Embora mais ninguém ouça CDs, Sam sempre os gravava para mim, porque sabia que eu preferia cópias físicas a digitais. Assim como acontece com os livros, eu gosto de algo de verdade para segurar nas mãos. Sam gravou dezenas de CDs para mim ao longo dos anos, um mais longo e meticuloso do que o outro, personalizado de acordo com o que sentia por mim na época — algo que só descobri mais tarde. Ele amava uma boa e velha música lenta, e tínhamos isso em comum. Uma das suas favoritas era "Landslide", do Fleetwood Mac. Era uma das suas músicas de praxe quando alguém lhe pedia para tocar alguma coisa no violão. A cena musical de Ellensburg não é das melhores, mas ele aproveitou ao máximo. Tocava em shows de talentos na escola, em casamentos, em alguns cafés que lhe davam autorização, e uma centena de vezes só para nós dois. Eu sempre lhe dizia que este lugar era pequeno demais para ele. Ele me falava o mesmo.

Percebo que este é o único CD dele que me restou depois que joguei tudo fora. Na parte da frente, escrito com caneta azul, está meu nome na letra dele. Antes de sair do carro, devolvo o CD cuidadosamente à capinha e o guardo na minha bolsa.

A escola não mudou desde que voltei. As pessoas viram a cara e ninguém troca uma palavra comigo. Realmente não ligo mais de ser ignorada. Há uma certa paz em ser deixada de lado. Eu estava ansiosa para a aula de história da arte hoje, porque é a única matéria que Mika e eu fazemos juntas. Mas ela não veio de novo. Não a vejo faz um tempinho. Finalmente lhe mandei uma mensagem hoje de manhã, mas ela ainda não respondeu. Não tenho certeza se devo me preocupar. Espero que tudo esteja bem. Talvez ela não esteja recebendo minhas mensagens?

Encontro Jay esperando por mim quando saio do terceiro tempo de aula. Ele está vestindo uma camisa social azul-celeste, casualmente desabotoada, com as mangas dobradas. Ele penteou o cabelo de um jeito diferente hoje, deixando mechas suaves caírem sobre as sobrancelhas, o que o fez parecer um pop star. É quase um crime esta escola não apreciar o estilo dele. Quando eu o elogio, ele sorri, o que realça suas maçãs do rosto.

— Me refresca a memória, você foi modelo na Tailândia? — pergunto.

Jay vira o rosto em direção à luz do teto, com os olhos ardentes.

— Dá pra perceber?

— *Suas maçãs do rosto.*

Nós combinamos de encontrar Yuki lá fora para almoçar. Rachel não vai com a gente. Ela está tentando ajudar a criar um Clube de Alunos Asiáticos com alguns amigos, e eles precisam de vinte e cinco assinaturas até semana que vem. Jay me disse que estão tendo dificuldade para fazer com que as pessoas participem.

Há uma mesa montada no fim do corredor. Rachel está sentada com sua amiga Konomi, conversando com alguns alunos do último ano que se juntaram em volta delas. Quando percebo que Taylor e Liam estão lá, minha pele começa a formigar.

Liam pega um dos panfletos.

— Então nenhum de nós pode se inscrever? Aqui diz que é só pra alunos asiáticos.

— Não está dizendo isso — Rachel responde.

Taylor inclina um pouco a cabeça, fingindo interesse.

— Então, quais são os pré-requisitos?

— Não temos pré-requisitos — Rachel diz. — Qualquer um pode participar.

— Então por que chamar de Clube de Alunos *Asiáticos*? — Taylor pergunta, apontando para a placa na mesa. — Isso não parece muito inclusivo. E o que vocês fazem?

— Provavelmente gastam dinheiro da escola pra ficar vendo anime. — Liam ri.

Minhas bochechas ficam quentes. Sam se pronunciaria se estivesse aqui. Mas ele não está mais. Será que gostaria que eu dissesse alguma coisa? Que defendesse Rachel? Enquanto fico ali parada, pensando no que fazer, Jay vai direto até a mesa.

— Qual é o problema?

Liam lhe lança um olhar.

— Quem disse que a gente tinha um problema?

— Se vocês não estão interessados no clube, não precisam participar — Jay diz. — Não precisam debochar dele.

Taylor cruza os braços.

— Já ouviu falar de piada?

— Ninguém falou com você — Liam diz. Ele endireita a postura, como se quisesse intimidar Jay para fazê-lo recuar. Mas Jay continua onde está, mantendo a calma. Antes que a situação saia de controle, finalmente me ponho no meio deles, na esperança de apaziguar os ânimos.

— Suas piadas nem são isso tudo, sabia? — digo a Liam. — Por que vocês não deixam eles em paz? Parem de desperdiçar o tempo de todo mundo.

Liam troca olhares com Taylor antes de se virar para mim.

— Estamos incomodando seus amiguinhos? Os únicos na escola que falam com você? Pelo menos eles falam inglês, então já é alguma coisa.

— Você é um babaca — digo, quase aos gritos.

Ele estreita os olhos na minha direção.

— Pelo menos eu fui no enterro do meu amigo. Se bem que não tive nada a ver com a morte dele.

Um arrepio me percorre. Não sei nem o que responder. Simplesmente fico ali parada, tentando não deixar o choque transparecer na minha expressão. Taylor balança a cabeça antes de se virar. Antes de irem embora, Liam pega um punhado de balas de uma tigela em cima da mesa e as enfia no bolso.

— Até mais.

Quando eles atravessam o corredor, solto um suspiro profundo e me viro para a mesa.

— Você está bem, Rachel? — pergunto.

— Não se preocupa. — Rachel sorri como se não houvesse nada de errado, como se o que eles disseram não a incomodasse. É um sorriso que nunca vou ser capaz de entender. — E você? — ela me pergunta. — Tudo bem?

Não tenho uma resposta para ela. Pego a lista de inscrição e assino meu nome.

*

O dia não melhora. Não consigo prestar atenção em nenhuma das minhas aulas. Toda vez que olho para o relógio, parece que ele para, fazendo o dia parecer mais longo. Fico rabiscando a folha do caderno e olho pela janela para fazer o tempo voltar a andar, mas não dá certo. Ninguém se senta do meu lado. Finjo não perceber. Meus professores continuam balbuciando, e eu não ouço uma palavra do que dizem. Só consigo pensar no Sam. Queria poder falar com ele agora. Mas combinamos de não ligar até hoje à noite, então vou ter que esperar. Enquanto estou sentada no fundo da sala na aula de inglês, um pensamento me ocorre. Eu me pergunto por que não pensei nisso antes. Pego meu celular e mando uma mensagem para ele, dizendo-lhe que estou com saudade.

A mensagem não é enviada.

Tento mandar mais uma, que também dá erro no envio. Que estranho. Vou ter que lhe perguntar sobre isso mais tarde.

O sinal toca, me livrando de uma longa lição sobre o livro *Oliver Twist*. Conforme a turma começa a recolher suas coisas, o sr. Gill, nosso professor de inglês, diz algo que faz meu corpo estremecer.

— ... e lembrem-se, quem ainda não me entregou, me entregue os trabalhos antes de sair.

Trabalhos? Uma onda de choque me domina quando me lembro da tarefa que o professor passou – fazer uma comparação entre *Hamlet* e *Gatsby* –, sobre a qual eu não pensava havia semanas. O prazo era quarta-feira passada, mas o sr. Gill deu uns dias a mais para a turma por causa do que tinha acontecido. Por causa do Sam. Ele nos mandou vários lembretes por e-mail, mas, mesmo assim, dei um jeito de esquecer. Para o sr. Gill, atrasar um trabalho é um crime ofensivo que pode levar à reprovação.

Conforme todo mundo faz fila para sair, não sei o que fazer a não ser me aproximar da mesa dele, por mais que não tenha um discurso preparado. Então, pulo a parte das amenidades e vou direto ao ponto.

— Sr. Gill, me desculpa. Na verdade, eu não fiz o trabalho — digo.

— E por que não?

— Não tenho uma desculpa. Só tenho andado distraída com tudo.

Ele pega a pilha de papéis e a equilibra na mesa à minha frente.

— Tem razão. Isso não é desculpa.

— Eu sei, me desculpa mesmo. Estou atrasada num monte de coisas. — Não sei mais o que dizer. — Será que eu poderia entregar amanhã ou algo assim?

— Julie, eu já aumentei o prazo desse trabalho pra vocês. — O sr. Gill se levanta da cadeira, carregando a pilha de papéis.

— Eu sei… Minhas últimas semanas têm sido bem difíceis — digo, seguindo-o em volta da mesa. — Não tenho conseguido pensar direito.

— E eu entendo. Foi por isso que adiei o prazo para todo mundo — ele repete como se isso fosse suficiente, como se eu devesse me sentir grata ou algo do tipo. — Não posso simplesmente te dar um dia a mais, porque seria injusto com o resto da turma.

— *Por favor*, sr. Gill… — peço com mais desespero. — Não posso só entregar atrasado e perder ponto?

— Sinto muito, Julie. Não posso aceitar um trabalho atrasado. Está na ementa do curso.

— Mas por que não? Por que o senhor não pode me tirar um ponto ou algo assim? — Nós só temos quatro trabalhos para o semestre. Um zero poderia me deixar mais perto de ser reprovada, e eu não conseguiria me formar. E, se eu não me formar, não vou poder sair desta cidade idiota e me mudar para Portland para estudar na Reed College e entrar para o programa de escrita deles, embora eu ainda não tenha recebido notícias.

— Porque eu estou preparando vocês para o mundo real. — O sr. Gill aponta vagamente para a janela. — E, lá fora, a vida não dá extensão de prazo. Mesmo nos momentos mais difíceis. Então, que essa seja uma lição valiosa para você. Você vai me agradecer mais tarde.

Ele levanta a mão para pôr um fim na conversa. Esta não é a primeira vez que o sr. Gill diz algo assim. Ele realmente acredita que está me fazendo um grande favor por ser rigoroso. *Mas aqui não é o mundo real, sinto vontade de dizer a ele. Aqui é o Ensino Médio. E, por mais que eu não queira me importar com isso, reprovar nessa matéria idiota pode afetar o resto da minha vida.*

Não digo mais nada porque é inútil. Saio correndo da sala antes que eu diga algo de que possa me arrepender. Por mais que odeie admitir, talvez ele esteja certo. Eu deveria me preparar para um mundo em que ninguém está do meu lado ou disposto a ajudar mesmo que não lhes custe absolutamente nada.

Preciso ir para casa e falar com Sam. Ele vai me entender. Vou correndo até meu armário para pegar algumas coisas antes de sair. Mas tem alguém esperando por mim antes dele.

— Ah… Mika.

Ela não diz nada. Só fica olhando para mim. Seu rosto está pálido e seus olhos, cheios de olheiras. Eu me pergunto se está doente.

— Você está bem?
— Sim, estou.

— Não tenho visto você por aqui. Mandei mensagem algumas vezes.

— Tenho ficado em casa.

O cabelo dela está uma bagunça. Afasto algumas mechas do seu rosto.

— Você parece cansada — sussurro.

— Já entendi, estou horrível — ela diz, recostando-se nos armários.

— Não foi o que eu disse.

— Tenho tido muita coisa para lidar. — Ela olha ao nosso redor. — E não gosto de estar de volta aqui.

— Você diz, na escola?

Ela olha para baixo.

— Tem alguma coisa que eu possa fazer?

Mika volta os olhos para mim.

— Vai ter uma vigília hoje à noite. Seria legal se você fosse também.

— Vai ter outra?

— É uma vigília à luz de velas — ela diz. — A escola pediu que minha família organizasse. É pra todo mundo se encontrar no centro da cidade hoje à noite. Seria muito bom ter uma ajuda.

Sam e eu combinamos outra ligação hoje à noite. Não quero que ele fique esperando por mim, se perguntando onde estou. Mas não posso contar isso a Mika. O que eu deveria dizer a ela?

— Ainda não sei se consigo...

Mika olha feio para mim.

— Então você vai faltar dessa vez também?

— Mika... — começo a dizer.

— Não sei nem por que eu pedi — ela diz, pegando sua bolsa do chão. — Eu sabia que você não iria. Até mais.

Uma pontada de culpa me atinge enquanto fico ali parada, sem saber o que dizer. Se ao menos ela soubesse meus motivos... Não posso deixar as coisas assim entre a gente. Quando Mika se afasta, eu seguro o braço dela.

— Eu vou! Eu vou na vigília.

— Não precisa ir — ela responde, puxando o braço para trás.

— Eu *quero* ir. Estou falando sério. Quero estar presente dessa vez.

Mika examina meu rosto, me avaliando como sempre faz.

— Vai ser às oito horas, se quiser me encontrar na minha casa. A gente pode ir juntas.

Esse é o horário em que eu deveria ligar para Sam. Mas tenho certeza de que posso ligar para ele logo depois. Ele vai entender. Não quero decepcionar Mika de novo. Odeio vê-la desse jeito.

— Eu vou. Prometo.

— Hoje à noite — ela diz para garantir.

— Hoje à noite.

Jogo minha bolsa no chão assim que chego em casa. Não ouço nenhum som — minha mãe ainda deve estar no trabalho. Quando abro a porta do meu quarto, uma brisa sopra pela janela e derruba os papéis da minha escrivaninha. Corro para fechá-la, mas o caixilho está preso de novo. Bato nele algumas vezes, mas a janela não fecha, então deixo para lá. Nem me dou ao trabalho de recolher os papéis. Simplesmente dou a volta por eles, deixando-os onde estão. Estava planejando escrever no meu novo diário assim que chegasse em casa, trabalhar na minha amostra de escrita, mas perdi a motivação. O dia foi exaustivo. Sinto uma dor na têmpora esquerda que é difícil de ignorar. Fico pensando no Liam, na Taylor, no sr. Gill e naquele trabalho idiota que me esqueci de entregar.

Queria poder falar com Sam agora. Sinto falta de tê-lo por perto. Sinto falta de estar no mesmo cômodo que ele, da minha cabeça no peito dele, de conversar sobre qualquer coisa que estivesse me incomodando. Ele sempre estava ali para escutar. Mesmo quando não sabia o que me dizer. Dou uma olhada no celular. Só vamos nos falar mais tarde. Sei que deveria esperar, mas meu dia foi horrível, e estou desesperada para ter notícias dele. Sua camisa ainda está pendurada nas costas da minha cadeira. Fico olhando para ela por um bom tempo antes de decidir arriscar e ligar para ele mesmo assim.

O telefone chama mais do que o normal. Mas, por fim, ele atende. Sua voz aquece meu ouvido.

— *Oi...*

— *Sam.*

— Não estava esperando sua ligação tão cedo — ele diz. — Está tudo bem?

— Estava ansiosa pra ligar — respondo. — Espero que não tenha problema.

— Claro que não tem problema. Pode me ligar sempre, Jules. Sempre que precisar.

Solto um suspiro de alívio.

— *Tá.* É bom saber.

— Tem certeza de que está bem? Você parece meio tensa. — Ele sempre soube interpretar meu tom de voz. Era uma das coisas que eu mais amava nele. Eu nunca conseguia esconder o que estava sentindo.

— Tive um dia difícil. Só isso.

— O que houve?

— Só coisas da escola — respondo, poupando-lhe os detalhes. — Nada de mais. — Eu me sento na beirada da cama e solto um longo suspiro para aliviar um pouco da tensão. Agora que estou com Sam na linha, não quero estragar nossa ligação com um papo sobre o trabalho de inglês que me esqueci de entregar. — A gente não precisa falar disso...

Sam ri um pouco.

— Estou falando com a verdadeira Julie?

— Como assim?

— Quer dizer, uma vez você reclamou comigo por quatro horas sobre um livro atrasado da biblioteca, lembra? — ele diz. — Você sempre pode me contar qualquer coisa. Finge que é que nem antes. Me conta o que aconteceu.

Eu suspiro.

— Estou atrasada em tudo. E me esqueci de entregar um trabalho.

— Da matéria do sr. Gill?

— É, mas não é nada de mais — falo. — Ainda temos mais um pra entregar, e se eu conseguir uma boa nota nesse, vai dar tudo certo. — Olho para o calendário preso acima da escrivaninha. — E falta pouco para a formatura. Só preciso ir levando por mais um tempinho, sabe? Vou ficar bem. — Pela primeira vez, quero que Sam saiba que vou ficar bem. Mesmo que eu não tenha tanta certeza.

— Formatura... — Sam repete a palavra, quase para si mesmo. — Eu acabo me esquecendo disso por um segundo. Deve ser muito bom ter alguma coisa pra estar ansioso...

Sinto um aperto na garganta. Não tenho certeza do que responder.

— Acho que sim... — digo. De uma hora para outra, a ideia de andar de beca e capelo não me atrai mais. Especialmente sem Sam lá. Talvez seja melhor nem ir...

— Você já resolveu qual vai ser seu plano? Depois da formatura, digo.

— Hm... — Fico em silêncio, sem saber como respondê-lo. Porque Sam e eu costumávamos ficar acordados a noite inteira pensando nisso. Planejando um futuro juntos. Onde moraríamos, os empregos que gostaríamos de ter, as coisas que queríamos fazer. Agora ele se foi e eu fiquei com um monte de planos rasgados ao meio. — Ainda não sei. Estou tentando descobrir.

— Ainda não teve notícias da Reed? — Sam pergunta.

— Não... Ainda não.

— Tenho certeza de que você vai passar. As coisas vão dar certo.

— Espero que sim.

A verdade é que, a esta altura, eu já deveria ter tido uma resposta. Tenho olhado a caixa de correio todas as manhãs, à espera de uma carta deles. Reed é uma escolha realista para mim, levando em conta minhas notas. Honestamente, estou cansada de ler livros em que os protagonistas só se candidatam a faculdades da Ivy League e, de alguma forma, sempre conseguem passar. Não tenho currículo para isso. Gosto do perfil mais discreto da Reed, que passa despercebida.

Mas não estou a fim de falar sobre o futuro agora. Não assim. Não quando Sam não tem um futuro próprio para planejar. Então, mudo de assunto.

— Vi a Mika na escola hoje — comento. — Vai ter uma vigília à luz de velas pra você hoje à noite. Ela me pediu pra ir com ela. Acho que um monte de gente vai.

— Mika... — A voz do Sam se anima com o nome dela. — Como ela está?

— Está melhor. Sente muito a sua falta.

— Também sinto muito a falta dela — Sam diz. — Penso muito nela. Às vezes queria poder falar com ela, sabe?

Passo o celular para a outra orelha.

— Por que não fala? Seria tão importante pra ela. — Sam e Mika cresceram juntos na mesma casa. Daria para chutar que são irmãos, de tão próximos que são.

Sam suspira.

— Se eu pudesse, falaria, Jules.

Da janela aberta, o som de um carro subindo a entrada da garagem me avisa que minha mãe está em casa. Vou até a porta para verificar se está trancada caso ela tente entrar, o que acontece de vez em quando.

— Posso te pedir uma coisa? — Sam diz depois de um momento de silêncio.

— Claro. Qualquer coisa.

— Como não estou mais aí, você pode cuidar da Mika por mim? Garantir que ela está bem e tudo mais, quero dizer.

— Claro que sim, Sam. — Sinto uma pontada de culpa por ele ter precisado me pedir isso. Lembro a mim mesma de entrar em contato com ela assim que terminarmos a ligação. — Vou garantir que ela esteja bem. Prometo.

— Obrigado — Sam diz. — Tenho certeza de que ter uma amiga vai ser importante agora. Mesmo que ela não diga isso. Então, por favor, não esquece, tá?

— Não vou esquecer. Então, não se preocupa.

— Eu sei que não vai. Porque você sempre se lembra. E isso significa muito pra mim. — Não falamos muito mais sobre o assunto. A conversa continua por mais um tempinho até minha mãe subir a escada e me chamar para ajudá-la a entrar com as compras. — Enfim, é melhor eu deixar você ir agora

— Sam diz. — Tenho certeza de que você tem um monte de trabalho para pôr em dia. Não quero te distrair do mundo.

— Você nunca foi uma distração.

Sam ri.

— Falo com você amanhã, tá?

— Espera... — Digo antes que ele desligue. — Mais uma coisa. — Tem um assunto que estou com medo de puxar. Está martelando na minha cabeça desde que voltei para a escola. Mas não sei nem como perguntar isso a ele. Levo um tempo para soltar as palavras.

— O quê? — Sam pergunta.

Eu hesito.

— Você está... bravo comigo?

— Bravo com o quê?

— Com o que aconteceu naquela noite.

— Não sei o que você quer dizer, Julie...

Engulo em seco, pensando em como me expressar.

— Quer dizer, o que estou perguntando é... Você me culpa por isso? Você me culpa pelo que aconteceu com você?

Um longo silêncio se instala entre nós.

— Ah... — A voz do Sam fica mais grave quando ele finalmente entende. — Julie... Como você me pergunta uma coisa dessas? É claro que eu não te culpo. Jamais te culparia pelo que aconteceu — ele diz. — Nada disso é sua culpa, tá? Mas... — Ele para por aí.

— Mas o quê?

Sam leva um tempo para responder.

— Pra ser sincero, não sei mais o que dizer... Não sei como deveria responder a essa pergunta. Não quero culpar ninguém, porque não vai mudar nada, sabe? Nada pode mudar o que aconteceu. Já é difícil o bastante aceitar isso...

— Pela primeira vez, sinto a dor na voz dele, como se algo pontudo estivesse preso em sua garganta.

— Me desculpa. Eu não deveria ter perguntado... — eu começo.

— *Tá* tudo bem, Jules. Sério — ele diz para me tranquilizar. — De onde veio essa pergunta, afinal? Espero que não seja nisso que você anda pensando.

— Eu não estava pensando nisso no início. Mas ouvi comentários de algumas pessoas na escola.

A voz do Sam se intensifica.

— Deixa eles pra lá. Eles não sabem do que estão falando. Não estavam lá quando aconteceu, tá? Você não pode deixar que eles te atinjam.

— Vou tentar.

— Sinto muito que você tenha que lidar com tudo isso agora — ele diz.

— E eu sinto muito que você tenha morrido.

Nenhum de nós diz mais nada. Depois que desligamos, pego os papéis do chão e me sento na escrivaninha. É difícil me concentrar depois dessa conversa. Passo mais de uma hora tentando começar um trabalho de história, mas mal consigo escrever duas frases. Não paro de pensar em ligar de novo para Sam, mas preciso produzir um pouco. As palavras do livro ficam embaçadas e se reorganizam, e esqueço sobre o que estou lendo. Devo ter apagado em algum momento, porque, quando abro os olhos, não estou mais no meu quarto.

Uma névoa passa pelos meus sapatos e, quando olho para cima, me vejo parada numa rodoviária. Está bem escuro. Não consigo enxergar nada por trás da cortina de neblina, nem mesmo o céu. Olho ao redor para ver se encontro alguém, mas estou sozinha. A única coisa que vejo é a mala que peguei emprestada do meu pai quando o visitei pela última vez. Sinto meu bolso vibrar. Enfio a mão nele e pego meu celular.

Acendo a tela.

Nove chamadas perdidas do Sam. Doze mensagens que não abri.

São 23h48.

Do nada, um caminhão passa fazendo um rugido de trovão, mas não o enxergo. É esse som, e o horário exato do relógio, que me levam de volta àquela noite de quase duas semanas atrás.

Esta é a noite em que Sam morreu. E é aqui que eu estava.

O telefone toca de novo, ainda mais alto desta vez.

É o Sam. Não me dei ao trabalho de atender da última vez, porque como eu ia saber? Desta vez eu atendo, só para ver se o final muda.

A linha estala no meu ouvido, mas não ouço nada.

— Sam! *Sam...* Você está aí?

Não ouço nada além de ruído branco, como se alguém estivesse amassando um papel. Eu inclino o celular e ando em círculos, até que uma voz finalmente surge do outro lado da linha. Mas eu mal consigo entender.

— *Julie? Quem está aí? Alô?*

— Sam, sou *eu*! É a Julie!

— *Cadê você? Não consigo te encontrar. Julie?*

O celular continua dando estalos. Acho que ele não consegue me ouvir.

— Sam, eu estou indo! Não se preocupa, só me espera aí!

— *Julie? Cadê você...*

O celular dá outro estalo antes de soltar faíscas na minha mão, e eu o afasto da orelha com um puxão. A tela solta fumaça enquanto grito o nome do Sam, o que preenche o ar como névoa, até não conseguir mais ver o que está à minha frente exceto listras de faíscas vermelhas e brancas desaparecendo.

Uma buzina toca, seguida pelo som de cordas de violão se arrebentando, e acordo na minha escrivaninha. A fumaça se foi.

Não me preocupo em conferir que horas são nem ver se já está escuro lá fora. Em vez disso, corro escada abaixo, pego a chave do carro e passo pela porta. Saio da entrada da garagem de ré antes que minha mãe saia e vou para a rota 10, onde sigo a linha do trem para fora de Ellensburg.

Pode parecer ridículo, mas talvez Sam esteja lá fora esperando por mim. Preciso encontrá-lo. Por vários quilômetros, não há nada iluminando a estrada deserta além dos faróis do meu carro. Fico olhando pela janela para ver se encontro Sam andando pelo acostamento. Não consigo parar de pensar naquela noite.

Sam estava numa fogueira perto do rio com alguns amigos. Foi na mesma noite em que eu estava voltando da visita ao meu pai em Seattle. Sam tinha prometido me buscar, como sempre fazia. Mas, quando liguei para ele do lado de fora da estação, ele ainda estava na fogueira, a mais de uma hora de distância. Sam não parava de pedir desculpas, mas eu estava tão chateada por ele ter esquecido que desliguei e parei de atender suas chamadas. Eu lhe disse que podia ir para casa a pé. Como é que eu poderia saber que seria a última coisa que diria a ele?

Acho que Sam pensou que eu devia estar testando ele, o que, olhando em retrospecto, talvez fosse verdade. Porque ele foi embora da fogueira para me encontrar. Foi em algum momento entre 23h30 e meia-noite, enquanto Sam estava dirigindo pela rota 10, que um caminhão invadiu a pista dele. Imagino que Sam deva ter buzinado loucamente, para salvar a própria vida. Eu me pergunto se tentou desviar o carro.

Mas Sam não morreu na batida que virou seu carro. Ele não só conseguiu permanecer consciente, como se soltou do banco, rastejou até a estrada e começou a andar. De alguma maneira, andou mais de um quilômetro antes de desmaiar. Um policial disse que era uma prova de como ele era forte. Eu acho que era uma prova do quanto ele queria viver. Sam só foi encontrado horas depois. Àquela altura, já era tarde demais. Sam tinha perdido muito sangue e morrido de exaustão. Ninguém gosta de dizer isso, mas talvez tivesse sido mais fácil para ele se tivesse morrido na colisão. Mas ele tinha um desejo obstinado de sobreviver. Obstinado como ele.

Eles encontraram o celular do Sam perto do local da batida, cheio de terra e cacos de vidro. Talvez, se eu tivesse ligado no momento certo, ele poderia ter ouvido e atendido, e eu teria pedido ajuda. Talvez, se eu não tivesse ficado tão brava com ele, ele não teria ido embora da fogueira tão rápido nem passaria pelo caminhão. Talvez, se as estrelas se alinhassem de outro jeito, ou se o vento soprasse em outra direção, ou se de repente começasse a chover, ou qualquer outra coisa, Sam ainda estaria vivo, e eu não estaria dirigindo por aqui no meio da noite, atrás dele.

Vejo alguma coisa lá na frente. Os faróis do meu carro iluminam a estrada escura diante de mim conforme diminuo a velocidade. Ao longo do acostamento, nas grades de proteção, foram amarradas dezenas de fitas brancas. Deixo o carro em ponto morto e saio. Sigo a fileira de fitas até chegar na coroa de flores e nas velas queimadas, onde vejo um retrato do Sam preso à grade. Eu me ajoelho na terra ao lado dele. Na foto, ele está usando sua jaqueta jeans, aquela que joguei fora no outro dia. Uma brisa bate nas fitas e faz algumas balançarem. Encosto os dedos na moldura do retrato.

— Eu sinto muito, Sam — sussurro.

Depois de todo esse tempo, finalmente o encontrei. Mas cheguei tarde demais.

Capítulo sete

ANTES

O drive-in está lotado para uma noite de terça. Vejo algumas mesas do lado de fora, todas elas cheias de adolescentes dividindo batatas fritas debaixo de longos cordões de luz. Demora um pouco até alguns assentos serem liberados para nós. Estou sentada ao lado da Mika enquanto Sam sai para pegar nossas bebidas. Esta é a primeira vez que nós três saímos juntos. Só encontrei Mika uma vez, numa festa há algumas semanas. Eu não estava planejando sair hoje à noite. Mas Sam me mandou uma mensagem faz uma hora me perguntando se eu queria comer alguma coisa. Ele não me disse que a prima também ia.

Mika e eu mal nos falamos. Queria que Sam não tivesse nos deixado sozinhas desse jeito. Talvez eu devesse ter me oferecido para ir buscar nosso pedido. Fico me perguntando por que ele está demorando tanto. Então, de repente, sem nem se virar para mim, Mika faz uma pergunta completamente inapropriada.

— Então, você está apaixonada pelo Sam, né?

— O que... — Eu estava confusa demais para formular uma frase. Algo fica preso na minha garganta. — Quer dizer, *como é que é?*

Mika calmamente passa a mão por seu cabelo preto sedoso, inabalada pela minha reação.

— Só estou dizendo que ele parece gostar muito de você.

Arregalo os olhos, chocada com a indiferença dela.

— Você deveria estar me contando isso?

Mika me encara.

— Não finge que você ainda não adivinhou. É tão óbvio. A escola inteira sabe.

Minha boca se mexe, mas nenhuma palavra sai. *Por que Sam está demorando tanto? Por que ele me deixou sozinha com ela?*

— Você deveria elogiar o cabelo dele — Mika continua.

— O que... por quê?

— É só uma dica — ela diz e se aproxima de mim. — Você gosta de Sons of Seymour? Digo, a banda.

— Acho que já ouvi falar deles — respondo vagamente.

— Eles vão tocar no centro da cidade nesse fim de semana. O Sam está *obcecado* com o último álbum deles. Você deveria sugerir da gente ir. Ele já comprou um ingresso.

— Então por que eu preciso sugerir...

Ela levanta a mão.

— Só sugere.

Um segundo depois, Sam reaparece no meio da multidão, segurando copos de milk-shake.

— Ele está voltando. Aja naturalmente — ela sussurra.

Sam põe a bandeja entre nós.

— Então, eles estão sem canudos... — ele diz e enfia a mão na jaqueta. — Tive que brigar com um cara pelos dois últimos. — Ele entrega um para cada uma. — Acho que vou esperar o meu derreter pra poder beber.

— Que nojo — Mika comenta.

Sam olha para mim.

— Os canudos prejudicam o meio ambiente, de qualquer

maneira. Ouvi falar que estão tentando proibir em Seattle.

— Você está tentando nos impressionar ou fazer a gente se sentir mal? — Mika pergunta.

— Sinta-se livre pra ignorar ela — Sam diz, revirando os olhos. Ele tira a jaqueta e, em seguida, o boné.

— Ah... — Reparo no novo corte de cabelo dele. — Gostei do cabelo.

— Sério? — ele pergunta, e de repente fica vermelho. — Estava com medo de terem cortado muito curto.

— Não, está ótimo.

Nós sorrimos um para o outro, sem jeito. Tomo um gole do milk-shake enquanto Sam se senta à minha frente. Eu o observo encarando seu copo sem canudo, esperando que a bebida derreta.

— Então, não vai ter aula na sexta-feira — Mika diz para puxar assunto. — Não é um alívio?

— É... Finalmente um fim de semana de três dias — Sam comenta. Ele olha para nós duas. — Vocês têm planos?

Mika me cutuca com o pé.

— *Ah...* É, bom, fiquei sabendo que tem um show nesse fim de semana. — Acho que é isso que ela quer que eu diga. — Sons of Seymour vai tocar.

Sam se inclina na direção da mesa e seus olhos brilham de animação.

— Meu Deus, eu acabei de comprar meu ingresso pra esse show. Não sabia que você ouvia Sons of Seymour.

— É, também não sabia que você ouvia. — Tomo um gole da minha bebida para tentar parecer casual.

— É claro! Eu ando obcecado com eles. Qual é sua música favorita da banda? — Sam pergunta.

— Ah... — Finjo pensar a respeito. — Bom, eu gosto do álbum inteiro. O último que saiu, digo.

— É *tão* bom.

— Né?

— De repente a gente pode ir junto — Sam diz. — Tenho certeza de que eles vão vender ingressos na porta.

— Eu adoraria.

— Maneiro.

Olho de relance para Mika. Ela ri sozinha enquanto toma um gole do milk-shake, parecendo muito satisfeita.

Foi nesse momento que decidi gostar dela. Comecei a ansiar pelos dias em que ela sairia junto com a gente. Eu amava especialmente quando ela mandava Sam em missões aleatórias para que tivéssemos um tempinho para bater papo — muitas vezes sobre ele. Como naquela vez em que estávamos no Wenatchee Valley Museum, visitando a exposição sobre a Era do Gelo, e ela fez Sam ir buscar o casaco dela no carro.

Mika inclina o nariz na direção da caixa de vidro e examina um osso de mamute.

— Como foi seu fim de semana em Seattle?

— Foi divertido. Só que choveu a maior parte do tempo. E o seu?

— Sam e eu reassistimos a *Avatar: A lenda de Aang* — ela responde. — É uma das nossas séries favoritas. Ele me perguntou de você.

— Ah, é?

Ela dá batidinhas no vidro, embora não seja permitido.

— Sobre o que eu achava de você, quer dizer — ela diz.

— E o que você disse? Se não se importa que eu pergunte...

— Eu disse que gostava mais de você do que das outras garotas da escola — Mika responde. — O que, sinceramente, não quer dizer muita coisa, levando em conta onde a gente mora.

— Mesmo assim vou considerar um elogio.

— E deveria mesmo — Mika diz, assentindo com a cabeça. — Minha aprovação é muito importante para o Sam. Ele sabe que minha intuição é muito boa. Especialmente em relação às pessoas. — Ela olha para mim. — Espero que eu esteja certa.

Por fim, Sam volta do carro.

— Você não trouxe casaco — ele diz.

Mika dá um tapinha na testa.

— Esqueci totalmente. — Ela olha o relógio. — Enfim, estou atrasada para o trabalho. Preciso mesmo ir.

— Como assim, *trabalho*? — Sam pergunta. — Foi ideia sua vir aqui.

— Viajei — Mika diz. — Vocês dois podem terminar de ver a exposição sem mim.

— Como você vai voltar? — pergunto.

— Minha mãe vem me buscar. Ela já deve estar chegando. — Mika confere o celular. — Tenho que ir. Divirtam-se, vocês dois.

Não é a primeira vez que ela faz isso, planejar um programa para nós três e depois dar um jeito de nos deixar sozinhos.

Sam e eu voltamos para os ossos de mamute. É minha parte favorita da exposição.

— Desculpa pela Mika — Sam diz com um suspiro. — Ela tem uma tendência a... se envolver. — Eu me seguro para não rir, porque sei do que ele está falando. — Só pra deixar claro, eu não estou por trás disso.

Eu me viro para ele.

— Isso quer dizer que você não queria estar aqui?

— O quê? Não! Só quis dizer... — Sam para, respira fundo, e então recomeça calmamente. — O que quero dizer é que por mais que eu ame a Mika... não preciso da ajuda de ninguém pra te chamar para sair.

— Justo — respondo.

Nós nos viramos para o vidro. Depois de um tempo, o celular do Sam vibra. Um segundo depois, o meu também vibra. Conferimos nossas mensagens.

Olho para ele.

— A sua também é da Mika?

— É.

— O que ela disse?

— Que eu deveria deixar a exposição pra lá e te chamar pra jantar. — Ele olha para mim. — E a sua?

— Ela disse que eu deveria aceitar.

É impossível não sorrir. Especialmente para o Sam.

— Vamos, então?

Sam me dá o braço. Eu entrelaço o meu no dele. E deixamos a Era do Gelo e os ossos de mamute para trás.

Depois de um tempo, ele cria coragem para me fazer convites com mais frequência. E eu também. Por mais que tivéssemos começado a passar cada vez mais tempo juntos, Mika nunca saiu de cena. Descobri que não dá para conhecer um sem conhecer o outro. Eles eram como irmãos nesse sentido. Nós íamos para a escola de carro juntos, almoçávamos na mesma mesa, tínhamos um grupo de mensagens, e de vez em quando fazíamos viagens. A mais memorável de todas foi quando fomos a Spokane, onde entramos escondidos num pub para assistir a uma batalha de bandas. Também acabou sendo a pior.

A música está tão alta que não escuto nada. Fico na parte de trás, perto do bar, segurando minha água. Spencer, amigo do Sam, deve subir no palco a qualquer momento. A banda deles se chama The Fighting Poets. Mais cedo, perguntei se era uma referência a Emily Dickinson, mas eles disseram: *"Não!"*

Faz algum tempo que Sam está batendo papo com alguns caras que conhecemos mais cedo. Olho à minha volta atrás da Mika, mas está muito lotado por aqui. Talvez tenha fila no banheiro. Eu deveria ter ido com ela. Agora estou aqui parada, na minha, tentando ignorar a música ridiculamente alta.

E é então que acontece.

Um homem chega por trás de mim. As mãos dele deslizam pela minha cintura.

O choque percorre meu corpo e sinto meu estômago revirar. Eu me viro para ele.

— *Não encosta em mim.*

Ele é mais novo do que pensei que seria. Provavelmente está na faculdade. O sorrisinho nojento no rosto dele me faz querer estapeá-lo. Não sei dizer se está bêbado, mas não importa.

Sam aparece.

— O que está acontecendo aqui? Você está incomodando ela?

— É sua namorada? — o cara balbucia. — Por que você não manda ela relaxar?

Por instinto, Sam o empurra para longe de mim. Mas queria que ele não tivesse feito isso. Temos dezessete anos e não deveríamos estar aqui. Não quero fazer uma cena.

O cara se reequilibra. Ele revida o empurrão do Sam com o dobro da força, e Sam acaba tropeçando em algumas banquetas e caindo. Todo mundo à nossa volta se vira para ver o que está acontecendo. Sam se levanta e volta para a briga, desta vez mais furioso.

Eu seguro o braço dele.

— *Sam. Para.*

É neste momento que Mika aparece. Ela deve ter visto tudo de longe, porque chega gritando com o cara, dizendo a ele para pedir desculpas.

Nunca vou me esquecer do que acontece em seguida.

O cara avança para dar um soco no Sam, mas Mika *agarra* o braço dele como uma flecha. Ela segura firme o punho do cara, o que parece surpreender a todos – especialmente ele. Foi nessa noite que descobri que Mika ajuda a dar aulas de autodefesa para mulheres na ACM. Mika torce a mão dele a ponto de quebrá-la, fazendo-o cair de joelhos.

— Então você curte assediar garotas — Mika grita. — Peça desculpa!

— Tá bom! Desculpa! Agora me solta!

Mas pouco importava se ele pedisse desculpas ou não. Mika levanta a outra mão e lhe acerta um golpe final, fazendo-o cair no chão. Eu me lembro de ver todo mundo à nossa volta aplaudindo. Mika me ensinou aquele mesmo golpe algumas semanas mais tarde.

Existem vários momentos que gostaria de reviver. Principalmente os menores. Os mais calmos, em que muitas vezes não pensamos. Esses são os momentos que relembro e sinto mais falta. Nós sentados no chão do quarto do Sam fazendo o dever de casa juntos, ou assistindo a filmes musicais na sala de estar da Mika nos fins de semana. Ou aquela vez em que decidimos pegar cobertores e levá-los para o quintal para assistir ao pôr do sol juntos, sem nenhum motivo especial. Ficamos acordados a noite inteira, conversando sobre o que queríamos fazer dali a dez anos, esperando para ver aquela curva brilhante de vermelho ardente no céu escuro, alheios à importância de poder ver outro dia. E alheios a um futuro em que um de nós teria partido.

Capítulo oito

AGORA

Acordo na manhã seguinte com uma mensagem da Mika.

Oi. Estou aqui fora.

Esfrego os olhos e pisco até espantar o sono. O que ela está fazendo aqui tão cedo? Enquanto penso sobre isso, deixo escapar uma arfada ao me lembrar. *A vigília à luz de velas!* Eu deveria ter ido encontrá-la noite passada para ajudar. Mas caí no sono e esqueci completamente. É provável que ela tenha vindo aqui para conversar cara a cara. Preciso responder.

Ok. Já vou descer.

Escovo os dentes, me visto depressa e não tomo café da manhã. Quando saio, encontro Mika sentada sozinha no degrau da varanda, de costas para mim. Ela encosta a cabeça no corrimão e fica olhando para o gramado. Não diz nada quando apareço.
— Não sabia que você vinha... — digo.
Nenhuma resposta.
— Você está bem?

Mika não se vira nem olha para mim.

Eu me sento na varanda ao lado dela. Um clima de silêncio paira entre nós. Ela deve estar brava comigo.

— Me desculpa de verdade por ontem à noite. Esqueci completamente que a gente marcou de se encontrar. Estou me sentindo péssima, Mika.

— Eu realmente achei que você fosse aparecer — ela diz. — Fiquei esperando você. Fiz todo mundo esperar.

— Me desculpa mesmo... — Não sei mais o que dizer.

— Tentei te ligar. Por que você não atendeu?

Penso na noite passada. Não sei o que deu em mim. Devo ter esquecido o celular em casa quando saí para percorrer a rota 10 em busca do Sam. E me lembro de ter caído no sono assim que voltei. Mas não posso contar nada disso a Mika. Ela vai pensar que estou maluca.

— Não foi de propósito — digo. — Só acabei dormindo cedo. Não tenho nenhuma desculpa. Eu sinto muito.

— Se você não fazia questão de ir, deveria ter avisado.

— Mika, eu realmente fazia...

— Não, não fazia — ela me interrompe. Em seguida, olha para mim, com a voz cortante. — Se você realmente fizesse questão, teria ido a todas as outras coisas. Mas não foi. Não sei por que insisto em esperar que você vá. — Ela encosta a cabeça no corrimão. — Mas não importa, de qualquer maneira. Você estava certa o tempo todo.

— Como assim? Certa sobre o quê?

— Sobre como nada disso importa de verdade — ela diz. — Tipo a vigília ontem à noite. Isso não muda nada. Ele ainda está morto.

Lembro da nossa conversa na lanchonete. Nunca pensei que ela fosse se ater a isso. De repente, sinto vontade de poder retirar o que disse. Gostaria de poder me explicar. Sam me pediu para garantir que Mika ficasse bem, e só piorei as coisas entre nós. Não tenho certeza de como consertar isso.

— Não foi isso que eu quis dizer — eu falo.

— É exatamente o que você disse.

— É diferente agora. Eu não acredito mais nisso. Queria estar lá dessa vez.

— Também queria que você estivesse. Mas agora é tarde demais.

Mika afasta o olhar de novo e fica encarando o gramado. Ficamos em silêncio por um tempo. Quando ela muda as mãos de lugar, percebo algo em seu colo. Um papel.

— O que você está segurando?

Mika solta um suspiro. Sem dizer uma palavra, ela me entrega o papel.

Eu o desdobro e leio a primeira linha.

— Uma carta de admissão?

— É uma rejeição — Mika responde. — Da Universidade de Washington. Eles me mandaram um e-mail outro dia. Recebi a carta oficial hoje de manhã.

Eu leio a carta. É difícil entrar na Universidade de Washington, mas não para alguém com notas como as da Mika. Ela deveria ter passado fácil.

— Não acredito nisso. Isso deve estar errado.

— Bom, não está — Mika rebate. — Fazer parte de um monte de clubes e ter boas notas não é garantia de nada, eu acho.

Ponho a mão no ombro dela.

— Eu sinto muito, Mika... — sussurro, incerta do que mais posso dizer. Não consigo nem imaginar como ela está se sentindo, especialmente com tudo que está acontecendo ao nosso redor. Nós trabalhamos nas nossas inscrições juntas, então sei quanto tempo ela dedicou a isso. Enquanto eu me candidatei a duas faculdades, Mika se candidatou a nove.

Ela passou meses ajustando cada inscrição, descrevendo-se estrategicamente com diferentes aspirações e características com base na pesquisa que fez sobre cada universidade. A UW era a principal escolha dela. De todas as pessoas que se candidataram que eu conheço, ela deveria ter passado. Não existe justiça. — Vai ficar tudo bem. Você ainda está esperando notícias de outras faculdades. Logo, logo você vai ter boas notícias, sei disso. São eles que perdem, Mika.

— Não é minha primeira rejeição — Mika diz, quase rindo. — Eu estava com vergonha demais pra contar pra alguém. Não sobraram muitas cartas pra esperar. — Ela balança a cabeça. — Não sei por que me esforcei tanto. Pra quê? Pelo menos o Sam não vai saber o quanto eu sou um fracasso.

— Não fala isso — eu digo e pego a mão dela. — Você não fracassou em nada. Ainda estamos em março. Você vai entrar em alguma faculdade.

Mika puxa a mão de volta.

— Eu nem ligo mais. Foi tudo uma perda de tempo.

— Mika... — eu começo a dizer.

Mas ela se levanta abruptamente.

— Esquece. Tenho que ir.

— Espera... Por que a gente não vai a pé juntas?

— Não vou pra escola hoje — Mika responde enquanto desce da varanda.

— Aonde você vai?

— Não se preocupe comigo — ela diz sem olhar para trás. — Se preocupe com você mesma.

Fico em silêncio e deixo Mika desaparecer pelo quarteirão sem ir atrás dela. Machuca saber o que ela pensa de mim. Se ao menos ela soubesse que Sam e eu nos reconectamos e que consigo falar com ele novamente, entenderia que agora as coisas estão diferentes. *Eu* estou diferente. A culpa é toda minha por não ter ficado ao lado da Mika em meio a tudo isso. Preciso encontrar um jeito de consertar as coisas entre nós. Só faltam dois meses para a formatura, e não posso deixar que nossa relação fique assim. Especialmente depois de ter prometido a Sam. Não quero perdê-la também.

Sinto dificuldade de me concentrar na escola. Fico pensando em como deveria me explicar para Mika sem mentir para ela. Como posso lhe mostrar que ainda me importo com Sam se tenho que guardar segredo de tudo? Na hora do almoço, eu me sento com Jay, Rachel e Yuki numa mesa no meio do refeitório. Hoje é dia de rocambole de carne ao molho *teriyaki*, então todo mundo traz seu próprio almoço. Jay corta seu sanduíche de frutas com uma faca de plástico para dividir comigo. É quase bonito demais para comer, como acontece com quase todas as comidas que ele traz. Rachel examina os formulários para o Clube de Alunos Asiáticos que eles estão tentando abrir. Ela quer oferecer uma sessão de cinema até o fim do semestre.

— Ainda precisamos de sete assinaturas — Rachel nos diz. Ela enfia a mão na bolsa e me entrega alguns folhetos que fez à mão. — Julie, você acha que pode chamar alguns dos seus amigos pra entrar no clube?

— Ah... — Acho que ela não percebeu que meus únicos amigos estão sentados nesta mesa. E os três já se inscreveram. Mas, de qualquer maneira, pego o formulário. — Acho que posso perguntar por aí.

— Ótimo!

Vejo um tumulto a algumas mesas de distância da nossa. Olho do outro lado do refeitório. Liam e seu amigo jogam batatas fritas um no outro, enquanto Taylor está sentada em cima da mesa com o cabelo caído para trás. Percebo que Oliver está com eles. Depois de termos dado uma volta aquela noite, pensei que ele ao menos viria me dar um oi. Mas não falou comigo desde então. Nem se dá ao trabalho de olhar na nossa direção. Aconteceu a mesma coisa ontem. Talvez ele não queira ser associado a mim na frente de todo mundo. Eu realmente pensei que as coisas poderiam ser diferentes entre a gente.

Yuki repara que estou olhando para eles.

— Aconteceu alguma coisa, Julie?

Eu me viro de volta.

— Não. Só uns caras falando alto.

— Ignora — Jay sussurra.

Faço que sim e tento comer.

Depois de um tempo, Yuki se vira para mim de novo.

— Sentimos sua falta ontem à noite. Na vigília.

Olho para ela.

— Não sabia que vocês iam.

— Muita gente da escola foi — Rachel diz. — A rua estava lotada. Os carros não conseguiam passar.

Viro a cabeça para a mesa, com vergonha de manter contato visual. Porque eu deveria ter ido também.

— A família do Sam também foi — Yuki comenta. — A mãe dele perguntou por você.

A mãe do Sam. Levanto os olhos de novo.

— O que ela perguntou?

— Queria saber se eu tinha notícias suas — Yuki me conta. — Não sabe onde você tem estado, só isso. Ela disse que espera que você apareça pra jantar qualquer dia. Significaria muito para ela.

Sinto um aperto no peito. Não falo com a mãe nem com a família do Sam desde que ele morreu. Me dou conta de como isso é horrível da minha parte, especialmente depois de pensar em quantas vezes já fui jantar na casa deles. Sam disse que a mãe sempre tinha um lugar preparado para mim na mesa, só para garantir. Sempre que ela fazia o almoço do Sam para a escola, fazia questão de que houvesse algo para mim também. Pensei que ela fosse me odiar depois que faltei ao funeral. Depois que percebeu que nenhuma das flores era minha. E, agora, a vigília também. A vergonha me domina e me faz perder o apetite. O que Sam pensaria de mim se soubesse disso? Se soubesse que não sou a mesma pessoa por quem se apaixonou?

Não consigo nem olhar para minha comida. Empurro a bandeja para longe.

— Eu sei, eu deveria ter ido ontem à noite. Deveria ter aparecido dessa vez.

Jay põe a mão no meu ombro.

— Está tudo bem. Não se cobra tanto.

— Mas não está tudo bem — digo para a mesa. — Porque faltei a tudo, a todas as coisas que vocês fizeram para o Sam. E agora até a Mika me odeia por isso. — Não foi minha intenção perder a vigília desta vez. Depois que terminei a conversa com Sam, peguei no sono na escrivaninha e tive aquele sonho estranho. Quando dei por mim, estava procurando por ele. É fácil esquecer que todo mundo está de luto pelo Sam quando eu tenho conversado com ele todos os dias. A pior parte é que eu não posso nem me explicar. Prometi ao Sam que não contaria a ninguém, porque poderia afetar nossa conexão, e não posso correr esse risco. Meus olhos começam a se encher de lágrimas e não sei mais o que fazer. Meus companheiros de mesa são gentis o bastante para não dizerem mais nada.

No final do almoço, os três me acompanham até minha próxima aula. Antes de eu entrar na sala, Yuki diz:

— De repente a gente pode fazer mais alguma coisa pelo Sam, sabe? Uma homenagem especial.

— Ótima ideia — Rachel diz, assentindo com a cabeça. — E a gente pode chamar a Mika também. Nós cinco, juntos.

Penso sobre isso. *Algo especial pelo Sam. Uma homenagem.*

— Tipo o quê? — pergunto.

Eles se entreolham, incertos.

— A gente pensa em alguma coisa — Jay promete.

Abro um sorriso para eles.

— Obrigada. Não sei o que faria sem vocês.

As aulas do dia terminam. Preciso correr para casa sem topar com ninguém. Mas é difícil evitar as pessoas quando não se consegue nem chegar ao armário sem esbarrar em meia dúzia de ombros. Quando estou guardando meus livros na mochila, alguém me cutuca no braço.

É Oliver. *De novo.*

— Oi. Qual é a boa? — ele me pergunta.

— Estou de saída.

— Legal... Pra onde?

— Pra *casa*.

— Ah.

Fecho meu armário e sigo na direção das portas da frente sem dizer mais uma palavra.

— Espera... — Oliver diz enquanto me segue pelo corredor. — Eu ia perguntar se você queria fazer alguma coisa.

— Desculpa, estou ocupada.

— Não precisa demorar muito — ele diz. — De repente a gente pode tomar um sorvete.

— Já disse, *estou ocupada* — digo sem olhar para ele. — Por que você não sai com seus outros amigos?

— Eu fiz alguma coisa errada? — Oliver pergunta e coça a testa.

Não estou a fim de explicar para ele. Eu não deveria ter que explicar.

— Só não estou no clima, tá?

— Pra tomar sorvete?

Eu me viro na direção dele.

— Pra qualquer coisa.

— Só duas bolas — ele insiste.

— Oliver. Já disse que *não*.

— Uma bola.

É como se ele fosse incapaz de me ouvir. Ando em direção à saída de novo, deixando-o para trás.

— *Fala sério!* — ele grita no corredor. — *Por favorzinho!* — A voz dele é alta e desesperada. — *Por minha conta!*

Talvez seja a empatia de ser escritora que me faz parar de andar. Ou talvez seja a voz do Sam na minha cabeça. Com certa relutância, respiro fundo e me viro.

Estreito os olhos.

— Por sua conta?

— Vou querer três bolas de pistache, calda de chocolate, um pouco de marshmallow, chantilly por cima, granulado colorido, e pode caprichar bastante — digo para o homem atrás do balcão. Eu me viro para o Oliver.

— Vai querer o quê?

— Hm, um *rocky road*, por favor...

*

Arranjamos uma mesa cor-de-rosa no canto da sorveteria. O lugar está meio vazio. Oliver pendura a jaqueta atrás da cadeira antes de se sentar. Nós dois escolhemos copinho em vez de casquinha. Oliver toma o sorvete devagar, girando o chantilly com a colher.

— Obrigado por ter vindo — ele diz depois de um tempo.
— O que fez você querer sorvete? — pergunto.
— É quinta-feira.
— E o que é que tem?

Oliver aponta para a vitrine atrás de mim. Há um pôster de uma vaca desenhada de maneira grosseira com descontos pintados sobre as tetas animadas. QUINTA-FEIRA: COBERTURAS GRÁTIS! A imagem é meio perturbadora, na minha opinião. Eu me viro de volta e tento apagá-la da minha cabeça.

Tomo outra colherada de sorvete.

— O Sam gostava de pistache — Oliver comenta.
— Eu sei.
— Só que ele preferia na casquinha.
— Sei disso também.

Oliver não diz nada. Fica olhando para a própria colher, com um semblante de tristeza de uma hora para a outra. Talvez eu devesse ser mais sensível.

— Só pra constar, não estou brava com você — decido dizer a ele. — Quem eu não curto são os seus amigos.

Oliver faz que sim.

— Justo. Eles são meio que péssimos.
— Então por que você anda com eles?
— Não sei se você percebeu — ele diz enquanto se recosta na cadeira —, mas meu melhor amigo morreu.

Meu rosto endurece.

— Desculpa — ele diz na mesma hora, sacudindo a cabeça. — Não deveria ter dito isso. Não sei qual é o meu problema. Eu não... — Ele engole em seco.

Estico a mão para acalmá-lo e digo:

— Não, está tudo bem, Oliver. Sério.

Ele inspira profundamente e depois expira.

Pego minha colher e voltamos a tomar o sorvete, embora nenhum dos dois esteja mais no clima.

— Desculpa falar dele — Oliver diz de novo, com um pouco de culpa na voz. — Não queria deprimir a gente.

— Não tem problema... Não me importo de falar do Sam.

— Bom saber.

Meia hora se passa e terminamos nossos sorvetes. Vejo o horário: são quatro e quinze.

— Acho melhor ir embora.

— Já?

— É, estou meio cansada — digo enquanto me levanto da cadeira.

— Não está a fim de, sei lá, ver um filme ou qualquer coisa assim? — Oliver pergunta do nada.

— Eu realmente não deveria.

— O Sam me disse que você curte musicais — ele diz aleatoriamente. — É o mês dos musicais icônicos no cinema. Fica logo no final da rua.

— Não sei, Oliver... — digo, tentando não decepcioná-lo tão fácil. — Que filmes estão passando?

— Eles mudam toda semana — Oliver diz e dá uma olhada no celular. — Hoje à noite tem... *A pequena loja dos horrores*. Já ouviu falar?

— Claro que já. É um dos meus musicais favoritos.

— É um dos meus também.

— Já vi umas dez vezes.

— Eu também.

— Cheguei até a tentar fazer o Sam assistir comigo, sabia? — comento enquanto volto a me sentar. — Mas ele não quis. Disse que parecia assustador.

Oliver ri.

— Mas não é pra ser assustador!

Eu me inclino na direção da mesa.

— Eu sei! Mas sabe como é o Sam. Ele não curte musicais.

— Meu Deus, isso me irritava *tanto* nele — Oliver diz e revira os olhos.

— Irritava mesmo!

Por um momento, é como se esquecêssemos o que aconteceu. Então, Oliver para de sorrir quando voltamos a nos lembrar. Ficamos em silêncio. Tento puxar o assunto novamente.

— Tem alguma sessão por agora? — pergunto.

Oliver confere o celular de novo.

— Tem uma em dez minutos... — Ele olha para mim com cara de cachorro pidão.

Tamborilo os dedos na mesa enquanto tento me decidir.

Depois de alguns instantes, Oliver diz:

— Vou entender isso como um sim.

O gerente da bilheteria faz cara feia quando saímos do cinema cantarolando. Os lanterninhas basicamente nos expulsaram por causar um transtorno no saguão com nossas gargalhadas. O filme era tão maravilhoso quanto eu me lembrava! Talvez seja porque já ouvi um milhão de vezes, mas canto tudo internamente enquanto nos retiramos. Nunca pensei que fosse me divertir tanto com Oliver. Ele ficou jogando pipoca na tela e cantando todas as músicas. Felizmente, só havia nós dois na sessão. Estou muito feliz de ter decidido rever o filme com ele. E então me lembro do Sam. Sinto uma pontada de culpa no peito. Ele sempre quis que Oliver e eu virássemos amigos um dia. Ele deveria estar aqui para curtir o filme com a gente, por mais que odiasse musicais. *Nós três, finalmente juntos.*

Já escureceu. As luzes de néon do letreiro iluminam as ruas quando começamos nossa caminhada para casa. Percebo que Oliver também está com as músicas na cabeça. Ele se agarra a um poste de luz e começa a girar como Don Lockwood em *Cantando na chuva*, enquanto canta em voz alta.

— "Suddenly, Seymour is standing beside you..."

Se fosse em outra ocasião, eu poderia ficar com vergonha, mas não consigo conter o sorriso enquanto Oliver canta sem parar.

— "You don't need no makeup, don't have to pretend..."

A certa altura, eu me junto à cantoria, enquanto continuamos nossa caminhada.

— Uau — Oliver diz. — Esse filme nunca envelhece, sabe?

— Pois é. É realmente, como se diz? — Paro por um instante. — Atemporal.

— É impressão minha ou a planta carnívora parecia maior do que eu lembrava?

— Pode ter sido por causa da tela.

— Faz sentido — Oliver diz e assente com a cabeça. — Cara, mas você não ama *o final*? É muito perfeito, né? Como a Audrey finalmente consegue tudo que sempre sonhou. Uma vida tranquila, uma casa no subúrbio, uma torradeira... e o *Seymour*! Ela nunca pediu muito, sabe? É aí que tá. Você realmente se sente bem.

— Se sente mesmo — concordo. — Mas você sabia que esse não era o final original? Na verdade, eles tiveram que voltar e regravar.

— Como assim?

— Na versão original, a planta come a Audrey.

Oliver me encara com olhos arregalados.

— Você quer dizer que a Audrey *morre*?

— Isso. Ela morre.

Oliver para de andar.

— Por que eles fariam isso?

— Porque, na verdade, é isso que acontece na peça — explico. — Mas quando mostraram o filme para o público, muita gente ficou chateada, porque todo mundo amava muito a Audrey. Então eles reescreveram o roteiro e mudaram o final.

— Que bom que mudaram! — ele comenta com um tom de voz áspero. — Estragaria o filme inteiro.

— Eu concordo com você. Só estou dizendo que existe outro final.

— Mas *não deveria* existir — ele diz. — Não importa o que eles filmaram antes. Porque a Audrey sobrevive.

— Talvez no filme. Mas, na peça, não é assim.

— Bom, então não vou assistir à peça... — Ele se afasta.

Eu o sigo lado a lado. Não queria estragar o filme.

— Não acho que seja um grande problema, sabe? Existirem versões diferentes de alguma coisa. No fim das contas, você pode decidir o que aconteceu. Então, as duas podem ser verdade.

Oliver se vira para mim.

— *Está errado*. Não podem existir duas versões diferentes da mesma coisa.

— Por que não?

— Porque uma delas é a original, e a outra é uma cópia. Uma coisa pode parecer igual ou soar igual, mas não é igual de jeito nenhum. É inerentemente outra coisa. Então, pra ter dois finais diferentes, duas Audreys diferentes precisariam existir.

Penso a respeito.

— Do que você está falando, exatamente?

— Estou dizendo que só existe um dele, e foi esse que eu conheci. Não tem jeito de cloná-lo ou fazer versões diferentes dele e tentar escrever um novo ele. Não tem como fazer alterações. Porque só existe *um* Sam.

Não estamos mais falando sobre a Audrey.

— Talvez você esteja certo. Era só uma reflexão.

Chegamos à esquina que separa nosso caminho para casa. Uma sebe de rosas brancas desponta por cima de uma cerca ao nosso lado.

— Me desculpa por acabar com o clima de novo — Oliver diz.

— Tudo bem. Eu entendo.

— Obrigado por ter ido ver o filme comigo.

— Fico feliz de ter ido.

Antes de cada um seguir por sua rua, Oliver repara nas rosas. Ele se aproxima para pegar uma.

— Cuidado — eu aviso. — Ela pode morder.

Ele sorri enquanto arranca uma rosa da sebe. Por um segundo, penso que vai entregá-la para mim, mas não é isso que acontece. Ele só fica segurando a flor.

— Está indo pra casa, então?

— Mais tarde — ele diz. — Preciso dar uma parada em outro lugar primeiro.

— Onde?

— Nenhum lugar em especial.

Nós nos despedimos. Ao chegar em casa, começo a fazer os trabalhos da escola. Adianto o máximo que dá pelo resto da noite, mas é difícil manter a concentração. Não consigo parar de pensar no que Oliver disse. Sobre como não é possível uma história ter dois finais diferentes. Sobre como é possível ter várias versões de uma pessoa, mas só uma pode ser a original. Talvez ele tenha razão. Não quero uma versão diferente do Sam. Quero a que perdi. Aquela com quem ainda estou conectada, por mais que seja apenas a voz dele no celular.

Queria poder ligar para Sam agora, mas sei que não deveria. Por mais que eu sinta falta de falar com ele, tenho umas cem coisas nas quais preciso me concentrar — os deveres da escola, a formatura, retomar o controle da minha vida. Combinamos de conversar amanhã. Ele disse que tem outra surpresa para mim. Caio no sono tarde, me perguntando onde vamos nos encontrar agora.

Capítulo nove

A voz do Sam aparece no meu sono. Preenche as frestas na minha mente.

"*Cadê você, Julie...*

... por que não consigo te encontrar?"

Uma lâmpada se acende acima de mim. Estou parada sob o brilho de uma luz suave, e a escuridão me cerca. Não consigo enxergar nada ao meu redor. Não ouço nada, a não ser o chiado da lâmpada sobre minha cabeça. Há uma maleta do meu lado. Quando a névoa perpassa meus sapatos, percebo que estou sonhando de novo. Uma parte de mim tenta acordar. A outra parte está curiosa para ver um final diferente.

E então meu celular toca, como esperado.

Apalpo meus bolsos, mas não encontro nada. Não sei onde está meu celular. Como é que vou atender assim?

O celular continua tocando. Não consigo identificar de onde vem o som. Tateio o chão, para o caso de ter deixado cair.

Cadê? Meu tempo está acabando.

De repente, um feixe de luz percorre a escuridão, soprando um ar frio em mim, e meu coração dá um pulo. Eu me levanto a tempo de ver as luzes traseiras, a fumaça que sai do escapamento e a silhueta de um caminhão que se afasta.

Minha garganta se fecha enquanto observo dali. Sei exatamente para onde ele está indo. E preciso chegar lá primeiro. Preciso chegar até Sam antes que seja tarde demais.

A maleta despenca enquanto eu corro escuridão adentro, seguindo as luzes traseiras. Mas ele anda rápido demais para alcançá-lo a tempo. E é então que percebo uma coisa. Uma corda amarrada na parte de trás do caminhão. Eu a pego no mesmo instante e seguro firme.

É uma corda de violão! Eu a puxo com toda minha força, afundando os pés no chão. A corda se estica nas minhas mãos enquanto o caminhão empaca lá na frente e buzina furiosamente, com as lanternas traseiras piscando sem parar. Não se trata de força sobre-humana. É a força que vem do medo e do desespero.

Quando sinto o chão ficar mais mole, olho para baixo e vejo a água chegando na altura dos meus joelhos. Mas continuo puxando com todas as forças até a água subir à minha cintura e meus pés parecerem que vão escorregar. O caminhão ainda buzina, e eu *puxo* e *puxo* sem parar a corda do violão – até que, por fim, ela *arrebenta*, e eu caio de volta na minha cama.

Acordo chorando no meio da noite. Como não consigo voltar a dormir, acabo ligando para Sam, na esperança de que ele atenda. Assim que atende, pergunto se era ele tentando entrar em contato comigo no sonho. Se estava tentando me enviar um recado.

— Sinto muito, Jules... Mas não era eu. Era só um sonho.

— Tem certeza? — pergunto, esperançosa. — Talvez meus sonhos sejam outro lugar onde a gente possa se encontrar.

— Queria que isso pudesse ser verdade. Mas acho que só estamos conectados pelos nossos celulares.

Só pelo celular.

Meus lábios ficam trêmulos.

— Mas parecia tão real, Sam. Parecia que... eu tinha outra chance, sabe?

— Outra chance de quê?

Não respondo. Tenho medo de saber o que ele vai achar. Tenho medo que ele me diga o que não quero ouvir. Agora não.

Sam expira.

— É só um sonho, Jules. Tenta descansar um pouco, tá? A gente se fala amanhã. Tenho outra surpresa pra você.

— Tá. Vou tentar.

Sempre que ligo para Sam do nada, nossa conversa não dura muito. Ele sempre demora um tempinho para atender e, quando atende, a voz dele some e reaparece, como se estivesse dando voltas em busca de sinal. Não sei por que isso acontece. Para mantermos uma conexão forte, descobri que precisamos planejar nossas ligações e fazê-las no horário e local combinados. Por mais que eu possa ligar sempre que precisar dele, Sam diz que preciso tomar cuidado com a frequência das chamadas. Penso sobre isso. Será que nos resta um número limitado de ligações? Elas estão se esgotando? Queria saber como tudo isso funciona.

É difícil prestar atenção na escola. Pego o celular no meio da aula o tempo todo para ter certeza de que ele está ali. Isso me dá certo conforto quando todo mundo me ignora. Não consigo parar de pensar em como Sam e eu estamos reconectados. Em como conseguimos uma segunda chance. Comecei a manter um registro de todas as nossas ligações no meu caderno. Em que momento do dia, onde aconteceu, quanto tempo durou. Também anoto sobre o que conversamos, junto com as perguntas para as quais ainda preciso de respostas. Perguntas como... *Por que ganhamos esta segunda chance?* e *Quanto tempo disso ainda temos?* Sam me disse que não tem as respostas. Fico pensando se deveria puxar esses assuntos de novo.

Hoje Mika foi à aula. Ela chegou um pouco atrasada e se sentou do outro lado da sala, a várias fileiras de distância de mim. Suas roupas estão amassadas e o cabelo, despenteado. Além disso, ela não trouxe nenhum livro e não respondeu a nenhuma das minhas mensagens desde que conversamos na minha varanda ontem de manhã. Quero falar com ela depois da aula, mas, assim que o sinal toca, ela pega sua bolsa e dispara porta afora antes que eu tenha qualquer chance. Queria que ela conversasse comigo, que me desse uma oportunidade de explicar por que a tenho ignorado. Penso em escrever um bilhete e deixar dentro do armário dela. Mas o que eu poderia dizer?

Querida Mika,
Sinto muito por ter faltado à vigília aquela noite. Tenho conversado com o Sam nos últimos dias. Acho que isso está interferindo nas minhas chamadas e mensagens recebidas, além de me fazer esquecer as coisas. Sim, nosso Sam. Ele ainda está morto, mas atende o telefone sempre que eu ligo para ele. É difícil de explicar porque ele não me deu nenhuma resposta sobre como tudo isso está acontecendo. Enfim, espero que isso te ajude a entender as coisas agora, e que a gente possa ser amiga de novo.

Julie

Ela provavelmente entregaria a carta para a sala de orientação para que eu fosse examinada, o que é compreensível. Decido não seguir com a ideia da carta e esperar até encontrá-la de novo. Assim, eu ganharia tempo para pensar no que falar.

A hora do almoço é o único momento da escola pelo qual eu anseio. Jay, Rachel e Yuki sempre conseguem melhorar meu humor. Estamos na Sexta da Pizza – o dia da semana favorito do Jay.

— É a torta favorita dos Estados Unidos — ele diz enquanto saboreia uma segunda fatia de pepperoni.

— Não é a torta de maçã? — Rachel pergunta.

Jay balança a cabeça.

— Sério? Pensei que fosse pepperoni.

— Acho que pizzas não são consideradas tortas — Yuki entra na conversa.

Pego o diário que o sr. Lee me deu e o abro em cima da mesa. Andei pensando no que ele me disse aquele dia. *Que história eu quero contar? Para quem estou escrevendo?* As perguntas movimentam minha cabeça enquanto olho para a página em branco. Queria poder dizer que escrevo para mim mesma. Mas talvez essa não seja a verdade. Talvez eu sempre esteja escrevendo para outra pessoa. Como, por exemplo, para os professores de inglês da Reed que podem ler isso como minha amostra de escrita e julgar se é boa o suficiente. O que eles vão achar do texto? E se nenhum deles se importar com o que tenho a dizer? *O que eu tenho a dizer?* E se for insignificante para o resto do mundo? Acho que isso não deveria importar, contanto que importe para mim, certo? Mas é mais difícil do que parece. *Escrever para si mesmo.* Talvez seja isso que o sr. Lee quis dizer quando falou que temos vozes demais na cabeça. Queria poder silenciá-las para poder encontrar minha própria voz. Dou batidinhas na mesa com a parte de trás da caneta e continuo pensando.

— Que caderno bonito — Yuki diz. — Onde você comprou?

— O sr. Lee me deu. — Fecho o diário para lhe mostrar a capa. As flores bordadas refletem como joias na luz do refeitório. — Alguém doou pra loja na semana passada.

Rachel se inclina para olhar mais de perto.

— É *muito* lindo. Posso pegar?

— Pois é, é quase bonito demais pra escrever nele — comento enquanto entrego o caderno para Rachel. — Sinto que estou desperdiçando páginas.

— Sobre o que você vai escrever? — Yuki me pergunta.

Fico olhando para minhas mãos sobre o colo, insegura. Então a resposta vem até mim, quase como uma lembrança. Como se eu sempre a tivesse.

— Sam. Vou escrever sobre o Sam. Sobre nós dois.

Yuki reage com um sorriso.

— Eu adoraria ler isso um dia. Se você quiser compartilhar.

Retribuo o sorriso enquanto alguém se aproxima da mesa.

— Posso sentar aqui?

Olho para cima e vejo Oliver. Ele está segurando um prato com pizza e um achocolatado. Dou uma olhada na direção da mesa com Taylor e Liam e os vejo espiando por cima dos ombros, observando-o.

— Pode — respondo. — Claro que pode.

— Maneiro.

Oliver puxa uma cadeira bem para o meu lado, forçando Jay a afastar um pouco a dele.

— Oi, *Yukes* — ele diz e acena com a cabeça para o outro lado da mesa. — Como vão as coisas no coral? Algum solo novo?

Yuki limpa a boca com o guardanapo.

— Com sorte eu consigo um em breve. A gente acabou de fazer os testes para a próxima apresentação.

— Aposto que você pisou na concorrência — Oliver diz

enquanto abre a caixinha de achocolatado. — Lembra aquela vez que você e o Sam arrasaram no karaokê? Um clássico.

Eu quase esqueço que Oliver e Yuki se conhecem por meio do Sam.

— Vamos ver — Yuki diz, com as bochechas levemente coradas.

— Vou estar lá de qualquer jeito — Oliver diz. Então ele se vira para Jay e apoia o braço nas costas da cadeira dele. — Acho que a gente não se conhece. Eu sou o Oliver.

— Ah... Eu sou o Jay.

Oliver coça o queixo.

— De onde eu te conheço?

— Você apareceu em uma das reuniões do clube do meio ambiente — Jay responde. — Mas nunca mais voltou.

— Ah, *verdade* — Oliver diz, como se lembrasse disso com carinho. — Vocês estavam falando sobre limpeza das praias ou alguma coisa do tipo. Parecia meio tosco, pra dizer a verdade.

Cutuco o braço dele.

— *Oliver*. O Jay é o tesoureiro do clube. A limpeza das praias foi ideia dele.

— Só estou brincando — Oliver comenta, me dispensando com um aceno. — Estou muito impressionado com o trabalho dele.

Rachel passa o braço por mim e dá um tapinha no ombro do Oliver.

— Você quer participar do nosso clube? — Ela pergunta e lhe entrega o formulário. — Ainda precisamos de seis inscrições.

— Claro. Qual é o clube?

Ela pega minha caneta e a oferece para ele.

— É o Clube de Alunos Asiáticos. A gente quer promover uma sessão de cinema em algum momento.

Oliver assina seu nome sem questionar.

— Espero que vocês assistam *Akira* — ele comenta. — É um clássico.

— Posso pôr na lista — Rachel responde. — Estamos planejando fazer uma votação.

— Que democrático. — Oliver assente com a cabeça e devolve o formulário. — Vai ter votação sobre os lanches também?

Todos na mesa caem na gargalhada enquanto falamos sobre o clube. Não esperava que Oliver fosse se sentar com a gente, muito menos que fosse se dar bem com todo mundo tão rápido. Há algo de diferente nele hoje. Um lado mais gentil que não estou acostumada a ver. Talvez as coisas estejam melhores entre nós agora. Talvez exista uma chance de sermos amigos, afinal. Estou feliz que ele tenha finalmente decidido se juntar a nós.

O sinal toca. Enquanto recolho minhas coisas, Yuki se vira para mim.

— Você já decidiu se vai encontrar a gente mais tarde?

— Pra quê? — pergunto.

— Vamos a algum lugar depois da escola pra pensar em ideias para o Sam — ela diz. — Eu te mandei mensagem ontem à noite.

Olho ao redor da mesa, um tanto confusa.

— Não recebi sua mensagem — comento. — Não sabia que a gente ia se encontrar. — Pego meu celular para dar mais uma olhada. Estive com ele o dia inteiro. Por que continuo sem receber mensagens? — Quando você mandou?

— Já era bem tarde — Yuki diz. — Você devia estar dormindo.

Penso sobre a noite passada. Talvez as ligações estejam bloqueando as mensagens. Faço uma nota mental para conferir mais tarde o registro de chamadas que tenho anotado.

Jay surge do meu lado.

— Você deveria ir — ele comenta. — Você conhece o Sam melhor do que todos nós.

— O que tem o Sam? — Oliver pergunta, curioso.

— A gente quer fazer alguma coisa especial pra ele — Rachel diz. — Com a Julie.

— Tipo o quê?

— Ainda estamos decidindo.

— Ah... — Oliver se aproxima com os lábios pressionados. — Será que eu posso... participar?

Todos se viram para mim.

— Claro que pode — respondo e olho para Yuki. — Mas não posso encontrar vocês depois da escola hoje. Desculpa mesmo. Já tenho um compromisso com outra pessoa. — Não menciono que essa outra pessoa é o Sam.

Yuki toca minha mão.

— Não se preocupa. A gente vai se reunir de novo. E planejar algo bem legal pra ele.

Embora eu sorria com a resposta, não deixo de me sentir meio excluída do grupo. Já faz um tempinho desde a última vez que encontrei os três fora da escola. Nós íamos para a casa do Sam com frequência e ficávamos ouvindo música juntos. Como é meu último ano aqui, não sei quando vou vê-los de novo.

Assim que as aulas terminam, vou direto para o centro da cidade. Em vez de passar no trabalho como normalmente faria, fico no ponto da esquina esperando o ônibus das três que sai de Ellensburg. Não vou muito longe; só até que os cumes das montanhas fiquem visíveis e as ruas se tornem nada além de árvores e arbustos. Foi ideia do Sam. Da última vez que nos falamos, ele disse que tinha uma surpresa para mim. Combinei de ligar assim que descesse do ônibus.

Ele me deixa perto das trilhas onde há um monte de gente caminhando, mas eu me afasto da trilha principal e sigo na direção da fileira de árvores. Nunca tinha desviado tanto do caminho antes. Ao meu redor, não vejo nada além de bosques e encostas intermináveis. Corto caminho por um campo de flores silvestres e deixo meus dedos roçarem os topos de ásteres roxos e amarelos. Com a voz, Sam me guia pelo telefone como se me puxasse pela mão e me conduz por uma clareira banhada de sol no meio da floresta. A voz dele se enche de entusiasmo. É a primeira vez que o ouço desse jeito desde aquela primeira ligação.

— Faz um tempão que estou esperando pra te mostrar isso — ele diz.

— Mas o que é isso? — não me canso de perguntar.

— Já disse, é surpresa — ele responde com uma risada. — Você já está quase lá. Segue em frente.

Os troncos das árvores vão ganhando mais corpo à medida que o caminho pelo qual ele me guia fica mais estreito e arborizado. Raios de luz do sol brilham em diferentes ângulos por entre os galhos mais altos. As flores silvestres pintam o chão de roxo e dourado. Uma brisa sopra nos galhos baixos, fazendo com que suas folhas rocem gentilmente meus ombros conforme passo debaixo delas.

— Deve ter um riacho pequeno logo à frente — Sam avisa. — Assim que encontrar um tronco de um milhão de anos, é só passar por ele e virar à direita.

Não acredito que ele se lembra de todos esses detalhes. É como se também estivesse ali, vendo.

Dou uma olhada ao meu redor.

— Como vou conseguir encontrar o caminho de volta? — O centro da cidade fica a muitos quilômetros de distância de onde estou. Por mais que ele esteja no telefone comigo, estou sozinha aqui.

— Não se preocupa — Sam diz. — Estou aí com você.

Os raios de sol brilham no fim da floresta conforme me aproximo. Assim que passo pelas árvores e chego ao outro lado, jogo o cabelo para trás e absorvo a vista que surge bem diante dos meus olhos. Um campo dourado se estende a partir dos meus sapatos e segue em direção ao céu. Uma brisa vem por trás e dobra a ponta da grama, fazendo-a rolar como ondas no oceano. À distância, vejo uma única árvore bem no meio, como um barco encalhado num lago dourado. Dou mais alguns passos à frente e deixo minha mão deslizar pelo gramado macio feito pena. Não demoro muito a perceber por que ele me trouxe até aqui.

— Cevada... — Sam sussurra no meu ouvido. — Que nem na música.

Deixo escapar um suspiro.

— *Sam...* — É tudo que consigo dizer.

Fecho os olhos e respiro fundo. Se eu ouvir com atenção, quase dá para escutar o murmúrio do seu violão tocando em algum lugar à distância.

— Como você descobriu esse lugar?

— Resolvi passear fora da trilha e acabei encontrando um dia — Sam diz. — Me fez lembrar da música que eu sempre toco pra você. Aquela que você escuta enquanto escreve. Sei que você anda com dificuldade pra se concentrar ultimamente. Achei que, talvez, se você visse ao vivo... o *campo dourado...* ele serviria de inspiração pra voltar a escrever.

Uma brisa empurra algumas mechas de cabelo para o meu rosto e eu não o arrumo.

— Por que você não me trouxe aqui antes?

— Eu estava esperando o momento certo pra te mostrar. Estava tudo planejado. Era pra ser especial. Não sabia que meu tempo ia acabar.

Meu peito se enche de dor.

— É do jeito que você imaginava na história? — ele pergunta.

Sinto um aperto na garganta que torna difícil falar.

— É muito melhor — respondo. — Obrigada por isso.

— Queria poder ver o campo de novo — Sam continua.

— Queria estar aí com você. Queria poder ver seu rosto...

Meus olhos se enchem de lágrimas enquanto observo o campo dourado, a cevada sem fim e o sol que começa a se pôr. Tento me ater a cada mínimo detalhe para que sempre me lembre daqui. Para que não me esqueça. Então, ouço algo que nunca pensei que fosse ouvir outra vez. A voz do Sam ao telefone, cantando "Fields of Gold", do jeito que me prometeu que faria um dia...

"*I never made promises lightly*
And there have been some that I've broken
But I swear in the days still left
We'll walk in fields of gold
We'll walk in fields of gold..."

Assistimos ao pôr do sol juntos, assim como Sam tinha planejado. Encontro um lugar na grama para me deitar e ponho o celular do meu lado com o viva-voz ligado. Passamos horas conversando sobre tudo, rindo como nos velhos tempos conforme o céu vai mudando de cor acima de nós, e posso jurar que é como se ele estivesse aqui comigo. Sam tem razão, é ainda mais mágico de noite. As estrelas parecem tão próximas de nós que dão a impressão de estarem ao alcance do toque. Procuro constelações e digo a Sam quais delas eu acho que conheço. Por um bom tempo, consigo *senti-lo* aqui, deitado ao meu lado. Se virasse a cabeça para olhar, eu o veria com os braços enfiados atrás da cabeça, vestindo sua camisa xadrez, os olhos bem abertos voltados para o céu, seu lindo cabelo escuro, aquele sorriso bonito no rosto. Mas não me atrevo a olhar, porque tenho medo de não encontrar ninguém ali. Então, fico só olhando as estrelas e me permito continuar fingindo.

Fecho os olhos por um momento.

— Obrigada por me trazer aqui. Não tinha percebido o quanto eu precisava me afastar de tudo.

— Parece outro mundo, né? — Sam sussurra perto de mim. — Como se Ellensburg estivesse a um milhão de quilômetros.

— Você sente saudade, Sam? De Ellensburg, digo.

— Sinto, sim... Sinto saudade de tudo nela.

Abro os olhos e volto a encarar as estrelas.

— Acho que vou sentir saudade também.

— Você ainda vai embora, então?

— Esse sempre foi o plano — lembro a ele. — Finalmente ir embora daqui, sabe? Mudar pra uma cidade grande, fazer faculdade ou algo do tipo, virar escritora.

— Você não parece muito animada — Sam comenta.

— Bom, eu não queria fazer tudo isso sozinha.

Um longo silêncio se instala antes do Sam voltar a falar.

— Você vai ficar bem, Julie. Aonde quer que vá, com quem quer que acabe ficando. Você vai dar um jeito.

— Não tem mais ninguém com quem eu queira ficar. Você ainda está aqui, Sam. E isso é tudo que importa agora. Mais nada.

— Julie — Sam diz, meio tenso. — Não faz isso.

— O quê?

— Ficar presa na nossa história — ele responde. — Como se ainda tivéssemos todo o tempo do mundo.

— Por que você não para de dizer isso?

— Porque não vai ser sempre assim. Não pode. Preciso que você se lembre disso.

— Mas *por que* não pode ser?

— Simplesmente *não dá*... — A voz dele falha. — Pensa nisso. Você não vai passar o resto da vida conversando no celular com seu namorado morto enquanto todo mundo está vivendo a vida, conhecendo gente nova, seguindo em frente com o resto do mundo. Você não pode viver desse jeito pra sempre.

— Não vejo o que tem de tão errado nisso — rebato. — Você está fazendo parecer pior do que é. — Não consigo pensar em nada no mundo que eu queira mais agora, tirando a vontade de que ele voltasse à vida. — Como se eu ligasse a mínima pro que os outros pensam de mim. Nada importa, contanto que eu tenha *você*. E, se ainda podemos ficar juntos, deveríamos fazer dar certo. Mesmo que não seja exatamente como a gente planejou...

— *Para com isso*, Julie — ele me interrompe. — A gente não pode fazer isso pra sempre. Simplesmente não é possível.

— Mas você disse que eu podia levar o tempo que precisasse pra me despedir — lembro a ele. — E se eu não me despedir? E se eu me recusar a dizer adeus?

Sam suspira.

— Então é isso que você decidiu fazer... nunca se despedir de mim?

— A ideia *sempre* foi essa, Sam. Desde o dia em que eu te conheci...

Penso no dia em que ele não vai mais atender quando eu ligar e sinto falta de ar. Finalmente o ouvi cantando; e se eu me esquecer da voz dele? Não consigo conceber a ideia de perdê-lo de novo.

Não dizemos nada por um longo tempo. Fico olhando para o céu e vejo algumas nuvens se espalharem, revelando a lua. De repente, uma luz branca e cintilante cruza o céu e some por trás da silhueta da montanha.

— *Uma estrela cadente*. — Aponto para o céu, como se Sam também pudesse vê-la.

— É impressionante que você só tenha visto uma aí — ele comenta. — Você fez um pedido?

— Você sabe que não acredito nesse tipo de coisa.

— Por que não?

— Pensa nisso. Você já ouviu falar de algum pedido que se realizou?

— Não é por isso que você não deveria tentar. Você poderia pedir o outro aparador de livro de volta.

— Você é um sonhador mesmo — comento.

Sam ri.

— Então tá. O que você pediria, se pudesse ter qualquer coisa?

— Qualquer coisa?

— Simplesmente qualquer coisa.

— Sem nenhum limite?

— Sem nenhum limite.

Eu hesito.

— Quer mesmo saber?

— Eu não perguntaria se não quisesse — Sam responde.

Fecho os olhos e respiro fundo. Não preciso pensar muito porque já sei a resposta.

— Queria que você estivesse aqui — digo. — Queria que você estivesse deitado bem do meu lado. Queria poder me virar e ver você sorrindo de volta pra mim. Queria poder passar a mão pelo seu cabelo e saber que você é *real*, de carne e osso. Queria que a gente pudesse terminar a escola e se formar juntos. Assim, a gente finalmente poderia ir embora daqui como sempre planejou, encontrar um apartamento em algum lugar, e resolver o resto das nossas vidas juntos, para que eu não precise fazer isso sozinha. Queria que você estivesse *vivo* de novo... E queria ter atendido o telefone naquela noite, pra que tudo isso fosse diferente, e tudo voltasse a ser como antes...

Ficamos em silêncio por um bom tempo enquanto Sam absorve o que eu disse. Ele não diz nada durante ou depois, mas eu o sinto ali, do outro lado da linha, *escutando*. Fico surpresa que ele tenha me deixado dizer tudo isso. Não sei se era isso que esperava ouvir, mas ele pediu a verdade.

O resto da noite segue desse jeito. Fico deitada no campo, com ele ao telefone pelo que parece uma eternidade. Não dizemos mais nada. Simplesmente habitamos em silêncio esse mundo imaginário onde todos os meus desejos ainda são uma linda possibilidade.

Capítulo dez

Quando acordo de manhã, algo está diferente. Sinto um calor ao meu lado, como se alguém estivesse ali. Mas, quando minha mão tateia o lençol para encontrá-lo, não há ninguém lá. Estou sozinha de novo. Esfrego os olhos até que as paredes do meu quarto fiquem nítidas. Feixes de luz cintilam pelo teto como se fossem raios de sol na água. Se não fosse pelo fino tecido da cortina, eu não saberia que era dia lá fora. É uma daquelas manhãs em que você não sabe quanto tempo se passou desde que caiu no sono: horas ou dias, não dá para ter certeza. Tenho que olhar o relógio no meu celular para me situar. Estamos no sábado, nove e quatorze da manhã. Nada disso parece certo, mas não faz sentido argumentar.

    Eu me sento na cama e olho ao redor do quarto. A cadeira da minha escrivaninha está virada de frente para mim e a camisa do Sam ainda está pendurada ali atrás. Às vezes, gosto de fingir que ele está no banheiro, ou pegando um pouco d'água lá embaixo e logo vai voltar. *A qualquer momento.* Isso faz com que eu me sinta menos sozinha quando não estamos juntos ao telefone. Estico os braços para cima, na direção do teto. Às vezes, meu cabelo embaraça durante o sono, então passo os dedos entre as mechas para penteá-lo. Sinto cheiro de cevada e me lembro na hora. *O campo dourado*. Foi ontem à noite mesmo? Se fechar os olhos, consigo vê-lo outra vez. É estranho estar de volta ao meu quarto e não ter nada além das lembranças daquele lugar. É como despertar de um sonho e não ter ninguém com quem conversar sobre ele.

Outro mundo, outra vida, outro segredo para guardar.

Não dormi bem. Sonhei de novo que estava na rodoviária, procurando por ele. Não foi tão ruim dessa vez, mas ainda estou meio abalada. Queria poder conversar com alguém sobre esses sonhos. Alguém além do Sam, digo. Depois de tudo que eu disse a ele ontem à noite, não quero que ele tenha mais um motivo para se preocupar. Há coisas que é melhor guardar para mim.

Fico aninhada na cama até um terceiro despertador tocar, me lembrando de começar o dia. Minha mãe me deixou meia garrafa de café na cozinha. Tomo duas xícaras e uma tigela de cereal. Uma hora depois, encontro Oliver na varanda. Ele me mandou mensagem de manhã, me chamando para outro passeio. Mas, desta vez, o destino é diferente. A ideia é do Oliver. Estava meio incerta no começo, mas acabei aceitando mesmo assim. Estamos indo para o túmulo do Sam.

A tarde está nublada. Oliver e eu pegamos o caminho mais longo para evitar o movimento no centro da cidade. Quando conto que nunca visitei o túmulo do Sam, ele não me julga. Talvez já imaginasse. Talvez entenda por que tenho medo de ir até lá. Conforme o cemitério vai surgindo no nosso campo de visão, sinto um embrulho no estômago. A alguns passos dos portões de ferro, algo me faz parar. Do jeito que aconteceu antes...

Oliver olha para trás.

— Está tudo bem?

— Só preciso de um segundinho... — Não sei mais o que dizer. Fico olhando para as barras de ferro do portão aberto, me perguntando se isso foi um erro. *Não tenha medo, Julie. Não é o Sam ali. Ele ainda está com você. Você não o perdeu ainda.*

— Vai ficar tudo bem. Aqui... — Oliver oferece a mão. — Vamos entrar juntos.

Respiro fundo e aperto a mão dele com força. Juntos, atravessamos os portões e subimos a colina. Oliver me conduz pelo gramado coberto de lápides e cata-ventos. Passo em volta deles com cuidado, em sinal de respeito. Eu nunca teria sido capaz de encontrar o túmulo do Sam sozinha. O gramado parece não ter fim, espalhando-se em todas as direções. Só depois que Oliver para e solta minha mão é que percebo que chegamos. Ele dá a volta pela lápide, e assim consigo ver melhor.

SAMUEL OBAYASHI

Meu corpo todo enrijece. Leio em silêncio algumas vezes.

Ele nunca gostou do nome Samuel. Ele ia querer que estivesse escrito Sam.

Girassóis brotam do vaso bem no meio do túmulo. São novos e bonitos, como se alguém os tivesse trazido recentemente. Uma pétala caiu em cima do nome dele e me ajoelho para tirá-la dali. Então, percebo mais uma coisa no vaso.

Uma única rosa branca se destaca em meio aos girassóis e encosto nela com cuidado. Levo um segundo para me lembrar.

— Você que trouxe? — pergunto ao Oliver.

— É...

Minha mente viaja de volta para a noite em que assistimos ao filme juntos.

— Então foi pra cá que você veio depois...

— Dei uma passada.

Olho para ele.

— Com que frequência você vem aqui? Se não se importar com a pergunta.

Oliver dá de ombros.

— Talvez vezes demais.

Dou alguns passos para trás e fico encarando a grama. *O espaço abaixo da lápide. É ali que é para o Sam estar?* Eu o imagino dormindo tranquilamente ali embaixo, porque não consigo imaginá-lo morto. *Isso é surreal. Eu estava com ele no telefone agora há pouco.* Engulo em seco e olho para Oliver.

— Será que eu... deveria dizer alguma coisa? Não sei o que devo fazer...

— Não precisa. Podemos só ficar por aqui um tempinho.

Nós nos sentamos juntos na grama. O ar está estranhamente parado, como se o vento não chegasse até aqui. Não senti nem um pouquinho de brisa desde que entramos. As árvores ao nosso redor são tão inanimadas que parecem feitas de pedra. Fico olhando por cima do ombro o tempo todo. Parece que só tem nós dois aqui esta tarde.

Alguns instantes se passam. Oliver fica puxando a grama em silêncio. Já faz um tempinho que não diz nada. Eu me pergunto sobre o que ele está pensando.

— Você costuma vir aqui sozinho? — pergunto a ele.

— Costumo.

— E só fica sentado assim?

— Às vezes eu troco a água do vaso.

Olho mais uma vez para a rosa que ele trouxe. Fico me perguntado quantas flores ele já deu para Sam.

— Você sente muita saudade dele, né?

— Provavelmente não mais do que você sente.

Olhamos um para o outro. Em seguida, ele afasta o olhar, e o silêncio volta a se instalar.

— Acho que o Sam ficaria feliz de saber que você visita ele — comento depois de um tempo. — Acho que significaria muito para ele.

Oliver levanta os olhos.

— Você acha?

— Acho.

Depois de um tempo, ele deixa escapar um suspiro tenso.

— Só não quero que ele se sinta sozinho, sabe? Tipo, e se ele precisar de companhia? Quero que ele saiba que tem alguém aqui.

Sou dominada pela dor. Queria poder ligar para Sam e deixá-lo ouvir isso. Queria poder contar a Oliver sobre nossas ligações, só para que ele sinta algum tipo de paz. O que será que ele acharia disso? Será que acreditaria em mim?

— Posso te contar uma coisa? — Oliver pergunta, meio nervoso, quase num sussurro.

— Claro.

— Às vezes... eu converso com ele.

— Com o Sam?

Oliver faz que sim.

— Como assim?

— Tipo, bem aqui — ele responde e aponta para a grama em que estamos sentados. — Em voz alta, eu acho. Sobre coisas normais. Os assuntos que a gente costumava conversar, sabe? — Em seguida, ele afasta o olhar e sacode a cabeça. — É uma bobagem, eu sei.

Se ele soubesse a verdade... Se eu pudesse contar a ele...

— Não, não é — digo para tranquilizá-lo. — Eu entendo. Se serve de consolo, eu tentei ligar pra ele.

— Pelo celular, você diz?

— Isso.

Por um segundo, acho que vai me fazer mais perguntas, mas não é o que acontece. Por outro lado, uma parte de mim queria que ele as fizesse. Fico pensando em qual teria sido minha resposta. Observo Oliver puxar a grama de novo e sinto uma pontada de culpa. Culpa por ter a chance de falar com Sam e não poder contar isso a ninguém. Talvez eu devesse. Só para ver o que acontece depois. Ou para que ele me diga que é de verdade. Sem erguer o olhar, Oliver me faz outra pergunta.

— Posso te contar mais uma coisa?

Eu me aproximo e presto atenção.

— Você se lembra do que eu te perguntei aquela noite? Sobre o que você diria ao Sam se tivesse mais uma chance?

— Lembro.

— Quer saber o que eu diria?

— Só se você quiser me contar.

Oliver inspira e expira profundamente. Ele abre e fecha a boca, como se algo dentro dele o impedisse de falar. Mas, por fim, ele desabafa, como se estivesse prendendo a respiração há muito tempo.

— Eu diria ao Sam que amo ele. Que sempre amei.

— Tenho certeza de que o Sam também te amava — respondo.

Ele olha para mim.

— Mas não do jeito que ele amava você.

Ficamos em silêncio.

— De qualquer maneira, não importa — Oliver diz e balança a cabeça. — É melhor que eu nunca tenha contado a ele. Talvez a gente deixasse de ser amigo se eu contasse.

— Por que você acha isso? — pergunto. — Você sabe que o Sam continuaria sendo seu amigo, não importa o que acontecesse.

Oliver desvia o olhar outra vez.

— Eu sempre achei que talvez ele sentisse a mesma coisa. Que talvez existisse algo a mais entre a gente, sabe? Entre mim e o Sam. Quer dizer, antes de você chegar. — Ele abaixa a cabeça. — Acho que nunca vamos saber...
— Ele fica em silêncio por um bom tempo. Quando seca os olhos e as lágrimas escorrem, percebo que está chorando. Ao vê-lo desse jeito, meus olhos também ficam marejados. Eu me aproximo por trás e o envolvo com os braços. Encosto a cabeça nas costas dele e sinto uma pulsação, ou um batimento, ou alguma outra coisa que não tenho certeza, mas que vem de outra pessoa que não eu. Já não sentia isso havia algum tempo.

— Queria que ele ainda estivesse aqui — Oliver diz em meio às lágrimas.

— Eu sei. Também queria.

— Você realmente acha que o Sam ainda seria meu amigo se eu contasse a ele?

— Posso ser sincera?

Eu o sinto assentir com a cabeça.

— Acho que ele já sabia.

A julgar pelo silêncio, talvez ele sempre tenha se perguntado isso. Talvez eu sempre tenha me perguntado também. Sobre Oliver. Talvez fosse por isso que ele e eu nunca conseguimos nos aproximar. Por causa do Sam. Porque nós dois o amávamos do mesmo jeito. Agora que ele se foi, é a única coisa que compartilhamos.

De repente, uma brisa passa por nós e desce a colina, fazendo os cata-ventos girarem ao mesmo tempo que os galhos das árvores ganham vida pela primeira vez desde que chegamos aqui. Oliver e eu olhamos para cima da colina como se esperássemos encontrar alguém ali, nos observando. Mas não há ninguém. Tudo que ouvimos é o som de uma centena de cata-ventos em movimento. De alguma forma, cada um toca uma nota diferente, como taças de vinho cheias de água quando giramos o dedo pela borda.

— Você acha que pode ser o Sam? — Oliver sussurra.

— Pode ser... — Viro o ouvido na direção do vento para ouvir bem. — A música. Parece familiar.

Oliver inclina a cabeça e também começa a escutar. Ficamos sentados em silêncio na grama por um longo tempo, tentando ver se um de nós é capaz de reconhecer a melodia.

Acompanho Oliver até a casa dele depois que saímos do cemitério. Queria ter certeza de que ele estava bem antes de ir para o trabalho. É meu primeiro dia desde que o Sam morreu. Sabia que Tristan precisava de uma folga, então me ofereci para trabalhar neste fim de semana. Como o movimento na livraria costuma ser fraco, normalmente não há necessidade de nós dois estarmos lá, então quase não temos oportunidades de trabalhar juntos. Só nos vemos nos momentos de troca de turno. Isso dificulta a criação do clube do livro local que planejamos promover na livraria. Ainda nem decidimos qual vai ser o primeiro livro. Tristan tem insistido que seja *O Guia do Mochileiro das Galáxias*, mas eu disse que todo mundo já tinha lido. "É um livro que precisa ser lido pelo menos duas vezes", ele insiste.

Atrás do balcão, há um quadro de avisos onde Tristan e eu deixamos recados um para o outro, especificando quais tarefas já foram feitas e quais ainda estão na fila. De vez em quando, deixamos mensagens pessoais. Encontro um cartão azul fixado na lista de afazeres.

Espero que esteja se sentindo melhor.
Deixei seu ingresso na primeira gaveta.
— Tristan

Dou uma olhada na gaveta. Dentro de um envelope dourado, vejo meu ingresso para o festival de cinema no mês que vem. *Quase tinha me esquecido.* Tristan está trabalhando nesse documentário faz meses. É a segunda vez que ele inscreve um filme no festival, então é maravilhoso ver as coisas finalmente dando certo. Parte de mim sente um pouquinho de inveja. Ele ainda nem está no último ano, mas seu trabalho criativo já está sendo reconhecido. Enquanto isso, ainda nem comecei minha amostra de escrita. Tento não pensar dessa maneira e me comparar com outras pessoas, mas às vezes é difícil evitar.

Encontro uma caneta e escrevo uma resposta para ele.

Obrigada de novo por cobrir meus turnos.
E mal posso esperar para assistir ao seu filme!
— Julie

Está começando a chover lá fora, então a livraria tem menos clientes do que de costume. Pelo menos nossa loja on-line parece estar se saindo bem. Tristan me deu uma lista de títulos para encontrar e empacotar. O sr. Lee vai pegar tudo na segunda-feira e despachar os livros para seus novos lares. Termino de fazer minhas tarefas cedo e ainda arrumo um tempinho para varrer a loja. Quando não há mais ninguém, pego meu diário e me sento no meu cantinho perto da janela. O som da chuva sempre me deixa no clima para escrever. Penso na hora do almoço de ontem, quando Yuki me perguntou sobre o que eu ia escrever. Respondi que escreveria sobre o Sam. Mas ainda não tenho certeza do que quero dizer. O que eu quero contar ao mundo sobre ele? Fico imaginando o que algumas pessoas devem esperar de mim. *Escreva sobre a morte dele. Sobre o que aconteceu. Sobre o que significou perdê-lo.* Mas essas não são coisas em que eu quero me concentrar. Porque não quero me lembrar do Sam como uma tragédia. Não quero que essa seja a história dele. Quando as pessoas pensarem no Sam, quero que pensem nos seus melhores momentos. Quero que se lembrem dele como um músico que ficava acordado até tarde em dia de semana compondo músicas no violão. Quero que o conheçam como um irmão mais velho que construía fortes gigantes no próprio quarto. E quero que se lembrem da gente e dos últimos três anos que passamos juntos. Como nos conhecemos, nosso primeiro beijo, todos os motivos pelos quais me apaixonei por ele. Quero que as pessoas também se apaixonem pelo Sam. Acho que é isso que vou fazer. *Escrever as lembranças dele. As lembranças de nós dois. Contar nossa história.* Assim que me decido, vários momentos de todos esses anos viajam pela minha cabeça. Passo a hora seguinte anotando os mais importantes para mim. Continuo escrevendo até perder completamente a noção do tempo.

    O sino dos ventos canta acima da porta, o que me faz levantar a cabeça. Fecho meu diário quando alguém entra na loja.

— Yuki! O que você está fazendo aqui?

Yuki segura um guarda-chuva lilás fechado. Seu cabelo está preso com uma fita azul. Ela olha ao redor da loja.

— Lembrei que você ia trabalhar hoje. Espero que não tenha problema eu ter passado aqui.

— Problema nenhum. Deixa eu pegar seu guarda-chuva...
— Eu o pego da mão dela e deixo encostado na parede. — Que bom que você está aqui. Estava começando a me sentir sozinha.

Yuki abre um sorriso.

— Então que bom que eu vim. — Ela segura alguma coisa na outra mão. Uma bolsinha de plástico balança do seu lado, exalando o cheiro de algo apetitoso.

— O que é isso aí? — pergunto.

Yuki olha para a bolsa um pouco surpresa.

— Espero que não se importe — ela diz com um sorriso. — Trouxe almoço pra gente.

Terminamos nossos sanduíches de porco e pepino em conserva perto da vitrine. Esquento um pouco de água na sala dos fundos e sirvo chá para Yuki. Ainda está chuviscando lá fora, então ela fica dentro da loja comigo esperando o tempo melhorar. Um ônibus passa pela vitrine. Do outro lado da rua, crianças em capas de chuva correm pela calçada, espalhando água das poças debaixo de suas galochas. Fico encarando meu reflexo no vidro por um bom tempo, até a voz da Yuki me despertar dos meus devaneios.

— Está pensando em alguma coisa? Você parece distraída.

— Estou meio cansada, só isso. Não tenho conseguido dormir muito.

— O que houve?

— Meus sonhos andam tirando meu sono ultimamente.

— Posso perguntar sobre o que eles são?

Olho para ela.

— Sam.

Yuki assente em reconhecimento.

— Entendi. Devem ser pesadelos, então, se não estão te deixando dormir.

— É o mesmo sonho — respondo. — Várias vezes seguidas. Quer dizer, eles são levemente diferentes, mas sempre começam no mesmo lugar.

— Onde?

— Na rodoviária. Na noite em que o Sam morreu.

— E eles acabam do mesmo jeito? — ela pergunta.

Olho para as minhas mãos.

— Ainda não consegui chegar lá…

Yuki absorve o que eu disse.

— Entendi.

— Pois é — eu digo. Encosto a cabeça na vitrine. — Só queria saber o que esses sonhos significam…

Yuki fica olhando para dentro do chá, pensativa.

— Sabe… Quando minha avó morreu alguns anos atrás, também tive alguns sonhos com ela. E todos eles eram meio parecidos — ela diz. — Em um deles, deixei o bule favorito dela cair no chão e tentei colar os pedaços antes que ela chegasse. Em outro, eu me lembro de tentar esconder dela as notas das minhas provas. Mas ela sempre descobria. Eu me lembro da expressão no rosto dela e de como eu não parava de deixá-la triste. Não queria voltar a dormir. Não queria chateá-la de novo…

— Os sonhos pararam em algum momento? — pergunto.

Yuki faz que sim.

— Assim que eu finalmente contei para a minha mãe. Ela disse uma coisa que me ajudou a entender o que eles significavam.

Eu me aproximo.

— O que ela disse?

Yuki toma um gole do chá.

— Ela disse que, às vezes, os sonhos têm o significado oposto do que aquilo que eles nos mostram. Que a gente não deve interpretá-los exatamente do jeito que eles são. Eles podem querer dizer que tem alguma coisa em desequilíbrio na nossa vida. Ou talvez que a gente esteja guardando muita coisa. Os sonhos nos mostram o oposto daquilo de que precisamos para reencontrar o equilíbrio, especialmente quando perdemos alguém.

— E o que foi pra você?

— Levei um tempo pra descobrir... — Yuki diz, olhando para sua xícara de chá. — Acho que, durante toda a minha vida, tive medo de decepcioná-la. Eu só precisava me lembrar do quanto ela me amava. De que ela sempre me amou, não importava o que acontecesse. — Ela olha para mim. — Talvez você precise procurar o oposto também. Descobrir como trazer equilíbrio pra sua vida.

Penso no que ela disse.

— E como é que eu faço isso? Encontrar o oposto...

— Não sei muito bem — Yuki diz com tristeza. — É diferente pra cada pessoa.

Olho pela vitrine de novo, com uma sensação de insegurança. Yuki toca meu ombro.

— Mas às vezes não passam de sonhos — ela comenta. — E talvez não tenham significado nenhum. Então, tenta não se preocupar muito, tá?

— Talvez você esteja certa — respondo. — Só queria conseguir ter uma noite de sono normal...

Yuki afasta o olhar, pensativa.

— Acho que eu tenho uma coisa que pode ser útil, sabia? — ela diz e pousa a xícara de chá. — Vem...

Eu sigo Yuki até o balcão, onde ela deixou a bolsa. Ela a abre e começa a vasculhar os bolsos. Quando encontra o que está procurando, se vira para mim e põe algo na palma da minha mão.

— Aqui...

— O que é isso... — digo, girando o objeto na mão. — Um cristal?

A pedra é de um branco imaculado, perolado e translúcido, com um brilho que quase parece vir de dentro, emitindo luz própria.

— É selenita — Yuki responde. — Minha mãe que me deu. Ela traz sorte e proteção. Também afasta energias negativas. Quem sabe não protege você dos pesadelos?

Passo os dedos pela pedra.

— Como é que funciona?

— É só levar com você — ela diz suavemente. — O nome é uma homenagem à deusa da lua, sabia? Olha... — Ela gira o cristal na minha mão, revelando seus lados. — Dizem que a selenita contém uma gota de luz que vem lá dos primórdios do universo. As pessoas acreditam que ela tem uma ligação com alguma coisa de fora do nosso mundo...

Eu analiso as faces do cristal. Sinto seu calor na minha mão e um brilho que lembra a luz do luar.

— Você acredita mesmo nisso?

— Gosto de pensar que ela me protegeu — Yuki diz com um aceno de cabeça. — Mas agora é sua. Ela também é meio frágil, então toma cuidado.

Seguro o cristal bem pertinho de mim.

— Obrigada — eu sussurro.

— Espero que te traga um pouco de paz — Yuki diz. — Tenho a sensação de que você vai precisar.

Ainda está chovendo quando Yuki sai da loja. Faz horas que nenhum cliente aparece, então decido fechar mais cedo. Já em casa, ajudo minha mãe a preparar o jantar. Ela costuma comprar um parmesão de uma loja especializada a uma hora de distância, que combina muito bem com macarrão de espinafre e cogumelos. Queijo de qualidade é um dos poucos luxos permitidos na nossa casa. Como minha mãe sempre diz: "É um investimento." Não sou eu que vou discordar.

Ponho a mesa enquanto ela tira os pãezinhos da *air fryer*. Na sala, o jornal está passando no mudo. Minha mãe gosta de deixar a TV ligada durante o dia. Ela diz que, assim, a casa parece menos vazia. Normalmente, no jantar, minha mãe gosta de compartilhar teorias estranhas que seus alunos levam para as aulas. Por exemplo, um deles disse uma vez que todos nós estamos vivendo num videogame controlado por uma garota de doze anos jogando no computador do irmão. Mas hoje à noite o silêncio está fora do normal, como se nós duas estivéssemos com a cabeça em outro lugar.

— Chegou uma carta pra você hoje — ela comenta depois de um tempo. — Deixei na bancada.

— Eu vi — respondo. É uma carta de admissão da Central Washington University. Faz uns dias que recebi o e-mail.

— E o que diz a carta?

— Fui aprovada.

Minha mãe me encara, radiante.

— Julie, por que você não me contou? A gente tinha que comemorar.

— Não é nada de mais — respondo enquanto giro o macarrão no garfo. — Todo mundo passa lá. — A Central não é a faculdade mais concorrida. Contanto que suas notas sejam decentes, você passa. É a decisão da Reed que ainda estou esperando.

Minha mãe me observa enquanto eu remexo a comida.

— Sei que não é sua primeira opção, Julie... — ela diz. — Mas, mesmo assim, você deveria estar orgulhosa. A Central Washington é uma faculdade muito boa, mesmo que você não ache. Quer dizer, eu dou aula lá, afinal. Não descarte essa possibilidade assim de cara.

Eu olho para ela.

— Você tem razão. Não quis dizer nesse sentido. É só que... — Solto um suspiro. — Não sei se quero passar mais quatro anos em Ellensburg. Não era meu plano original, só isso.

— Nada disso era nosso plano — minha mãe responde, talvez mais para si mesma. A mesa fica em silêncio de novo. — Mas eu entendo... As coisas não têm andado tão boas por aqui. Principalmente nos últimos tempos. Especialmente pra você. — Ela passa um tempo olhando para a mesa, pensativa. — Talvez seja meio egoísta da minha parte querer ter você por perto mais um pouquinho. Eu sei que você não vai ficar aqui pra sempre, Julie. Mas... Queria que a gente pelo menos pudesse passar um tempo juntas antes de você se formar. Antes de você ir embora.

— Eu ainda não fui a lugar nenhum — respondo. — Ainda estou aqui.

— Eu sei... — ela diz e deixa escapar um suspiro. — Mas não tenho conseguido ver você com muita frequência. Sei que não é culpa sua... Mas tem sido difícil ter contato com você ultimamente. Essa é a primeira vez que nós duas nos sentamos pra jantar em duas semanas. Só estou me sentindo menos... conectada com você. Mas talvez seja só eu.

Fixo os olhos no meu celular em cima da mesa, depois volto a olhar para minha mãe. Faz realmente tanto tempo que não jantamos juntas? Depois da morte do Sam, passei a levar minhas refeições para o quarto. E, desde que nos reconectamos, tenho passado todo o meu tempo com ele. Ontem passei o dia inteiro fora. E anteontem também. Sinto uma onda de culpa enquanto penso no que dizer. Estou acostumada a conversar com ela sobre tudo, mas não posso me abrir sobre Sam. Não posso lhe contar o que está acontecendo.

— Me desculpa — é tudo que consigo dizer. — Não queria ignorar você.

— Tudo bem — minha mãe responde e sorri de leve. — Estamos passando um tempo juntas agora. Obrigada... por jantar comigo.

Volto a olhar o prato, fazendo uma nota mental para tirar um tempo para ela com mais frequência.

Depois do jantar, ajudo a tirar a mesa e vou para o andar de cima. Por mais que eu queira ligar para Sam, preciso pôr os trabalhos da escola em dia. Avancei um pouco no texto para a aula do Gill com prazo para semana que vem e terminei um trabalho de história da arte. Minha mente parece ter clareado e tenho conseguido me concentrar com mais facilidade. *Talvez seja o cristal.* Yuki me disse para ficar sempre com ele, então eu o ponho perto do aparador de livros do Sam, que fica na minha mesa enquanto trabalho. Gosto de olhar para ele de vez em quando. Faz com que eu me sinta protegida.

Sam me disse que eu poderia ligar para ele em algum momento esta noite. Como passamos o dia inteiro no telefone ontem, a ligação de hoje não pode ser tão demorada. Isso não me incomoda. Quero ouvir a voz dele de novo, nem que seja por alguns minutos.

Como minha mãe está num daqueles dias em que resolve aspirar a casa de cima a baixo, escolho ir até a varanda para fazer a ligação. O som da chuva se assemelha a pedrinhas batendo no telhado. Em tempestades passadas, Sam e eu nos sentávamos juntos aqui fora, assistindo aos relâmpagos. Ao que parece, hoje à noite talvez eu veja alguns. Está meio frio aqui fora, então visto a blusa xadrez dele. Em seguida, digito seu número.

Toda vez que a voz dele surge do outro lado da linha, é como se o tempo parasse, só para nós.

— Esse som... — Ele fica em silêncio para ouvir. — De onde você está ligando?

— Do lado de fora. Na escada da varanda.

— Está sentindo falta do ar puro?

Eu me lembro do campo em que estive ontem e abro um sorriso.

— Entre outras coisas — respondo. — Só precisava sair um pouco da escrivaninha. Aí pensei em ligar pra você. *Estou com saudade.*

— *Também estou com saudade. Estou com uma saudade infinita.*

Sinto o calor da voz do Sam no meu ouvido. Queria que as coisas pudessem continuar desse jeito. Queria que a gente pudesse conversar para sempre.

— Me conta como foi seu dia — ele diz. — Como estão as coisas na livraria? Como está o sr. Lee?

— Foi bom voltar. Eu me sinto em casa, sabe? — respondo. — E o sr. Lee está bem. Ele me deu um diário outro dia. Esqueci de te contar. É quase lindo demais pra escrever nele.

— Então você voltou a escrever?

— Estou começando. Hoje, pelo menos. — *Foi por isso que ele me levou até o campo. Para que eu reencontrasse a inspiração.* Queria fazer disso uma surpresa para ele, mas sou péssima em guardar informações. — Na verdade, estou escrevendo sobre você.

— Sobre *mim*?

— É, sobre *você*.

Sam dá uma risada.

— É sobre o quê?

— Então, ainda estou tentando descobrir — admito. — Acabei de começar! Mas estou curtindo muito. Já faz um tempinho que eu não entro nessa rotina de escrever, sabe?

Mas quero que seja sobre a gente. Digo, sobre a *nossa história*. Comecei a anotar algumas das nossas lembranças. Uns esboços. Só preciso descobrir como encadear tudo e transformar em alguma coisa com significado.

— Fico feliz que você tenha encontrado seu ritmo. E feliz por ter conseguido entrar em uma das suas histórias. *Finalmente*. — Ele ri. — Isso é pra que mesmo?

Solto um suspiro.

— Ainda não tenho certeza. Eu estava só começando a pegar a prática, sabe? Mas, se ficar bom, talvez eu use o texto como minha amostra de escrita para a Reed. Aparentemente, eles precisam ler uma amostra antes de me aprovarem para as aulas de escrita criativa. Não que eu já tenha *passado* pra lá, mas não quero entrar nesse assunto agora. Enfim, quem sabe? Se acabar ficando muito bom, de repente eu posso tentar publicar ou algo do tipo. É algo pra se trabalhar, sabe? Compartilhar uma das minhas histórias. Que nem o Tristan.

— O que tem o Tristan?

— Esqueci de comentar. O documentário dele foi aprovado para o festival de cinema.

— Ah.

— Ele me convidou pra estreia.

Silêncio.

— Que legal... Pra vocês dois.

Inclino a cabeça para o lado, tentando interpretar o tom dele.

— Pra nós dois? Eu não conquistei nada. Mal tenho uma ideia pra uma história.

— Mas você ainda tem tempo. Pra escrever. E deixar um legado. Queria poder ter isso.

— Como assim?

— Quero dizer que eu também queria ter tempo pra concluir as coisas, sabe? Deixar uma marca no mundo ou algo do tipo...

— O que você queria concluir?

Sam deixa escapar um suspiro.

— Não importa mais, Jules... Não faz sentido falar disso.

— Mas, Sam...

— *Por favor*. Eu não deveria ter falado nada.

Sinto uma pontada de culpa. Achei que compartilhar isso com ele o deixaria feliz. *Estou escrevendo uma história sobre nós dois, afinal*. Não esperava que isso fosse despertar sentimentos sobre os quais ele não quer nem falar. Então, mudo de assunto, como ele pediu.

— Hoje eu vi o Oliver. Ele está com muitas saudades suas.

— *Oliver*? — A voz do Sam se alegra com o nome. — Ando pensando nele ultimamente. Como é que ele está?

— Ele leva flores pra você — conto. — Descobri que fica sentado perto do seu túmulo de vez em quando, pra te fazer companhia. Ele realmente é um ótimo amigo.

— Nós éramos melhores amigos. Desde sempre.

— Ele disse que te ama... — comento.

— Eu também amo ele. Ele sabe disso.

Por um segundo, penso em perguntar o que ele quer dizer com isso. Perguntar se existia ou não algo a mais entre eles que eu não sabia. Mas decido não fazer isso, porque talvez não devesse importar. Não mais, pelo menos.

— É a primeira vez que você encontra ele desde então? — Sam pergunta.

— Não — respondo. — A gente se encontrou algumas vezes, na verdade. Chegamos até a ver um filme outro dia. Era um musical. Aconteceu do nada.

— Eu sempre te disse. Vocês dois têm muito mais coisas em comum do que imaginam.

— Estou percebendo isso. Acho que deveria ter te dado ouvidos antes.

— Isso quer dizer que vocês são amigos agora?
— Acho que sim. Tenho esperança disso, pelo menos.
— Fico feliz que vocês finalmente deram uma chance um ao outro — Sam comenta.

Também fico feliz. Se ao menos a gente não precisasse ter perdido você para isso acontecer...

A chuva continua a tamborilar no telhado da varanda. Logo, logo vou ter que voltar para dentro. Mas, antes disso, há uma pergunta que quero fazer. Algo que venho remoendo na cabeça faz alguns dias.

— O que foi? — Sam pergunta.
— É sobre nossas ligações. Sobre ter que guardar segredo. Eu estava pensando: o que aconteceria se eu contasse a alguém?
— Vou ser sincero, Julie — Sam responde. — Não tenho certeza absoluta. Mas tenho um pressentimento de que pode afetar nossa conexão.

Penso sobre isso.

— Existe alguma chance de que nada aconteça?
— Talvez — ele diz. — Acho que não vamos saber até que aconteça. Mas existe uma chance de que interrompa nossa conexão pra sempre. Não sei se a gente devia arriscar.

Engulo em seco. Só de pensar nisso já sinto arrepios.

— Então não vou contar pra ninguém. Vou guardar segredo. Não quero perder você. Não tão cedo.
— Também não quero perder você.

Um clarão ilumina o céu, seguido de um estrondo à distância.

— O que foi isso? — Sam pergunta.
— Acho que vem vindo uma tempestade.
— Relâmpago?
— Parece que sim.

Quando você mora perto da Cordilheira das Cascatas, as trovoadas ocasionais são as únicas coisas que dão alguma vida às cidadezinhas adormecidas.

— Queria poder ver — Sam comenta.

— Parecem estar bem longe.

Outro clarão rompe o céu por uma fração de segundo.

— Você pode me lembrar de como eles são? — ele pede.

— São tipo pequenas fissuras no universo. E outro mundo fica à espreita.

— Talvez eles sejam exatamente isso.

— E talvez você esteja do outro lado.

Outro clarão, outro estrondo.

— Posso ouvir? — Sam pede.

Ponho o celular no viva-voz e o levanto.

Ficamos ouvindo a tempestade por um bom tempo.

Outro clarão, outro estrondo.

— Você tem razão — ele diz —, parece bem longe mesmo.

Fico ali com ele, no telefone, até que a tempestade vá embora.

Capítulo onze

Alguns dias se passam sem nenhum pesadelo, mas ainda acordo com a mesma sensação de vazio, como se houvesse um buraco no meu peito. Não sei qual é o problema nem como explicá-lo. A sensação parece me atingir sempre que termino uma ligação com Sam e me vejo sozinha de novo. É como um vácuo dentro de mim que não consigo preencher. Queria poder mandar uma mensagem para ele ou ver nosso histórico de chamadas no celular para que possa me lembrar de que é real. Porque, às vezes, ainda não tenho tanta certeza. Talvez seja daí que o buraco venha.

Sempre que a sensação vem, procuro os pertences do Sam, porque são as únicas coisas que parecem fazer sentido. A camisa dele está nas costas da cadeira, o outro aparador de livro, na minha escrivaninha, e as outras coisas, na minha gaveta – ainda tenho tudo. Mas seu cheiro está começando a sumir delas, e estou tendo mais dificuldade de distinguir este aparador do outro que joguei fora.

Queria poder falar com outra pessoa sobre isso, ou até mesmo mostrar as coisas dele, para que me digam que não estou louca. Mas Sam disse que isso pode prejudicar nossa conexão, e tenho medo de correr esse risco – de perdê-lo de novo. Por outro lado, não consigo parar de pensar sobre isso. Sobre a possibilidade de que nada de ruim aconteça se eu contar a alguém sobre nossas ligações, mas não quero tocar no assunto com Sam de novo. Não agora, pelo menos.

Meu celular vibra. É uma mensagem do Oliver me dizendo para encontrá-lo do lado de fora em quinze minutos. Recebo uma segunda mensagem dele, que diz: "Não esquece. Não posso chegar atrasado na aula de espanhol de novo." Eu me arrumo depressa, mas, quando saio de casa, ele ainda não está ali. Dou uma olhada no celular. Há outra mensagem dele. "Oun. Tinha uma pessoa passeando com o cachorro. Tive que parar pra tirar uma foto." Ele chegou até a me mandar a imagem.

Já faz alguns dias que Oliver e eu começamos a ir juntos para a escola a pé. A casa dele fica a poucos quarteirões da minha, então ele costuma me mandar mensagem avisando quando deve chegar, mas estou descobrindo que ele nunca acerta. Temos passado muito mais tempo juntos, conversando sobre filmes, musicais e sobre o Sam. Nem acredito que levou três anos e a perda de alguém que amamos para chegarmos a esse ponto. Combinamos de fazer uma visita ao túmulo dele em breve. Vou levar flores da próxima vez. *Flores brancas*. Oliver se tornou um porto seguro num momento em que tudo parece estar escapando das minhas mãos. Acabo me sentindo culpada por esconder segredos dele, especialmente por saber o quanto ele também amava Sam. Queria que houvesse outra coisa que eu pudesse fazer por ele. Levo um tempinho, mas finalmente consigo pensar em algo. Um gesto para celebrar nossa nova amizade.

Oliver puxa as alças da mochila.

— Está pronta?

— Só um segundinho — grito de dentro da casa.

A porta da frente está aberta. Oliver enfia a cabeça para dentro.

— A gente vai se atrasar!

— Só porque você parou pra tirar fotos de um cachorro.

— Era um beagle. O nome dele era Arthur.

Alguns segundos depois, saio de casa com a mão escondida nas costas.

Ficamos parados por um instante.

Oliver arqueia uma sobrancelha.

— O que você está segurando aí?

— Uma coisa que eu queria dar pra você.

— Por quê?

— Porque sim.

— Então me dá.

Eu lhe entrego. Oliver pisca repetidas vezes, surpreso.

— Isso é... a camisa do Sam...

— É. Quero que fique com você.

— Por quê?

— Não cabe em mim. E imaginei que ficaria melhor em você.

Oliver passa um tempão olhando para a camisa.

— Acho que não posso ficar com ela — ele diz.

— Como assim? Claro que pode.

Ele me devolve.

— Não, não posso.

Afasto as mãos dele.

— Deixa de ser bobo. É só uma camisa.

— É a camisa do *Sam*.

— E eu estou te dando.

— Não vou ficar com ela... — Oliver tenta me forçar a pegar a camisa de volta, mas eu o afasto de novo. Ficamos nesse empurra-empurra até eu perder a paciência.

Dou um tapa no punho dele.

— *Por que você está fazendo isso?*

Oliver suspira.

— Porque o Sam obviamente queria que você ficasse com ela — ele responde. — Não eu.

— Você não sabe disso. Então, só fica com ela, tá?

Oliver olha para mim, depois volta a olhar para a camisa.

— Não estou entendendo. Você não quer ficar com ela?

— Tenho várias coisas dele. Não se preocupa.

Oliver passa a mão pela camisa. Em seguida, a segura com força.

— Obrigado.

Sorrio para ele.

— Só não vai perder, hein?

— Você sabe que eu não vou.

Ponho a mochila nas costas e desço os degraus, pronta para ir embora. Por algum motivo, Oliver não sai da varanda.

— O que houve? — pergunto. — Não está mudando de ideia, está?

— Não — ele responde enquanto tira o casaco. — Agora estou achando que deveria te dar alguma coisa. — Ele desce da varanda e cobre meus ombros com a roupa.

— Você está me dando seu casaco?

— Estou te *emprestando*. Até a formatura.

— Me sinto honrada.

Damos início à nossa caminhada até a escola. Hoje está meio frio, então o casaco cai bem.

— Me refresca a memória, Oliver, que esporte você joga mesmo?

— Nunca joguei nada — ele diz. — Comprei de um aluno do último ano que se formou no ano passado.

— Então isso é só pra fazer pose?

— Exatamente.
— Eu admiro isso.
Eu cutuco o ombro dele e começamos a rir.

Quando entro no corredor, vejo colunas de balões vermelhos e brancos dispostas ao longo das paredes e estrelas de alumínio penduradas no teto. As coisas estão voltando ao normal na escola. As pessoas estão vestindo camisetas de cores vivas, tocando música nos banheiros e jogando bolinhas de papel pelos armários. Todo e qualquer sentimento remanescente sobre a morte do Sam foi substituído pelo espírito escolar. Havia uma foto dele na parede, perto do quadro de avisos. Não sei se caiu ou se alguém tirou de lá, mas não vejo mais foto nenhuma. Em cada sala de aula há uma pilha do jornal da escola e, pela primeira vez em semanas, não há nenhuma menção a Sam. É como se todo mundo tivesse superado o assunto. De alguma maneira, isso não me surpreende. Vejo que os assuntos do momento são encontros pré-jogos, partidas de futebol e a formatura.

Eu me saio melhor do que imaginava na prova de francês. Passei a noite inteira estudando, então fico feliz que tenha valido a pena. Eu me surpreendo com a parte oral da prova. Segundo a Madame Lia, sempre levei jeito para a pronúncia. Na aula de inglês, o sr. Gill faltou porque estava doente (minhas preces foram atendidas), então o professor substituto, um homem atarracado de cabelos grisalhos que semicerra os olhos toda vez que alguém faz uma pergunta, nos pede para ler *A revolução dos bichos* individualmente. Em vez disso, trabalho no meu texto, porque deixei meu exemplar do livro em casa. Eu amo o tema que escolhi:

como os romances de ficção científica de Octavia E. Butler ajudam no ensino de história por conta do apelo emocional aos leitores. Tem a ver com o poder de contar histórias para o qual os seres humanos foram preparados desde a Idade da Pedra, quando esculpiam imagens nas paredes das cavernas. Eu rascunho três páginas antes de o sinal tocar. Ando muito mais concentrada esta semana. *Acho que é o cristal.* Faço questão de levá-lo sempre comigo para ter paz e sorte.

— Como foi na prova? — Jay me pergunta na hora do almoço.

— Muito bem, eu acho. Você terminou seu trabalho em grupo?

— Meu grupo tem dois jogadores de lacrosse... — ele responde enquanto parte um sanduíche ao meio. — Então, não.

— Poderia ser pior.

— Como?

— Três jogadores de lacrosse.

Nós rimos enquanto Jay me oferece metade do sanduíche. Um segundo depois, Oliver aparece. Ele põe a bandeja na mesa e espreme uma cadeira bem perto de mim, o que obriga Jay a chegar para o lado.

— Amei a camiseta da Terra, Jay — Oliver comenta e rouba uma batata frita dele.

Jay está vestindo uma das camisetas que ele mesmo desenhou para o seu clube do meio ambiente. No desenho, o globo terrestre está doente, com um termômetro saindo da boca.

— Obrigado. Fui eu que fiz.

— E por que eu não ganhei uma?

— Bom, se você chegasse a aparecer nas nossas reuniões, teria ganhado.

— Eu apareci na primeira — Oliver lembra a ele, depois sussurra para nós: — E olha que foi *longa*.

Jay olha feio para ele.

— Você sabe que eu estou te ouvindo, né?

— O que... A gente não disse nada — Oliver diz, depois dá uma piscadela para mim e os outros.

— Chega, gente... — Rachel os interrompe e se levanta da cadeira. — Temos uma emergência no clube. As inscrições são até amanhã e ainda precisamos de mais cinco assinaturas.

— Você não pode só, sei lá, *inventar nomes*? — Oliver sugere.

Rachel arregala os olhos, esperançosa.

— Será que isso funcionaria? — ela sussurra.

— *Não* — eu respondo.

Todos nós nos olhamos e tentamos pensar em ideias que não vão nos meter em encrenca.

— Você realmente precisa de um clube pra oferecer uma sessão de cinema? — Yuki pergunta. — A gente pode se reunir informalmente.

— Não, mas se a gente conseguir aprovação, a escola nos dá um orçamento de cem dólares pra lanches — Rachel explica.

Oliver bate na mesa.

— Então precisamos das assinaturas! — ele diz, e todos caem na risada.

— Já que você é popular, Oliver, acha que pode ajudar a gente? — Rachel pergunta e lhe entrega o formulário de novo.

— Só com a condição de que eu tenha a palavra final sobre o que vamos comer.

— Fechado.

Oliver levanta a mão e eles se cumprimentam com um *high-five*.

— Olha, é a Mika... — Jay aponta para trás de mim.

Levanto a cabeça e a vejo andando na nossa direção. Já faz um tempinho que ela não aparece na hora do almoço.

— Mika! — eu chamo, mas ela passa correndo por nós sem nem olhar para mim e desaparece na passagem para o corredor.

Yuki franze a testa.

— Está tudo bem com ela?

— Ela não parece tão bem — Oliver observa. Em seguida, vira para mim. — Você tem falado com ela ultimamente?

— Eu tentei... Mas ela vive me evitando.

— Ela está brava com você?

— Acho que sim. — Olho para minha bandeja, me sentindo culpada por deixar as coisas chegarem a esse ponto. — Não fui na vigília depois de ter prometido que iria. Deixei de ir a várias coisas. Então ela não é minha maior fã no momento.

— Encontrei com ela no banheiro ontem — Rachel comenta. — Ela estava chorando.

Oliver se reclina na cadeira.

— Que tenso. Queria que tivesse alguma coisa que a gente pudesse fazer.

— Eu também — comento.

A mesa fica em silêncio por um momento. Ninguém encosta na comida, especialmente eu. Não consigo comer nada. *Como poderia, depois de ter prometido a Sam que garantiria que Mika estivesse bem?* Eu poderia tê-la procurado mais. É como se eu estivesse falhando com ele. Falhando com nós três. Afinal de contas, se ela não está falando comigo, a culpa é minha. Queria simplesmente poder contar a ela sobre Sam. Talvez isso consertasse as coisas e voltaríamos a nos entender.

Depois de um longo silêncio, Rachel olha para nós.

— Tenho uma ideia. A gente deveria convidar ela pra soltar as lanternas com a gente. Talvez a ajude também.

Eu olho para ela.

— Lanternas?

— É a ideia que a gente teve — Yuki diz com um aceno de cabeça. — Pra homenagear o Sam, a gente vai soltar lanternas de papel pra ele. São lanternas em memória de uma pessoa. Você sussurra alguma coisa pra alguém que perdeu e a lanterna vai levar a mensagem pra essa pessoa no céu.

— São tipo balõezinhos — Rachel explica. Ela usa as mãos em concha para segurar algo invisível. — Você põe uma vela dentro deles e fica olhando enquanto flutuam para longe. — Ela levanta as mãos como se soltasse alguma coisa.

— É uma tradição antiga em muitas culturas diferentes — Yuki prossegue. — As pessoas fazem isso há milhares de anos. No mundo todo, pra vários tipos de cerimônias. Isso traz paz e boa sorte.

A imagem de lanternas de papel flutuando pelo céu invade minha mente.

— Parece lindo... — comento.

Rachel se inclina para a frente.

— Isso quer dizer que você gostou da ideia?

Não consigo conter o sorriso.

— É perfeita.

Ela bate palmas.

— Estou muito animada. Já vi isso em filmes e sempre quis fazer.

— Só tem um problema — Yuki diz e troca olhares com Jay. — Estamos tendo um pouco de dificuldade pra encontrar um lugar pra soltar as lanternas. Tem que ser longe da cidade, em algum lugar tipo um campo aberto.

Penso sobre isso.

— Conheço um lugar. Digo, um campo. Posso levar a gente até lá.

— Perfeito! — Rachel diz.

Todos trocamos sorrisos em volta da mesa enquanto continuamos nossa conversa sobre as lanternas. Alguns dias atrás, eu não tinha certeza se alguma ideia daria certo. Mas ouvir todo mundo compartilhando sugestões para pôr o plano em prática me dá uma sensação de alegria. Percebo que isso não diz mais respeito a mim. Especialmente se Mika e Oliver também participarem. A ideia é fazer algo bonito para compartilharmos. E vai ser tudo pelo Sam.

No fim da hora do almoço, antes de nos arrumarmos para sair, digo mais uma coisa para a mesa.

— Obrigada mais uma vez por tudo isso. Acho que o Sam ia amar a ideia de vocês se estivesse aqui.

Yuki toca meu ombro.

— A gente avisa quando tudo estiver pronto. Vai ser algo especial. A gente promete.

O dia letivo passa correndo. Oliver e eu combinamos de voltar a pé para casa, mas ele me mandou uma mensagem no último tempo dizendo que ia ficar depois da aula para discutir a nota dele. Deixei o casaco dele no meu armário, então eu o pego junto com alguns livros. O corredor está lotado quando me dirijo para a saída. Esbarro no estojo do trombone de alguém e deixo cair minhas coisas. Quando me agacho para pegá-las, ouço uma voz murmurando no meu ouvido:

— *Casaco maneiro.*

Olho para cima para descobrir de quem é a voz.

Taylor me encara enquanto eu termino de juntar minhas coisas e me endireito. Um grupo de amigos dela está parado ao seu lado, observando.

— É do Oliver? — ela pergunta.

É claro que é. Ela sabe disso. O que espera que eu diga?

— Ele só me emprestou por um tempo.

— Quando foi que vocês dois ficaram tão próximos?

— Como assim? A gente sempre foi amigo.

Ela me olha feio.

— Você sabe que é mentira. O Oliver nem gosta de você. A gente falava mal de você pelas costas. Ele não te disse isso?

Seguro firme o casaco, sem saber como responder. Eu deveria ir embora. *Quem se importa com o que Oliver falava antes? As coisas estão diferentes agora. Por que ela quer estragar tudo?*

— Por que você está me contando isso?

De repente, Taylor arranca o casaco das minhas mãos.

— Você acha que a gente simplesmente esqueceu o que você fez? Só porque o Oliver está sendo *amigável* com você?

— Qual é o problema de vocês? — eu grito, e sinto minhas bochechas ardendo. Tento pegar o casaco de volta. — Me devolve...

Taylor estende o braço e quase me acerta.

— Qual é o *nosso* problema? — ela rebate. — Não foi a gente que se mudou pra cá pra destruir a vida de todo mundo.

— Do que você está falando?

Taylor semicerra os olhos para mim. Sua voz fica mais áspera.

— Não se faz de boba, Julie. A morte dele foi culpa sua.

Um arrepio me percorre enquanto as pessoas à nossa volta param para ouvir. Eu sabia que ela me confrontaria com esse assunto um dia. Mas não esperava que fosse acontecer na frente de todo mundo na escola. Engulo em seco e tento manter a voz firme.

— Para de botar a culpa em mim. Você não...

— Para *você* de botar a culpa nos outros — Taylor me interrompe. Ela pressiona o dedo na minha clavícula, me forçando a dar um passo para trás. — Você fez ele dirigir uma hora pra ir te buscar. O Sam só estava tentando passar um tempo com os amigos. Foi a primeira noite que todos nós nos juntamos desde que *você* chegou aqui. Mas você não podia deixar ele ter nem isso. A gente estava lá, Julie. Você fez ele ir embora e estragou tudo.

— Não é verdade — rebato. — Foi ele que ficou me mandando mensagem. Eu disse a ele que não precisava ir. Eu disse que ia pra casa a pé.

Taylor enfia outro dedo no meu peito.

— Você é tão mentirosa. Eu estava conversando com o Sam antes de ele sair. Ele me contou tudo o que você estava dizendo. E você fez ele se sentir *culpado* a ponto de ir embora. E isso *matou* ele. Foi culpa *sua*.

Sinto um aperto no estômago.

— Você está errada. Você não sabe de toda a conversa. O Sam não ia…

— Você não sabe o que o Sam acha — Taylor me interrompe de novo.

— E você não sabe o que aconteceu. Você não leu nossas mensagens.

— Então me mostra.

— Não posso…

— Por que não?

— Porque eu apaguei tudo.

— Foi o que eu pensei.

Essa é a última conversa que eu quero ter. Sinto vontade de sair correndo, mas muita gente parou para ouvir, então preciso amenizar a situação antes que as coisas piorem. Respiro fundo e me forço a dizer algo.

— Mesmo que eu tenha feito ele ir embora, não era eu que estava dirigindo o caminhão. Não fui eu que desviei na direção do carro dele. Como você pode me culpar por isso?

Tenho tanta responsabilidade pela morte dele quanto a pessoa que planejou o encontro na fogueira, que foi *você*.

Taylor pressiona outro dedo no meu peito, ainda mais forte agora.

— Então agora você está tentando pôr a culpa em mim? Eu cerro os punhos.

— Não estou culpando ninguém. Você que está pondo a culpa em mim.

— Se você não tem culpa nenhuma nisso, por que não apareceu no *funeral* dele? — Taylor me pergunta. — Foi porque se sentiu culpada ou porque não estava nem aí?

Sem mais nem menos, me sinto sem ar. Abro a boca para dizer alguma coisa, mas não sai nada. Só que, de repente, não é mais necessário. Porque Mika surge do nada e se põe na minha frente.

— Não é da sua conta — Mika diz a Taylor. — Ela não tem que explicar nada pra *você*.

— Por que *você* não... — Taylor começa.

Mas Mika não a deixa terminar a frase.

Ouço o tapa na cara da Taylor antes de processar a cena. Um suspiro coletivo ecoa pelo corredor, depois todos voltam a ficar em silêncio. Eu cubro a boca com as mãos, sem saber o que está prestes a acontecer. Poucas pessoas sabem sobre as aulas de autodefesa da Mika ou sobre a história da briga no bar em Spokane. Quando Taylor tenta revidar, percebo que ela não é uma dessas pessoas. Mika acerta o braço dela num movimento ágil e joga Taylor contra o armário! Uma multidão se junta ao redor delas, e algumas pessoas pegam os celulares. De repente, Liam abre caminho em meio ao mundo de gente. Ele pega Mika pela parte de trás da camisa como se estivesse prestes a empurrá-la para o outro lado do recinto.

— *Ei* — Liam grita.

Mas Mika lhe dá uma cotovelada no meio da barriga e ele cai no chão, ofegante.

A multidão fica em polvorosa. A comoção atrai mais gente para o corredor, incluindo alguns professores que chegam para separar a briga. Um deles, o sr. Lang de biologia, leva dois dedos à boca e os assopra como um apito. Todos olham ao redor antes de se dispersarem rapidamente.

Sinto alguém tocar meu braço.

— *Julie, a gente deveria ir embora.*

Yuki surge ao meu lado e faz um gesto para que eu siga a multidão para fora da escola.

— E a Mika? — pergunto, olhando para todos os lados até encontrá-la. Lá está ela com o sr. Lang. Com uma das mãos, ele segura o ombro dela e, com a outra, agarra o braço do Liam.

— Não sei se tem alguma coisa que a gente possa fazer — Yuki diz. E, por mais que eu queira agir, sei que ela tem razão.

Estou esperando do lado de fora da escola há mais de uma hora. Yuki ficou comigo um tempinho, mas estavam demorando tanto lá dentro que eu disse a ela para ir para casa sem mim. Acho que o sr. Lang levou todo mundo para a sala dele. *O que será que está acontecendo lá?* Espero que Mika não tenha se encrencado muito.

Meia hora depois, Mika finalmente surge na porta da frente, segurando uma bolsa de gelo em cima do olho esquerdo.

— Mika… Está tudo bem? — Estendo a mão para examiná-la, mas ela vira a cara.

— Não é nada — ela diz.

— O que aconteceu lá dentro?

— Fui suspensa.

— Que péssimo. É tudo culpa minha. Me deixa ir lá contar ao sr. Lang...

— Esquece. Tenho que ir — ela diz abruptamente e então sai apressada, me deixando ali parada.

— Mika! Espera! — grito algumas vezes, mas ela não olha para trás.

Quase saio correndo atrás dela, mas alguma coisa dentro de mim diz que ela quer ficar sozinha. Por agora, pelo menos. Então, fico onde estou e a observo sumir pelo quarteirão. Queria que ela me deixasse ajudá-la, depois de tudo que fez por mim. Mas não sei o que deveria fazer. Não sei como me comunicar com ela. Fico olhando para a calçada enquanto me pergunto como vou consertar as coisas...

Chegando em casa, ligo para Sam na mesma hora e conto tudo a ele. Conto sobre Oliver, seu casaco e as coisas que Taylor disse. Depois, conto sobre Mika e a briga entre as duas.

— Ela não quer falar comigo — comento. — Não sei o que fazer.

— Já tentou mandar mensagem? — Sam pergunta.

Dou uma olhada no celular de novo.

— Mais cedo perguntei se ela chegou em casa. Mas ela não respondeu. Estou me sentindo péssima.

— A Taylor que deveria se sentir péssima — Sam diz com a voz tensa. — Não acredito que ela disse essas coisas pra você. Sinto muito, Julie. Queria estar aí. Queria poder fazer alguma coisa a respeito disso tudo.

— Também queria que você estivesse aqui.

Ele solta um longo suspiro.

— Parece que tudo isso é culpa minha.

— Sam... Você não pode se culpar por nada disso.

— Mas é difícil não me culpar — ele diz com frustração na voz. — A Mika não estaria se sentindo desse jeito, não se meteria em brigas, e ninguém ia dizer essas coisas pra você se eu não tivesse... Se ao menos... — Sua voz perde a força.

— *Para* — eu digo. — Não é culpa sua, Sam. Nada disso é culpa sua. E eu não ligo para o que as pessoas dizem de mim, tá?

Um longo silêncio se instala.

— Mas eu me sinto tão inútil sem poder fazer nada — ele comenta. — Nem mesmo pela Mika. Eu não consigo imaginar como me sentiria se eu perdesse ela, sabe? Mas pelo menos você pode falar com ela. Talvez você possa ir até lá pra vê-la pessoalmente.

— Não sei se ela me ouviria — digo.

— Você acha que poderia tentar de novo?

— Você sabe que eu quero — respondo. — Mas toda vez que a gente conversa, eu sempre tenho que esconder alguma coisa dela, e acho que ela sente isso... É como se tivesse um muro entre nós duas.

— Então, qual é a sua ideia?

Hesito um pouco antes de responder. Tenho medo do que ele vai dizer.

— Quero contar a ela sobre você. Acho que isso consertaria as coisas entre a gente. Acho que ela ia entender.

Sam fica em silêncio.

— Você acha melhor não?

— Não sei, Jules — ele diz. — Não quero que aconteça nada de ruim com a nossa conexão.

— Mas você disse que também existe uma chance de não acontecer nada — lembro a ele.

— Quer dizer, talvez não aconteça nada. Mas, mesmo assim, é um risco grande, sabe?

— Então você está dizendo que é uma ideia ruim?

Sam fica em silêncio de novo enquanto pensa a respeito.

— Vou deixar você decidir.

Fico olhando pela janela, pensando no que fazer.

— Queria que você me desse respostas mais claras de vez em quando.

— Desculpa. Queria ter essas respostas.

Capítulo doze

Não podia esperar mais um dia para ver Mika. Não podia deixar as coisas do jeito que estavam. A culpa estava me consumindo, dificultando minha concentração. O sol lança sombras ao longo do caminho de entrada quando chego à porta da frente da casa dela. A van está estacionada na porta da garagem, então os pais dela devem estar em casa também. Torço para que a mãe dela atenda quando toco a campainha. Sempre que havia uma briga entre nós duas, era ela que nos ajudava a fazer as pazes.

O som de passos me avisa que alguém está vindo. A porta da frente da casa da Mika tem várias correntes e fechaduras. Escuto alguém destrancando tudo do outro lado, passo a passo. Então a porta se abre.

Mika me olha por trás de uma corrente.

— O que você está fazendo aqui?

— Esperava que a gente pudesse conversar — respondo.

— Sobre o quê?

— Qualquer coisa.

Mika não diz nada, só fica me olhando do outro lado da porta.

— Posso entrar? — pergunto.

Mika pensa um pouco. Em seguida, fecha a porta na minha cara, então acho que a resposta é não. Mas a última corrente se solta do lado de dentro e a porta se abre de novo. Mika olha para mim sem dizer uma palavra antes de voltar para dentro. Tiro os sapatos e a sigo pelo corredor.

Um vapor sobe da chaleira quando Mika vai desligar o fogão. Eu espero sob a arcada da cozinha enquanto ela pega algumas coisas dos armários. Percebo algo diferente na casa. Tento sentir o cheiro no ar. *Incenso?* Está vindo de outro cômodo. Como Mika parece ocupada no momento, decido seguir o aroma.

Há um armário de madeira na sala de estar. Na prateleira do meio, rastros de fumaça sobem de uma tigela de prata onde o incenso está aceso. Ao lado dela, vejo um lindo cesto de frutas. Notei o armário desde a primeira vez em que vim à casa da Mika, alguns anos atrás. Está sempre cheio de fotografias. Retratos de parentes da Mika que nunca cheguei a conhecer. Uma vez ela me contou que são fotos de antepassados. Disse que é um símbolo de respeito aos mortos.

E é então que eu vejo. Uma foto do Sam que não estava ali antes. Ele está sorrindo em sua camisa xadrez, com um céu azul ao fundo. Sinto algo frio descer minhas costas, me fazendo arrepiar. Vivo esquecendo que, para o resto do mundo, ele está morto.

— Foi a melhor que consegui encontrar.

Eu me viro de costas. Mika está segurando uma bandeja de chá.

— A foto — ela diz. — Minha mãe e eu que escolhemos. Ela disse que ele estava bonito.

Não consigo encontrar palavras para me expressar. Simplesmente fico ali parada, olhando para a foto.

Mika pousa a bandeja na mesinha de centro.

— Eu estava fazendo chá antes de você chegar — ela comenta.

Nós nos sentamos juntas no sofá. Mika pega o bule e me serve uma xícara sem perguntar se eu queria. Reparo no seu olho esquerdo. Está meio machucado, mas não tão ruim quanto eu imaginava.

— É de crisântemo — Mika diz.

— Obrigada.

Assopro meu chá. Dá para ver a foto do Sam de onde estamos sentadas. É como se ele estivesse nos protegendo. Percebo que Mika também está olhando para ela.

— Queria que tivessem me pedido uma foto — ela diz.

— Quem?

— A escola. Não gostei da que usaram no jornal. Deveriam ter me pedido.

Eu me lembro da matéria. Era a foto escolar dele. Sam também teria odiado.

— A que você escolheu é perfeita — digo a ela.

Mika assente e toma um gole do chá.

— Sinto muito pelo seu olho. Como foi que aconteceu?

— Uma das amigas da Taylor jogou uma bolsa em mim quando eu não estava olhando — ela explica.

— Sinto muito mesmo, Mika.

— Foi um golpe baixo, mas estou bem.

— Eu me esqueci de te agradecer mais cedo — digo. — Por me defender.

— Não fiz aquilo por você. Fiz pelo Sam.

Olho para baixo, sem saber o que dizer.

Mika assopra o chá e toma outro gole. Depois de um longo silêncio, ela diz:

— Quando eu vi a Taylor falar com você daquele jeito... pensei nele. Pensei no que o Sam teria feito se estivesse lá. Ele sempre foi melhor com palavras do que eu, sabe? Por isso que todo mundo gostava mais dele. Por mais que ele tenha morrido... eu ainda fico esperando vê-lo de novo. Sempre que alguém aparece na porta, me pergunto se é ele. *Se é o*

Sam. São esses momentos em que eu esqueço que ele não está mais aqui e me lembro de novo que me deixam mais triste. — Ela fica olhando para o chá. — Sei que você não gosta de falar sobre o Sam, mas eu sinto muita saudade dele. Não sei como as pessoas conseguem superar tão rápido.

— Eu não superei — comento.

— Mas está tentando.

Balanço a cabeça.

— Isso não é mais verdade. — *Essa era eu duas semanas atrás. Tudo mudou agora que estou reconectada com Sam. Se ao menos ela soubesse disso...*

— Isso não importa mais — Mika diz enquanto olha para o retrato do Sam. — Às vezes, queria parar de pensar nele também. Não ligo para a vigília. Não ligo nem que você não tenha ido. Mas você estava tão empenhada em tentar esquecer ele que estava disposta a *me* esquecer. Você esquece que éramos três. Não eram só você e o Sam. Eu fazia parte disso também... — Ela para de falar por um momento e olha para o celular na beirada da mesinha de centro. — Sei que isso vai parecer bobo, mas eu ainda leio as mensagens do nosso grupo. *As mensagens entre nós três.* Outro dia pensei em mandar alguma coisa, só pra não deixar o grupo morrer, sabe? Pra que ele não simplesmente acabasse... Mas não consegui. Porque tive medo de que nenhum de vocês respondesse. E não quero ficar sozinha ali... — A voz dela falha, o que me dói no peito. *Eu deletei as conversas do nosso grupo.* Em nenhum momento passou pela minha cabeça que eu também estava deletando Mika. Sinto vontade de dizer algo para consertar as coisas, mas sei que não existem palavras boas o suficiente.

Mika volta a olhar para o fundo do chá, e continua a falar quase num sussurro:

— Outro dia... minha mãe estava procurando fotos minhas e do Sam juntos pra fazer um álbum. Mas ela disse que era difícil encontrar uma que você não estivesse também. Então, em vez disso, ela fez o álbum ser de nós três. — Mika seca os olhos com a parte de trás da manga e tenta manter a compostura. — Sabe, quando aconteceu... Quando o Sam morreu... Eu me lembro de pensar: "Como você e eu vamos superar isso? *O que a gente vai fazer?*", sabe? Ficava esperando você responder minhas mensagens, retornar minhas ligações e bater na minha porta. Mas você não fez nada disso. *Você não queria nem me ver...* — Sua voz perde a força, como se estivesse segurando as lágrimas. — Foi como se, quando eu perdi o Sam, eu tivesse perdido você também.

Ela enxuga os olhos com a manga e continua:

— A família dele esteve aqui uns dias atrás. Acho que a mãe dele ainda está sentindo o choque de ele ter morrido. Nos primeiros dias, ela ia no quarto dele o tempo todo pra ver se encontraria ele lá. Como se tudo não passasse de um sonho ou algo do tipo. Ela ligou para o meu pai pra que ele fosse até lá ajudar a tirar as coisas do Sam, mas depois mudou de ideia outra vez. Agora o quarto está cheio de caixas. Como se estivesse guardando tudo pra ele... para o caso de ele voltar ou algo assim.

Meus olhos se enchem de lágrimas. *Eu deveria ter ficado ao lado dela desde o início. Deveria ter compartilhado um pouco dessa dor.* Seguro a mão dela.

— Mika, eu sinto muito. Não deveria ter te deixado sozinha desse jeito, tá? Eu juro que nunca me esqueci de você nem do Sam. Eu ainda amo ele e penso nele todos os dias.

Mika puxa a mão de volta.

— Não é o que parece pra mim — ela diz em meio às lágrimas. — O que parece é que você seguiu em frente. Eu vejo você com seu novo grupo de amigos. Vejo todos vocês no almoço rindo como se tudo estivesse ótimo. Como se o Sam nunca tivesse existido. — Ela enxuga os olhos de novo. — Você chorou pelo menos uma vez quando ele morreu?

A pergunta me apunhala. Odeio que ela pense isso de mim.

— *Claro que chorei* — respondo. Se ela tivesse me feito a mesma pergunta lá na lanchonete, talvez a resposta fosse diferente. Mas eu não sou mais a mesma pessoa de antes. *Porque reencontrei Sam.* Se eu ao menos pudesse dizer isso a ela... — Sei que pode parecer que eu não me importo com ele, mas não é verdade. É claro que eu me importo, Mika. Mas é complicado. Você precisa entender...

— Eu sei quando você não está sendo cem por cento honesta, Julie — Mika diz. — Também sei quando está escondendo coisas de mim. E sei que você estava sendo *sincera* sobre o que disse na lanchonete aquela manhã. Então, como é que vou acreditar que você mudou de ideia de lá pra cá? Simples assim...

— Porque depois daquilo aconteceu uma coisa estranha — digo a ela. — Queria poder te contar, mas não posso. Desculpa. Mas você precisa acreditar em mim.

Mika balança a cabeça em sinal de reprovação.

— Não dá mais, Julie. Estou cansada de todas essas respostas vagas — ela diz. — E não aguento mais ser ignorada.

— Como assim?

— Eu já te liguei mais de dez vezes desde que ele morreu — Mika responde. — E você nunca atendeu. Eu sei que você não queria falar comigo. Quando precisei de você. E agora você espera que eu fique aqui sentada dando ouvidos a isso?

Mika tem me ligado? Encaro meu celular de novo e tento me lembrar de quando. É por causa das ligações do *Sam, não é?* Quando estou conversando com ele, não recebo mais nada. É por isso que estou perdendo um monte de mensagens, chamadas e sabe-se lá mais o quê. É como se nossa conexão me bloqueasse de todo mundo. Está me afastando da Mika, justo a pessoa que Sam me pediu para garantir que estivesse bem. E não posso nem me explicar para ela.

— É o meu celular... — é tudo que consigo dizer. — Ele está com algum problema.

O que mais posso dizer? Como eu conserto as coisas sem dizer a verdade?

— Talvez esteja na hora de você ir embora — Mika diz abruptamente. Ela desvia o olhar, indicando que não quer ouvir mais nada. Parece estar prestes a se levantar e pôr um ponto-final na nossa conversa. Queria muito poder lhe contar tudo. Assim, ela entenderia por que estou agindo desse jeito, e saberia que não superei Sam porque nunca precisei. *Porque ele nunca me deixou.* Mas não quero pôr nossa conexão em risco. Abro e fecho as mãos de forma hesitante no sofá, enquanto tento me decidir... Afinal, Sam deixou a decisão por minha conta, não foi? E ainda existe uma chance de que nada de ruim aconteça se eu contar a ela. Não posso continuar deixando que Mika pense essas coisas. Dá para ver o quanto está magoada. Preciso ficar do lado dela, como prometi a ele. Não posso mais deixar que ela passe por isso sozinha. *E também não posso perdê-la.* Quero derrubar esse muro que está crescendo entre nós duas. Não sei nem se ela vai acreditar em mim, mas prendo a respiração e conto mesmo assim.

— *Mika, escuta...* — Pego suas mãos antes que ela se levante. — O motivo de eu não estar recebendo suas ligações... ou de não estar de luto pelo Sam, é porque nós dois ainda estamos conectados. *Eu e o Sam*, digo. Ele ainda não se foi.

— Do que você está falando?
— Isso vai parecer estranho... — começo a explicar enquanto escolho minhas palavras seguintes com muito cuidado. — Mas eu consigo falar com o Sam. No celular. Consigo ligar pra ele e ele atende.
— Nosso Sam?
— *Sim.*
Mika olha para mim, desconfiada.
— Como assim você consegue *falar* com ele?
— Quero dizer que ele me atende. Pelo celular — respondo. — Digo alguma coisa a ele, e ele me responde. A gente tem conversado por horas, quase todos os dias, como nos velhos tempos. E é ele mesmo, Mika. Não é outra pessoa, ou algum tipo de pegadinha. É o *Sam*. — Meu coração martela. *Não sei mais o que dizer.*
Mika absorve o que eu disse.
— Tem certeza disso?
Eu me inclino para a frente e aperto as mãos dela.
— *Juro* que é verdade. É a voz dele, Mika. É ele, é o *Sam*. Você precisa confiar em mim.
Mika aperta minhas mãos em resposta e acena com a cabeça lentamente.
— Eu acredito em você. Estou tentando acreditar.
Faz um tempão que espero ouvi-la dizer isso. Mas alguma coisa na sua voz não me oferece o alívio que eu estava esperando. Alguma coisa nos seus olhos me faz duvidar de mim mesma.
— E quando foi que você começou a falar com ele? — ela pergunta com cuidado.
— Uma semana depois de ele ter morrido.
— Só pelo celular?
— É a única maneira de ter contato com ele.
— Você pode me mostrar as ligações? — ela pede.

Eu hesito.

— Não consigo fazer isso...

— Por que não?

— Porque nenhuma das nossas chamadas aparece no meu celular — explico. — Ainda não entendo por quê. E a gente não consegue mandar mensagens também... Só ligações.

Mika se reclina no sofá, com uma expressão pensativa no rosto. Um longo silêncio se instala. Sinto um aperto no peito. Talvez eu não devesse ter contado a ela.

— Você acha que estou louca, né? — pergunto.

— *Claro que não* — ela diz. — Perder alguém é difícil pra todos nós, Julie. Mas você não acha que existe uma chance de que isso tudo seja coisa da sua cabeça?

— Pensei nisso no início. Mas não é, Mika. É mesmo o Sam. É com ele que eu tenho falado, *sei disso*.

Mika respira fundo e suaviza o tom de voz.

— O Sam está morto, Julie. Você se lembra disso, né? Você sabe que a gente enterrou ele, certo?

— Eu *sei*, não estou dizendo que ele não está morto, mas é difícil explicar. É... — Minha voz perde a força, porque não tenho as respostas. — Sei que isso não faz sentido, tá? Mas preciso que você acredite em mim.

Mika fica em silêncio, e então percebo que ela não acredita. Sinto dor de cabeça quando a sala começa a girar. *Estou começando a me perder também.* Só tem um jeito de provar. Um gesto que vai explicar tudo

— Olha, deixa só eu ligar para ele...

— Julie... — Mika começa.

Mas já fiz a ligação. E está chamando.

Não precisa demorar muito. Só o suficiente para que Mika ouça a voz do Sam, algumas palavras, quem sabe uma conversa rápida para provar que é ele — *isso vai convencê-*

-*la*. Sinto um aperto no peito a cada toque enquanto espero Sam atender. Não acredito que estou fazendo isso. Finalmente tenho a chance de compartilhar esse segredo e provar que é tudo real.

Mas o telefone continua chamando. Chama tantas vezes que perco a noção de quantos segundos já se passaram. Mika fica em silêncio enquanto olha para mim. Os toques não param, aumentando a pressão no meu peito. Não sei qual é o problema. *Cadê você, Sam?* Isso não é típico dele. Normalmente, ele atende rapidinho. Minhas mãos estão trêmulas, então aperto o celular com mais força. Os toques continuam, e me pergunto se ele não vai atender desta vez.

E é então que me ocorre. Um pensamento terrível. Como uma bala que atravessa o peito. O histórico de chamadas inexistente, as mensagens que não chegam, os segredos a serem guardados e as próprias ligações. Meu Deus. *Será que é coisa da minha cabeça? Será que imaginei tudo?* Abaixo o celular enquanto vejo a sala embaçar e tudo ficar parado. Um arrepio me percorre e a pressão que vinha crescendo no meu peito *explode*, deixando um buraco imenso que me faz querer sumir.

Ninguém atende desta vez. Então eu encerro a chamada.

Não chego nem a olhar para Mika quando me levanto abruptamente do sofá.

— Eu... eu tenho que ir. — Quase derrubo o bule na minha pressa de ir embora. Faço a maior força para pôr o celular no meu maldito bolso, mas ele não entra.

— *Julie, espera...* — Mika agarra meu braço para me impedir, mas eu me afasto.

Dou um sorriso forçado.

— Eu estava brincando! Foi tudo uma piada. Invenção minha, tá? — Mas minhas mãos trêmulas e meu tom de voz apavorado me entregam, e Mika não ri de volta. Ela me segue pelo corredor conforme vou saindo. Quando vejo a preocupação estampada no rosto dela, sinto tanta vergonha que tudo que consigo dizer é: — Não estou louca, eu juro. Foi tudo uma piada.

— Julie, não acho que você esteja louca. Só espera...

Algo vibra na minha mão, seguido de um ruído estranho que nos assusta. Isso é tão inesperado que meu celular escorrega, quica na pontinha do meu sapato e desliza pelo tapete.

Olho para o celular e vejo que está *tocando*. Sou pega de surpresa, porque nunca deixo o toque de chamada ligado. Fica sempre no silencioso. Olho de relance para a tela e vejo que o número é desconhecido.

Mika e eu nos olhamos. Ela volta os olhos para o celular, imaginando se vou atender ou não. Hesito um pouco antes de pegá-lo do chão lentamente. *Ainda está tocando*. Aceito a chamada e levo o celular ao ouvido. O som do meu próprio coração batendo é a primeira coisa que consigo ouvir.

— Alô? — eu digo.

Talvez seja por causa do frenesi de emoções em que eu estava envolvida alguns segundos atrás, e a adrenalina que veio em seguida. Mas não me lembro do que é dito nem por quê. Tudo de que me lembro é o que acontece depois: entrego o celular para Mika e digo:

— É... pra você.

Mika pisca repetidas vezes, surpresa, e olha do celular para mim. Depois, pega o aparelho da minha mão e o leva ao ouvido. Ela dá uma pausa antes de começar a falar.

— Alô? Quem é?

Meu coração acelera enquanto fico ali parada. Não consigo ouvir nada do outro lado da linha.

— Sam? Que Sam? — Mika olha para mim com as sobrancelhas arqueadas. — Mas isso não faz o menor sentido.

Ela fica em silêncio enquanto escuta.

— Como é que eu posso acreditar nisso? — ela pergunta. — Sei lá. Isso não pode ser verdade... — A conversa segue essa linha por mais ou menos um minuto. Mika cobre a outra orelha com a mão, como se quisesse ouvi-lo melhor, e se afasta. É um tique nervoso dela, andar de um lado para o outro, especialmente quando está falando ao telefone. Eu a sigo até a cozinha e abro um pouco de espaço entre nós duas. Não quero sufocá-la com isso. *Uma ligação com Sam.*

— Não sei se acredito nisso... É algum tipo de piada? — Mika pergunta. Mais silêncio. Ela arqueia e junta as sobrancelhas. — Te perguntar o quê?

É estranho só ouvir um lado de uma conversa. É como pular páginas de um livro e tentar juntar as peças de uma cena. Eu me pergunto o que Sam está respondendo.

— Que tipo de pergunta? — Mika diz, parecendo confusa. — Que só você saberia responder? Deixa eu pensar, então... — Ela olha para mim por um instante, depois afasta o olhar. Ela sussurra ao telefone: — Tá. Se você é o Sam, me diz... No ano em que a Julie se mudou para cá, depois que eu a conheci... o que foi que eu disse sobre ela e pedi pra você nunca repetir?

Mika fica em silêncio para ouvir. A resposta deve ter sido certa, porque ela arregala os olhos. Ela me lança um olhar de surpresa e então pergunta:

— Ele chegou a te contar isso?

Balanço a cabeça, um tanto confusa. *O que ela disse sobre mim?*

Mika se vira de costas e continua a conversa.

— Tá, outra pergunta? Mais difícil? Deixa eu ver... — Ela para um pouco para pensar. — Tá. Que tal essa aqui? Quando a gente tinha sete anos... e o vovô estava morrendo, a gente foi visitá-lo no quarto dele num momento em que não era pra gente estar lá. Você se lembra? Ele deixou a gente brincar perto da cama. Tinha quatro coisas na mesinha de cabeceira. A gente não mexeu em nada, nem chegou a falar sobre elas depois. Mas, se você for mesmo o Sam, vai conseguir se lembrar daquelas coisas no quarto do vovô, porque eu me lembro. Quais eram essas coisas?

Fecho os olhos e imagino a mesinha de cabeceira enquanto Mika fica atenta à ligação. Conforme Sam vai respondendo, ela repete cada objeto em voz alta, um por um, como se estivesse se recordando deles. *Uma pena branca. Um cisne de origami, preso numa corda. Uma tigela de cerâmica, pintada com o rosto de um dragão, cheia de incenso.*

— E qual é a última coisa? — ela pergunta.

Não ouço qual é o último objeto, porque Mika não o repete. Em vez disso, fica em silêncio por um longo tempo. Quando se vira para mim, seus olhos estão cheios de lágrimas, então sei que ele deve ter acertado.

— É o Sam — ela arfa. — É ele mesmo.

Sou dominada por uma sensação que não consigo explicar, uma sensação que mistura alegria e *alívio*. Quase me belisco para ter certeza de que não estou sonhando, que tudo isso está acontecendo, e que Mika está aqui também, me dizendo que é mesmo o Sam do outro lado da linha. Me dizendo que não estou imaginando coisas. Me dizendo que tudo isso é real, que sempre foi desde o início.

Mika passa mais um tempo conversando com Sam, fazendo um monte de perguntas, rindo e chorando ao mesmo tempo. Ela olha para mim o tempo todo e sorri. Aperta minha mão e apoia a cabeça no meu ombro, talvez para que eu saiba que acredita em mim, ou para me agradecer por isso. Por mais que eu já esteja em contato com Sam há algum tempo, ainda não acredito que isso está acontecendo. Que nós três estamos reconectados.

Quando a ligação termina e nós desligamos, Mika e eu nos abraçamos e choramos, incapazes de falar. Eu *sinto* que ela está tentando compreender como veio parar aqui, neste mundo alternativo impossível em que o tempo segue outra direção, em que os campos são infinitos e o chão aos nossos pés nunca foi tão instável. Embora eu esteja começando a perder a noção de cima e baixo, a sensação de alívio de ter outra pessoa aqui comigo é maravilhosa. Alguém capaz de *olhar*, que pode ver o que eu vejo e me dizer que não estou sonhando. Ou talvez estejamos sonhando juntas, não tenho certeza. Mas isso não importa agora. Nenhuma de nós quer acordar.

Mais tarde, na mesma noite, quando já estou em casa, ligo para Sam de novo para conversar sobre tudo que aconteceu. Ele atende na mesma hora desta vez, como se estivesse me esperando. Eu o agradeço por falar com Mika e por me deixar compartilhar essa conexão com outra pessoa.

— Não tinha certeza se ia dar certo — comento, segurando o celular com força. — Por que você nunca disse antes que podia me ligar?

— Porque não é pra eu fazer isso.

— Como assim?

— Não queria que você soubesse ainda. Porque se um dia eu ligar e você não atender, nossa conexão acaba na mesma hora.

— Pra sempre, você diz?
— É.

Um arrepio me percorre.

— Como você sabe disso?

— É uma das poucas coisas que sei com certeza — ele diz e não dá mais nenhuma explicação.

Engulo em seco enquanto penso sobre isso.

— Isso me assusta, Sam. Se for mesmo verdade, você não deveria me ligar de novo. De agora em diante, só eu vou te ligar, tá?

— É melhor assim — ele diz.

Uma brisa entra pela janela aberta e balança as cortinas. Vou até lá para fechá-la. Lá fora, alguns galhos se esgueiram como dedos e batem contra o vidro.

— Desculpa — Sam diz meio que de repente.

— Pelo quê?

— Por não ter atendido mais cedo. Acho que fiquei nervoso. Sobre o que poderia acontecer.

— Mas nada aconteceu — eu lembro a ele. — Deu tudo certo. As coisas estão até melhores agora! Porque a Mika sabe, e agora ela entende tudo. Vocês dois podem até se falar de novo! Você não está feliz da gente ter feito isso?

Silêncio.

— Sam?

— É meio complicado...

Antes que eu possa perguntar o que ele quis dizer, ouço um som de interferência do outro lado da linha.

— Que barulho é esse? — pergunto.

— Barulho? Não estou ouvindo nada — Sam diz e, de repente, percebo algo estranho na voz dele.

— Sam, parece que você está se afastando. — Como se o fone estivesse indo para longe dele. — Está tudo bem?

Mais interferência. Eu me levanto e inclino a cabeça enquanto ajusto o ângulo do celular para tentar melhorar o sinal.

— Vai ficar tudo bem, Julie — Sam diz. — Prometo. Mas tenho que ir agora, tá?

— Espera... Ir aonde? — pergunto, mas ele não responde. Tudo que diz é:

— Falo com você mais tarde. Te amo.

A ligação termina abruptamente. Fico parada perto da janela em silêncio, me perguntando se deveria ligar de novo. Mas algo frio e inexplicável sobe minha espinha e me diz para não fazer isso. Que é melhor não. Assim, volto para a cama e seguro o celular contra o corpo. Fico olhando para a tela vazia a noite inteira enquanto tento manter a calma.

Será que eu estraguei tudo de novo?

Capítulo treze

Tem algo de errado com a nossa conexão. Algo terrível. Nem eu nem Sam sabemos como consertar. É tipo quando uma tempestade se aproxima e um trovão faz as luzes piscarem, derrubando toda a energia elétrica da casa, e nada funciona. Fico esperando que as nuvens se dispersem, que o tempo mude, mas toda vez que olho pela janela o céu ainda está roxo e escuro. É difícil não me deixar afetar, porque fui eu que pedi por isso, não foi? A culpa é minha. Eu fiz Sam falar com Mika e, desde então, nossas ligações não têm sido mais as mesmas. O intervalo entre elas tem que ser maior e elas não duram tanto tempo. Antes, a gente podia conversar por horas, sempre que eu precisasse dele. Agora, tenho que esperar dias antes de poder ligar de novo, e se nossas conversas duram mais que dez minutos, a interferência invade a linha e isso me assusta. É triste não poder mais ligar para ele do nada, mesmo quando estou desesperada para ouvir sua voz. Quando sinto que estou prestes a desmoronar, preciso lembrar a mim mesma de que eu ainda não o perdi — não perdi Sam. Sei que atrapalhei nossa conexão, mas ele ainda está comigo. Contanto que a gente planeje melhor nossas ligações, fique de olho para mantê-las curtas e encontre os lugares em que o sinal é mais forte, tudo vai dar certo. Vamos dar um jeito. Talvez ainda exista uma maneira de consertar as coisas.

Já faz duas semanas que contei tudo a Mika, que deixei ela e Sam se falarem novamente. Mas tudo que é bom tem um preço. Na nossa última ligação, Sam me contou algo em que me recuso a acreditar. Ele disse que existe uma chance de só termos mais algumas ligações antes que nossa conexão termine para sempre. A pior parte é que Sam me avisou que isso poderia acontecer, mas eu não dei ouvidos. Pelo menos ele teve a chance de conversar com Mika mais uma vez. A expressão no rosto dela depois daquela ligação fez o risco valer a pena. A princípio, eu estava desesperada para que outra pessoa me dissesse que as últimas semanas foram de verdade, que a voz do Sam não era coisa da minha cabeça. Mas, assim que reconectei Mika e Sam, passou a ser muito mais do que isso. Mika voltou a ser como era, e nós duas temos passado mais tempo juntas. Acho que a ligação lhe deu a paz de espírito de que precisava e um novo ponto de partida para iniciar o processo de cura. E agora que não há mais segredos entre nós, sinto que finalmente podemos oferecer um ombro amigo uma à outra.

Pelo menos ainda não disse adeus a Sam. E, enquanto eu não me despedir, vamos continuar conectados, né? Não foi isso que ele me prometeu? Ainda não estou pronta para deixá-lo partir. Odeio imaginar minha vida sem ele. Queria poder segurá-lo, mantê-lo por perto enquanto eu puder. Não sei o que vou fazer quando ele se for.

Isso é tudo em que consigo pensar enquanto encaro o celular. Fico fazendo isso o dia inteiro quando não estou falando com ele, na possibilidade remota de ele me ligar e eu precisar atender na mesma hora, para que nossa conexão não seja interrompida novamente...

— Está esperando alguém te ligar?

A sala ganha foco quando tiro os olhos da mesa. Oliver está sentado de frente para mim e espera minha resposta. Estamos numa mesinha nos fundos do café Sun and Moon. As luminárias marroquinas estão acesas, tremeluzindo como se fossem chamas de verdade, embora esteja claro lá fora. Pelo menos não está lotado nesta manhã de sábado. Temos vindo bastante aqui ultimamente. Ele sempre pede *chai latte* com espuma extra. Hoje experimentei um americano pela primeira vez, em vez do meu café de sempre. Não saberia dizer qual é a diferença entre os dois.

— Parece que você está esperando uma ligação ou algo do tipo — Oliver diz. — *Terra chamando Julie*. Tem alguém aí?

Pisco algumas vezes e volto ao presente.

— Desculpa. Estava viajando aqui. Do que a gente estava falando mesmo?

Oliver suspira.

— Formatura.

— Verdade. O que tem ela?

— Você realmente não estava prestando atenção... — ele diz com um suspiro. — É daqui a poucas semanas, lembra? Beca e capelo? Aquela música da Vitamin C? Me diz que ainda é cedo demais.

— Acho que sim. Estou tentando não me estressar com isso.

— Sério — ele diz com um gemido. — Queria que a gente tivesse mais um mês pra pensar direito nas coisas, sabe? Você já sabe o que vai fazer depois?

Pensei que soubesse. Pensei que tivesse tudo planejado. Do apartamento em que eu queria morar às diferentes aulas de escrita que faria. Mas tem sido difícil me concentrar na escola desde que atrapalhei nossa conexão, então minhas notas finais são um mistério. Por algum motivo, ainda não recebi uma carta de admissão da Reed. Além disso, ainda não terminei de escrever minha amostra de escrita, então talvez uma carreira de escritora não esteja no meu horizonte. Parece que não importa o quanto eu me esforce, ou o quanto eu tente planejar as coisas, nada nunca dá certo.

Olho para dentro da xícara, que ainda está fumegante.

— Ainda não.

— Achei que você fosse para aquela faculdade — Oliver diz. — Reed, né? A essa altura, você já deve ter tido notícias deles.

Ele tem razão, eu já deveria ter tido notícias. Não sei por que eles me deixaram no escuro. E se eu cometi algum erro no envio da minha inscrição ou algo do tipo? Ou talvez tenha ocorrido um erro técnico e ela nunca foi processada. Mas a Reed me avisaria se alguma coisa parecida tivesse acontecido, né? Será que eu deveria ligar para alguém do departamento de admissões? Tenho conferido minha caixa de correio e atualizado meu e-mail todas as manhãs, mas não há nenhuma novidade. Sinto muita vergonha de dizer isso a Oliver. Eu deveria ter mantido meus planos em segredo. Assim, não precisaria me explicar quando tiver que mudá-los.

Por que todo mundo faz tanta questão de entrar para a faculdade? De qualquer maneira, não é como se um diploma em língua inglesa fosse viável na economia de hoje. Por que me afundar em dívidas para escrever quando posso fazer isso por conta própria? Quer dizer, alguns dos maiores escritores nunca foram para a faculdade. Hemingway, Twain, Angelou, e por aí vai. Tenho que admitir que as circunstâncias deles eram diferentes das minhas, e isso foi há muito tempo. Mas, mesmo assim, o argumento ainda é válido. Provavelmente vou mudar de ideia se for aprovada, é claro. Mas, como estou começando a aprender, é preciso sempre se planejar para o pior.

— Na verdade, estou pensando em ficar por aqui — respondo casualmente e tomo um gole do café.

— Por "aqui" você quer dizer na Central Washington? — Oliver pergunta, arqueando a sobrancelha. — Mas você odeia esse lugar. Mais do que qualquer um que eu conheço. Você sempre disse que seria a primeira a ir embora. Quer dizer, a Central não é uma faculdade ruim, mas não é a primeira opção de ninguém, isso eu te garanto. As pessoas só estudam lá porque é perto de casa. — Oliver dá uma olhada ao nosso redor, inclina-se na direção da mesa e sussurra: — É porque você foi — ele engole em seco — *parar na lista de espera*?

— O quê... Claro que não.

Ele arregala os olhos.

— *Rejeitada?*

— *Não*. E é falta de educação perguntar — digo na defensiva. — Talvez eu tenha mudado de ideia. Eu tenho esse direito. Quer dizer, você vai para a Central também, não vai?

— Vou, mas eu sou daqui, então é diferente. É o que todos nós fazemos.

— Então você vai ficar por aqui simplesmente *porque sim*?

Oliver dá de ombros.

— Basicamente. É um hábito do pessoal de Ellensburg, você não entenderia. Você é de... — Ele desenha um longo arco no ar com as duas mãos. — *Seattle*. — Em seguida, toma um gole do seu *latte* e o devolve à mesa. — Você é praticamente um ET pra nós.

— Eu me sinto um ET por aqui.

— Então o que está te prendendo aqui? É meio óbvio que você não suporta essa cidade, mas não te culpo por isso. Você sempre pareceu pronta pra ir embora. Mesmo que isso significasse arrumar um emprego de garçonete ou algo do tipo. Quer dizer, você chegou até a convencer o Sam a... — Ele se detém.

Abaixo a cabeça. Porque não quero que ele me olhe nos olhos e veja que pode ter razão. Que talvez Sam seja um dos motivos pelos quais não quero ir embora. Afinal de contas, eram *nossos* planos. Ir juntos para Portland, encontrar um apartamento e arrumar quaisquer empregos de meio-período necessários para juntar dinheiro. Ele tocaria suas músicas em algum lugar, eu encontraria lugares para escrever. Mas ele não está mais aqui, então tenho que pensar em tudo sozinha.

Fico olhando para a mesa.

— Só preciso de um pouquinho mais de tempo...

— É, eu entendo — Oliver diz. Ele segura meu braço do outro lado da mesa. — Olha, pelo menos eu vou estar aqui. Talvez a gente possa fazer algumas matérias juntos. Vou precisar de alguém pra copiar as coisas.

— Você sempre sabe a coisa certa a dizer.

Ele se reclina na cadeira e abre um sorriso.

— Levo jeito pra lidar com pessoas.

Tomo um gole do café, ignorando o que ele disse.

Terminamos nossas bebidas. Ao meio-dia, tenho que ir para o trabalho.

Empurro minha cadeira.

— Você queria ir a pé comigo?

Oliver confere o celular.

— Eu iria, mas estou esperando uma pessoa.

Olho para ele, desconfiada.

— Ah, é? Quem?

Ele hesita.

— O Jay.

Lanço um olhar diferente para ele.

— Que cara é essa?

— Nada.

— Bom.

Inspiro algumas vezes para sentir o cheiro no ar.

— É por isso que você está usando perfume?

— Fique você sabendo que eu uso perfume o tempo todo — Oliver diz enquanto cruza os braços.

— Sim, mas eu tenho reparado mais nisso ultimamente — comento.

— Você não está atrasada para o trabalho?

Não consigo conter o sorriso enquanto me encaminho para a saída, mas não sem sussurrar:

— A camisa é nova também?

— *Por favor, vai embora.*

Dou uma piscadinha para ele.

— Me conta tudo hoje à noite.

Avisto Tristan assim que entro na livraria. Ele está se equilibrando numa escada, tentando pregar um pôster que nunca vi antes. Já faz um tempo que não trabalhamos no mesmo turno. O sr. Lee não está na cidade este fim de semana, então pediu que nós dois cuidássemos da loja na ausência dele.

Fico olhando para o pôster.

— Quem é esse?

— É o General Griz do *Space Ninjas*, volume três — Tristan responde. — Um clássico.

— Ele meio que parece um coelhinho.

— Um coelho mutante — ele me corrige. — De um experimento de laboratório.

— Que deu errado?

— Isso, você já leu?

— Foi só um chute.

Tristan começa a descer a escada, quase tropeça e disfarça com uma risadinha nervosa. Ele passa a mão pelo cabelo e tira a poeira da camisa.

Deixo minhas coisas no balcão. Ao lado do caixa, vejo uma bandeja com fitas, cartões colecionáveis, adesivos e algumas etiquetas. Eu me viro para Tristan.

— Isso tudo é para o clube do livro?

— Na verdade, não. É para o evento do *Space Ninjas* — ele diz e aponta para os outros pôsteres espalhados pelo salão. — Estou cuidando da promoção do evento. Acabei de tornar nossa loja o ponto de encontro regional.

— Que incrível! Um monte de gente deve vir.

— Bom, só oito pessoas se inscreveram até agora — ele admite. — E muitas delas são colegas da escola.

— Não é tão ruim. Tenho certeza de que vai vir mais gente.

— Eu sei que você não é muito fã de ficção científica, mas vamos dar uma festa de lançamento do filme *Space Ninjas 4* em breve — ele comenta. — Você pode ir, se quiser. Posso colocar seu nome na lista de e-mails.

— Por que eu ainda não estou na lista?

Tristan fica vermelho.

— Vou te mandar o link.

Prendo meu cabelo, dou a volta no balcão e abro o caixa. Encontro uma caixa de marcadores que nunca tinha visto antes. Dou uma olhada neles.

— Tristan, de onde veio isso?

Tristan vem até mim e se inclina no balcão.

—Ah... Fiz isso na sala de fotografia lá na escola. Vem com os horários de funcionamento da loja e o endereço. Estamos dando aos clientes quando eles compram alguma coisa. — Ele aponta para a ilustração. — É o sr. Lee... Está vendo os óculos dele?

— O sr. Lee não usa óculos — eu digo.

— Eu sei. Só achei que ficariam legais nele.

Damos uma risada enquanto eu deixo a caixa de lado.

— Você realmente está transformando esse lugar, sabia, Tristan?

— Obrigado. Isso é o que dizem os livros. Segundo o sr. Lee, pelo menos.

Olho ao redor da loja, reparando em todos os toques pessoais que ele deu ao local. Os pôsteres, os marcadores, os colecionáveis na seção de ficção científica que o sr. Lee passou para a prateleira de cima. Tristan chegou até a refazer o design do site da loja, vinculando todas as novas contas nas redes sociais que ele tem administrado. Odeio admitir, mas sinto um pouco de inveja da criatividade dele. Ele sempre leva as coisas até o fim. Talvez eu também devesse ter algumas ideias criativas. Incutir minha própria personalidade na loja e ajudar mais o sr. Lee. Penso sobre isso enquanto volto a trabalhar.

Tristan fica rondando a área do balcão, organizando algumas coisas na bandeja. Quando o pego olhando para mim algumas vezes, tenho a sensação de que ele quer me dizer alguma coisa.

Depois de um tempo, Tristan tosse para chamar minha atenção.

— Então, hm, você ainda vai amanhã?

Olho para ele.

— O que vai ter amanhã?

— O festival de cinema.

Eu reprimo uma arfada de surpresa.

— *Ah...* Verdade, é claro.

— Também consegui uma pulseira pra você, pra festa que vai ter depois — Tristan comenta enquanto coça a nuca.

— Dizem que é meio exclusivo. Todo mundo está me mandando mensagem sobre isso, mas só consegui pegar uma pulseira extra. E quero que você fique com ela.

Abro um sorriso para ele.

— Ah, que fofo. Mas não quero que você se sinta obrigado a gastar a pulseira comigo. Ainda mais se tem um monte de gente que quer ir.

— Não... Digo, o que eu quis dizer é que quero ir com você.

— Ah...

— Eu ia gostar muito se você fosse — Tristan diz enquanto passa a mão pelo cabelo e suas bochechas vão ficando vermelhas. — Vai ter comida, música e muita gente. É um evento meio chique, mas você não precisa ir toda arrumada se não quiser. Quer dizer, eu vou de terno, porque minha mãe já comprou um pra mim, e alguns dos outros participantes devem ir de terno também, mas, tipo, você pode usar o que você quiser.

Uma festa depois? Ele não tinha falado disso antes. Pensei que fosse ver o filme dele, parabenizá-lo logo depois e ir embora. Agora, de repente, ele me vem com comida, música e pessoas arrumadas? Do jeito que Tristan está descrevendo, parece ser um comprometimento maior do que o que eu tinha topado. É quase como se fosse um encontro ou algo do tipo. Talvez eu esteja vendo coisa onde não tem, mas definitivamente não estou pronta para um encontro. *O que Sam acharia disso?* Sinto meu celular dentro do bolso e imagino como ele se sentiria.

— E aí, você vai, né? — Tristan repete a pergunta.

Eu mordo o lábio, incapaz de olhá-lo nos olhos. É triste fazer isso, mas talvez não seja o melhor momento.

— Sinto muito, Tristan. Mas acho que não posso mais ir.

Ele pisca repetidas vezes, surpreso.

— Ah... Ah, tudo bem. Entendo totalmente — ele diz, forçando outro sorriso. — Acho que fica pra próxima, então.

Fico ali parada enquanto ele pega a bandeja e a leva para a sala dos fundos sem dizer mais nada. Talvez *eu* esteja vendo coisa onde não tem nesse festival. Me sinto péssima por furar com ele em cima da hora. Mas minha conexão com Sam já começou a falhar, então não posso mais correr nenhum risco.

Parece que faz uma eternidade que não falo com o Sam. É difícil me concentrar ou pensar em qualquer outra coisa que não seja ouvir a voz dele de novo. Quando chego em casa, ponho o CD que sempre tenho à mão para tocar e finjo que ele está no meu quarto, tocando violão. Tenho feito isso todos os dias: deixo sua música preencher meu quarto como se ele estivesse vivo novamente. Assim, me sinto menos sozinha. O CD tem quatorze músicas, e já perdi a conta de quantas vezes o ouvi. A terceira faixa é a minha favorita. É uma das canções originais dele, uma balada de rock que lembra a era Nicks do Fleetwood Mac, e dá para ouvir a voz do Sam cantarolando a melodia. A música não foi concluída, então não tem letra. Sam tinha me pedido para ajudá-lo a compor a letra com ele. A gente gostava de fingir que um dia poderia se tornar uma grande dupla de compositores. Como Carole King e Gerry Goffin. Teve uma vez em que lhe perguntei o que vinha primeiro, a letra ou a melodia, e Sam respondeu: "A melodia, sempre." Eu discordei, mas acho que é por isso que nosso relacionamento dava certo. Éramos duas partes de uma música. *Ele era a melodia. Eu era a letra.*

Estou deitada no chão do quarto dele, olhando para o teto, com folhas de caderno espalhadas por toda parte. Sam está sentado de pernas cruzadas do meu lado, com o violão no colo.

— Toca isso de novo... — *eu peço.*

Sam começa a dedilhar seu violão e o quarto se enche de melodia.
Fecho os olhos e fico escutando.
O violão para.
— O que você está fazendo?
— Shhh... Estou tentando me inspirar — digo, mantendo os olhos fechados.
— Dormir inspira você?
— Não estou dormindo... Estou pensando!
— Saquei... — Sam continua a tocar conforme as imagens dançam na minha mente. Céus azuis infinitos, um casal de mãos dadas, flores de cerejeira caindo da janela. Eu me sento e anoto algumas dessas coisas.
Olho para Sam.
— Sobre o que deveria ser a história?
— Como assim? A gente está escrevendo uma música.
— Toda música conta uma história, Sam.
Ele coça a cabeça.
— Achei que só tivesse que rimar.
— As músicas fazem mais do que isso — eu digo. — Elas são feitas pra fazer você sentir alguma coisa. Então, qual é o tipo de emoção que a gente está buscando? Vai ser sobre o quê?
Sam pensa a respeito.
— Sobre amor, eu acho?
— Isso é vago demais, Sam.
— Mas a maioria das músicas não é vaga?
— Não as que são boas!
Sam cai no tapete, gemendo.
— Você não pode só inventar alguma coisa? Você que é a escritora. Você é melhor nisso! É por isso que eu pedi ajuda.
Outro dia, vasculhei minhas gavetas e encontrei meu caderno. Dentro dele havia alguns versos que escrevi meses

atrás. Depois da nossa ligação na varanda, passei o resto da noite trabalhando na música mais uma vez.

Sam e eu temos outra ligação em breve. Quero escrever o máximo possível para fazer uma surpresa para ele. Especialmente depois da nossa conversa sobre assuntos inacabados e sobre deixar uma marca no mundo — talvez seja isso. Afinal de contas, ele já fez muito por mim. Essa vai ser minha retribuição. Fico um pouco ansiosa quando Sam atende. Quando eu lhe conto sobre a música, ele pede que eu compartilhe a letra. A certa altura, ponho a faixa para tocar para que ele tenha uma noção de como soaria com a música...

— Não julga minha voz, tá?

Sam ri.

— Claro que não.

Conforme uma balada suave vinda de seu violão vai se espalhando pelo quarto, eu canto um pouco da letra para ele, e dou o meu melhor.

— *Vejo seu rosto, lá nas estrelas...*
Quando fecho os olhos, você não está tão longe
Você sente minha mão? Está entrelaçada na sua
Onde quer que estejamos, você vai ficar comigo
E ainda me lembro, está selado a ouro
Os campos que percorremos, nunca vou superar
Então não se esqueça de mim, dessas lembranças que guardamos
Como água e tempo
Estamos talhados em pedra...

Desligo a música e volto a me sentar no chão.

— É tudo que eu tenho até agora. *Eu sei...* Minha voz não é das melhores. Vai ser bem melhor quando você cantar.

— *Não, achei ótimo!* — Sam diz. — Não acredito que você escreveu essa letra. Ficou linda, Julie.

— Você não está dizendo isso só por educação? — pergunto. — Pode me falar a verdade. Não vou ficar brava.

— É melhor do que qualquer coisa que eu poderia ter escrito — ele diz.

— É claro. Mas não é isso que eu estou perguntando.

Sam ri e diz:

— Estou falando sério. Ficou perfeita. A letra... ela é tão... Qual é a palavra? *Profunda*. Como se tivesse mais coisa por trás, sabe?

— Tem alguma parte que precise melhorar? Estou querendo um pouco de feedback aqui.

Sam pensa a respeito.

— Talvez esteja faltando alguma coisa. Quem sabe uma ponte.

Faço uma anotação numa folha de papel.

"Procurar o significado de ponte."

— É só um primeiro rascunho — digo a ele enquanto releio a letra. — Vou fazer algumas mudanças. Mas acho que temos um hit aqui, Sam.

— Ah, se pudesse ser verdade... — ele diz em tom melancólico.

— *Por que não pode ser?* — eu sussurro.

Um silêncio familiar recai sobre nós antes que ele responda.

— Julie... Você sabe por quê...

Passo o celular para a outra orelha e finjo não ouvir. Em vez disso, imagino nossa música sendo lançada no mundo todo.

— Pensa um pouco — continuo. — A gente pode mandar a música pra uma estação de rádio, postar na internet ou algo do tipo. As pessoas ouviriam, Sam. A gente só tem que compartilhá-la. Alguém vai pôr pra tocar. A gente pode mostrar todas as nossas outras músicas também. Tudo que a gente precisa...

— Julie — Sam me interrompe. — Ouve o que você está falando...

— Como assim?

— Por que você voltou a trabalhar na minha música? — ele pergunta. Seu tom de voz mudou, ficou mais áspero. — Por que você está fazendo isso?

Fico olhando para o meu caderno, sem saber o que dizer.

— Não sei... Pensei que você quisesse. Um tempinho atrás, você disse que queria concluir alguma coisa. Que queria deixar um legado. Pensei que... talvez essa música pudesse ser o seu legado. E posso te ajudar a escrever, como eu prometi.

Ele suspira.

— Eu te disse, Jules... Não queria que a gente falasse sobre isso. Sobre o que eu nunca vou poder concluir — ele diz. — Não faz mais sentido...

— Mas qual é o problema? É só uma música. E não me importo de fazer isso. Você tem várias músicas lindas dando sopa. Eu posso te ajudar a terminá-las. Posso te ajudar a lançá-las no mundo, e quem sabe a gente possa...

— *Julie, para!* — ele me interrompe de novo. — *Por favor*. Não faz isso...

— O que é que eu estou fazendo?

Sam solta um suspiro e sua voz fica mais branda.

— Escuta... Sou muito grato pelo que você está tentando fazer por mim. É sério. Mas você precisa deixar isso pra lá, tá? Essa ideia de trabalhar na minha música e compartilhar para as pessoas ouvirem... É tarde demais pra mim. Eu já aceitei essa ideia. Então não perde mais tempo com isso, tá? Por favor.

— Mas eu quero fazer isso. Quero te ajudar...

— *Não deveria*. Você precisa se concentrar na sua própria vida, tá? Tem que parar de pensar em mim o tempo todo...

— Eu não penso em você o tempo *todo* — rebato. *Por que ele está falando comigo desse jeito?* — Tenho minhas próprias metas e coisas que preciso concluir. Tipo a minha escrita. Eu também penso em mim mesma.

— Que bom — Sam diz. — Fico feliz por isso. Fico feliz que estejam acontecendo outras coisas na sua vida. Fico feliz que você tenha um futuro pra pensar a respeito.

Aperto o celular com força, sem palavras. Não esperava que a conversa fosse tomar esse rumo. Pensei que estivesse fazendo uma coisa boa. Pensei que isso fosse deixá-lo feliz. E daí se penso em nós dois de vez em quando? Qual é o problema? Por que a gente não pode conversar como estava acostumado? *Como antes?* Antes de tudo ter sido tomado de nós. Não digo nada disso em voz alta. Sei que é a última coisa que ele quer ouvir de mim.

Passamos um tempão em silêncio. Sinto que nossa ligação está durando e não tenho certeza de quanto tempo ainda temos. Caso a interferência invada a linha, quero que o clima entre nós esteja melhor, então mudo de assunto.

— O festival de cinema é amanhã à noite. O Tristan me convidou de novo, mas eu disse a ele que não ia poder ir.

— Por quê?

— Sei lá. O jeito como ele estava falando do assunto ultimamente... Fez parecer que seria meio que um encontro — respondo. Como Sam não diz nada, eu lhe pergunto: — O que você acha?

Silêncio.

— Acho que você deveria ir — ele fala.

— Por quê?

— Parece divertido. E o Tristan é um cara legal.

— Mas eu jamais conseguiria fazer isso, Sam. Quer dizer, você ainda está aqui, e nós ainda estamos conectados.

Normalmente, quando digo algo sentimental desse jeito, percebo que ele sorri do outro lado da linha e me sinto abraçada. Agora, porém, a voz dele soa fria aos meus ouvidos.

— Nós dois não podemos ficar juntos. Você sabe disso.

— Eu sei... — começo a dizer.

— Não parece.

Fico muda.

— Estou começando a ficar preocupado com você — Sam continua. — Estou preocupado com as nossas ligações e o que elas estão fazendo. Você deveria estar seguindo em frente, e não parece mais que esteja.

— Sam... Eu estou *bem*. Prometo.

— Mas você não quer ir nem na estreia do filme de um amigo. Como é que você vai se despedir de mim?

— Talvez eu não esteja a fim de sair — respondo. — E posso me despedir de você quando eu quiser.

— Então se despede agora.

As palavras dele pairam no ar entre nós por um longo tempo. *Como ele pôde me dizer isso?* Não sei nem como responder. Odeio ter que provar algo a ele. Sou dominada pela dor.

— Não posso agora...

Já sabendo que a resposta seria essa, Sam solta um suspiro.

— Quando vai poder, então?

Um longo silêncio se instala entre nós.

— Acho que você deveria ir ao festival amanhã — Sam diz. — Acho que vai ser bom pra nós dois.

— O que você quer dizer com isso? — pergunto, tentando não fazer drama. — A escolha não é minha? E se eu simplesmente não estiver a fim?

— Não vejo qual é o problema — Sam diz. — São só algumas horas. Por que você é tão contra?

— Não disse que era.

— Então prova. E vai lá.

Minha voz fica mais áspera.

— *Tá*. Eu vou! E vou me divertir.

— Que bom. Espero que se divirta.

— *Eu vou!*

Desligamos. Mando uma mensagem para Tristan no mesmo instante, avisando que mudei de ideia. Ele responde no segundo seguinte, animadíssimo, o que me faz sentir menos culpada. Mas como Sam pode me pedir para fazer isso com ele? Com nós dois? Não entendo o que ele quer que eu prove. Tento não me deixar afetar, porque isso só vai mostrar a Sam que ele tem razão. Ele não precisa se preocupar comigo.

Queria que nossa ligação não tivesse terminado mal, especialmente hoje. Recebo uma mensagem da Yuki me avisando que todo mundo já está a caminho. Hoje é a noite em que planejamos fazer algo especial pelo Sam. Combinamos que eu nos levaria até o campo para soltar as lanternas. Chego a pensar em pedir para adiarmos, mas eles se dedicaram tanto a isso que não posso deixar todo mundo na mão. Preciso me recompor e não me deixar incomodar pela ligação. Penso no que Sam disse mais cedo. Talvez eu esteja mesmo gastando tempo demais com a gente. Preciso, em vez disso, me concentrar na minha própria vida.

Jay está sentado no banco da frente com Oliver, e buscamos Mika no caminho. É a primeira vez que todos nós nos reunimos. Estou espremida no banco de trás, entre Yuki e Rachel. Jay trouxe alguns petiscos e vai passando para nós. Preciso admitir que ver todo mundo apertado no carro, comendo palitinhos de chocolate, me faz abrir um sorriso. Mas não deixo de notar que falta uma pessoa. Jay está se guiando pelo celular e descobre um caminho diferente que vai nos economizar metade da caminhada.

Quando chegamos ao local, o sol já se foi, e um vasto oceano de céu noturno, salpicado de estrelas, toma seu lugar. Uso as lembranças daquele dia com Sam para guiar nossa caminhada pela floresta. Fico surpresa de ver que me lembro de tudo, especialmente no escuro. Mika e eu andamos de braços dados o caminho inteiro. Quando vejo pontinhas de cevada saltando por cima do campo feito peixes, faço todos pararem.

— Chegamos.

Todos soltam um suspiro coletivo enquanto admiramos a vista.

— Como você descobriu esse lugar? — Rachel pergunta.

— O Sam me trouxe aqui uma vez. — Eu não conto a ela quando foi.

Avançamos campo adentro até encontramos o local perfeito. Jay abre a mochila enquanto todo mundo ajuda a preparar as lanternas para a cerimônia.

— Como é que isso funciona mesmo? — Oliver pergunta quando Rachel se aproxima e distribui as lanternas de papel.

— O ar quente das velas vai ajudá-las a subir — Yuki diz enquanto começa a acender as velas para nós. — A gente só tem que soltar.

Observo minha lanterna desabrochar com o calor e a luz. É como segurar um pedacinho do sol nas mãos.

— Elas são *enormes*. — Oliver ri enquanto movimenta sua lanterna para cima e para baixo.

Eu olho para todos e vejo seus rostos iluminados pelas lanternas, seus sorrisos, a grama balançando nos nossos sapatos, o céu estrelado e sem fim, e absorvo o lindo momento que estamos compartilhando. Nunca pensei que fosse voltar aqui tão cedo. Principalmente com todos os nossos amigos.

Eu me viro para Yuki.

— Tem algum significado nisso? Digo, quando a gente solta as lanternas pra alguém.
— Serve pra deixá-los seguir em frente — Yuki explica.
— Quando soltamos as lanternas, ajudamos a liberá-los. As lanternas os guiam aonde precisam ir.
— Mas por que o Sam tem que ir? — pergunto a ela. Os outros trocam olhares, então percebo o quanto a pergunta soa estranha. — Só quero dizer... Por que eles precisam ser guiados?
— Acho que eles precisam ouvir da gente que está tudo bem. Às vezes é difícil, mesmo pra eles — Yuki diz.
— Eles precisam da nossa bênção. — Ela se vira e aponta a lanterna na direção do céu. — Lembra, elas também são lanternas memoriais. Se você quiser dizer suas últimas palavras ao Sam, é só sussurrá-las agora. A lanterna vai levar a mensagem até ele.
Yuki fecha os olhos como se meditasse e em seguida sussurra para a lanterna, enquanto os outros observam e a copiam. Mika e eu trocamos um olhar que os outros não são capazes de compreender. Depois, ela fecha os olhos mesmo assim e sussurra algo para sua lanterna. Eu faço o mesmo, por mais que ainda não tenha perdido Sam. Por enquanto, pelo menos. Penso em algo que diria a ele agora se tivesse a chance.
Chego mais perto da lanterna e sussurro:
— Não vai embora ainda, Sam. Fica comigo mais um pouquinho.
Yuki é a primeira a liberar sua lanterna.
— *Ao Sam* — ela diz, e a lanterna se ergue das suas mãos e vai subindo pelos ares. Os outros a acompanham e soltam suas lanternas um por um enquanto dizem "Ao Sam", até que chega a minha vez.
Eu estendo minha lanterna.
— *Ao Sam* — digo. Em seguida, a libero também.

Mas minha lanterna não sai do lugar. Ela paira no ar, flutuando na minha frente, e sua luz pisca levemente. Eu lhe dou um pequeno empurrão na base com a palma da mão e ela sobe por alguns segundos, depois desce de novo e fica parada no ar.

— Minha lanterna não quer ir — comento enquanto os outros se voltam para mim, observando com curiosidade. — Olha. — Não consigo conter o sorriso, e chego a rir um pouco disso, porque acho que Sam me ouviu. Ele ouviu o que eu sussurrei e quer ficar comigo mais um pouco. Então, uma brisa se aproxima e começa a puxar a lanterna baixinho pelo campo, quase roçando a grama. Dou um passo à frente e começo a segui-la enquanto tento manter as mãos bem debaixo dela para… nem sei por quê. Quando a lanterna ganha mais velocidade, eu a acompanho. E, quando menos espero, já estou correndo pelo campo com as mãos estendidas, perseguindo a lanterna. Não sei o que deu em mim. *Preciso de mais tempo. Ainda não estou pronta para deixar você partir.* Mas a lanterna vai ganhando altura, como a vela de um navio sendo levada pelo vento, e eu cambaleio depressa na direção da sua luz.

— Julie!

Os outros estão me chamando lá atrás, e então me dou conta do quanto já me afastei deles, mas não consigo parar. Acho que Mika deve ter me perseguido, porque a voz dela é a mais próxima. Mas meu ritmo fica intenso demais para ela, e minha determinação em alcançar a lanterna é muito forte. Só eu continuo avançando campo adentro até que as vozes me chamando pareçam muito distantes. Tudo que consigo escutar são minhas próprias arfadas e o som do meu coração martelando nos ouvidos.

Outra brisa se aproxima e levanta ainda mais a lanterna, levando-a para além da linha das montanhas. Ela continua voando, não importa o quanto eu corra. Mas, no fim das contas, fico tão cansada e sem fôlego que não consigo mais correr. Então, eu paro e fico ali de pé, olhando para cima, observando-a desaparecer no céu em meio às outras até não conseguir distingui-la dos milhões de estrelas.

A lanterna se foi. *Eu a perdi. Não posso perder você também. De novo não.*

Capítulo quatorze

ANTES

Quando fecho os olhos e tudo fica escuro, eu o vejo. Sam. Ali, parado. Seu cabelo escuro cruzando a testa num ângulo suave. Usando uma camisa social branca, abotoada, com uma gravata-borboleta. Reclinando-se ao lado da porta da cozinha do hotel enquanto garçons entram e saem empunhando bandejas prateadas. Respirando fundo e puxando o colarinho enquanto tenta ficar calmo. E, de repente, estou ali também, segurando a mão dele e dizendo:

— *Vai ficar tudo bem, Sam. Só respira.*
— Talvez a gente devesse ir embora — ele diz.
— Deixa de ser bobo. Você tem que entrar lá daqui a pouco.
— Mas não sei se eu consigo.
— Claro que consegue. Por que você está tão nervoso?

Ao nosso redor, talheres se chocam contra bandejas. Estamos atrás de uma cortina que separa a área da cozinha de um salão cheio de convidados. Sam foi contratado para tocar no casamento do primo do seu amigo Spencer, na primavera do terceiro ano. Eles lhe deram uma lista de músicas que queriam que ele cantasse, e ele passou semanas treinando. É sua primeira apresentação remunerada e não vou deixá-lo dar para trás.

— Não conheço ninguém ali — ele diz.

— Você conhece o Spencer. E eu. *Estou aqui.*

Sam puxa o colarinho de novo, então eu o ajudo a afrouxar o nó da gravata-borboleta para que ele respire melhor. Vejo a primeira gota de suor se formar na testa dele e tiro o cabelo do seu rosto.

— E se ninguém curtir? — Ele não para de olhar ao redor.

— Claro que vão curtir. Por que outro motivo eles teriam te contratado? Você vai arrasar.

— A gente nem fez uma passagem de som decente...

— Você já treinou um milhão de vezes. Você vai arrasar.

Alguém com fone de ouvido surge por trás da cortina e nos dá um joinha.

— Vamos lá, garoto.

Eu aperto a mão do Sam.

— Boa sorte. Vou estar bem aqui.

Assim que ele sai, dou uma espiadinha pela cortina. Vejo uma pista de dança de madeira abaixo de um lustre. Ao redor dela, mesas forradas de seda comportam os convidados do casamento. Ligado à pista de dança encontra-se um palco onde a banda está instalada. Sam surge pela lateral do palco, visivelmente nervoso. Quando ele se aproxima do microfone e ajusta o suporte todo sem jeito, prendo a respiração.

As luzes se apagam e iluminam só o palco conforme todos vão ficando em silêncio e viram as cadeiras para assistir. Então a música começa...

O som do piano ao vivo se espalha pelo salão, tocando uma melodia familiar. Levo um segundo para reconhecê-la. "Your Song", de Elton John. Sam conhece a letra como a palma da mão. Ele treinou uma centena de vezes. É uma ótima escolha para dar o pontapé inicial, perfeita para sua extensão vocal.

Mas então Sam abre a boca para cantar e sua voz sai tremida. Ele aperta o microfone com força, como se estivesse tentando se manter firme, enquanto o piano tenta acompanhá-lo.

Há algo estranho. Ele não está cantando no ritmo da música. É como se estivesse um ou dois compassos atrasado. O público também percebe. As pessoas olham ao redor, sussurram nas mesas, perguntando-se o que há de errado. Isso só o deixa mais nervoso. Quando seu tremor se transforma em gagueira e ele começa a pular palavras, sinto um aperto no peito. Não suporto ver isso acontecer. Queria que houvesse uma maneira de salvá-lo. Queria poder desviar a atenção das pessoas antes que a situação piore. *Não fique aí parada. Faça alguma coisa, Julie!*

Então, tiro meus saltos e atravesso a cortina. Em uma das mesas no meio do salão, Spencer está sentado junto dos irmãos. Vou até lá e pego a mão dele.

— O que tá rolando?

— Vem comigo.

— *Hã...*

Puxo Spencer da cadeira e o levo até a pista de dança vazia enquanto todo mundo se vira para olhar.

— Hm, o que a gente está fazendo?!

— *Dançando!* Só entra no embalo.

— Meu Deus do céu.

Meu coração acelera quando ponho a mão no ombro do Spencer e nos preparamos para começar o que esperamos ser uma valsa. Não temos ideia do que estamos fazendo nem do que estamos parecendo, mas todo mundo está olhando para nós. Não faço contato visual com Sam quando começamos a dançar. Tenho medo de que isso o deixe mais nervoso. Em vez disso, levanto o braço do Spencer e o faço me girar em volta dele no ritmo da música.

Estamos nos saindo melhor do que eu esperava. A certa altura da música, Spencer põe os braços nas minhas costas e me *deita*, o que faz com que as mesas à nossa volta aplaudam. Não sei se é o piano, a voz do Sam, a descarga de adrenalina ou a atenção de todos no salão, mas de repente pegamos o jeito da coisa. Os saltos, as viradas e os giros pela pista vêm quase de forma natural conforme continuamos a dançar. Talvez sejamos realmente bons nisso. Ou talvez seja tudo coisa da minha cabeça e, para todo mundo que está assistindo, parecemos ridículos. Mas não importa. Porque olho para Sam e o vejo sorrir pela primeira vez. Seu rosto está radiante nos holofotes enquanto se encaminha para o centro do palco — o máximo que o cabo do microfone lhe permite — e estende a mão para nós quando chega ao refrão com uma confiança recém-descoberta.

Eu olho para ele do outro lado da pista de dança quando a bateria entra na música, seguida pela guitarra, e sentimos um brilho se acender entre nós. Uma multidão se formou ao redor da pista. Por fim, algumas pessoas se encaminham para o centro e começam a dançar também, puxando outras consigo. Sam e eu nos olhamos de novo. *Porque fomos nós que fizemos isso*. A voz dele e minha dança com Spencer transformaram a energia do salão.

Conforme a música começa a diminuir, sinto que está prestes a terminar. Levanto as mãos uma última vez e saio girando pela pista de dança, enquanto as luzes rodopiam ao meu redor até o salão de repente sumir, e então eu caio direto nos braços do Sam, nos jogando da beira do cais enquanto mergulhamos na água congelante.

Um milhão de bolhas se espalham ao meu redor quando emergimos da superfície do lago ao som de fogos de artifício à distância. É a noite anterior ao Quatro de Julho, dia da independência dos Estados Unidos. O verão depois do segundo ano. Sam e eu combinamos de sair de fininho para nos encontrarmos aqui. *Se minha mãe soubesse disso, me mataria.*

Fico tremendo na água.

— Não acredito que estamos fazendo isso!

Sam ri e passa a mão pela cabeça, jogando o cabelo para trás. Sua pele brilha na água.

— Você disse que queria ser mais espontânea!

— Não estava esperando isso!

Mais fogos de artifício explodem à distância, iluminando o topo das árvores que nos rodeiam. Sam deita de costas e começa a nadar para trás, exibindo o peito definido. Instintivamente, me cubro com as mãos.

— E se alguém vir a gente?

— Jules... Não tem ninguém aqui. Somos só você e eu.

— Nunca fiz isso antes.

— Nadar pelada?

— Não acredito que você me desafiou!

— Nunca pensei que você fosse mesmo fazer isso.

— *Sam!*

— Relaxa... A gente não está completamente pelado!

Os fogos explodem de novo enquanto Sam nada em círculos ao meu redor, rindo.

— Como foi que você teve essa ideia? — pergunto.

— Vi num filme uma vez — ele diz. — Na minha cabeça, pareceu bem fofo e romântico e tudo mais.

— É tão clichê.

— Pelo menos vamos ter essa lembrança. E uma história engraçada para contar.

— A gente não pode contar isso pra ninguém!

— Tá bom... A gente guarda segredo.

Sam nada para perto de mim. E olhamos um para o outro. Observo seu rosto iluminado por rajadas de luz que irrompem no céu de tempos em tempos. Ele tem razão a respeito de uma coisa. Acho que nunca vou me esquecer do jeito que ele está olhando para mim nesse momento.

— Você está brava da gente ter feito isso? — ele sussurra.

— Não. Só um pouquinho nervosa. — Sinto um arrepio: não de frio, mas da emoção de estar aqui com ele.

— Eu também.

Sam sorri e joga meu cabelo para trás da orelha. Em seguida, levanta meu queixo delicadamente com a outra mão e me beija. Fechamos os olhos enquanto ouvimos a queima de fogos ao nosso redor.

Um feixe de luz vindo de uma possível lanterna brilha em meio às árvores, seguido de algumas vozes e o som de passos se aproximando pela trilha.

— Tem gente vindo! — Eu arfo.

— O quê...

Mergulhamos para nos esconder. Prendo a respiração e bolhas se juntam e giram ao meu redor enquanto afundo na água como uma pedra puxada pelo espaço, antes de emergir no concreto seco.

É plena luz do dia. O cheiro dos carrinhos de comida e de enxofre se espalha pelo ar enquanto arranha-céus se erguem ao meu redor. É o verão antes do último ano. Estou parada nas ruas de Nova York, ajustando uma bolsa de viagem que está pesando no meu ombro quando Sam surge de repente e passa correndo por mim, arrastando uma mala.

— Não temos tempo de parar! *Temos que ir!*

— Peraí!

Sam está de partida para o Japão em uma hora e quarenta e dois minutos. O próximo metrô para o aeroporto vai chegar a qualquer momento, e se ele não conseguir pegar, pode perder o voo. Ele vai passar o verão inteiro em Osaka com os avós, então planejamos uma viagem de despedida no fim de semana, antes de ele embarcar.

Sam se guia pelo celular.

— Por aqui!

— Vai com calma...

Nós ziguezagueamos pelo trânsito parado e abrimos caminho em meio à multidão, desviando do vapor dos bueiros e de um ou outro vendedor ambulante tentando me vender bolsas. Assim que descemos uma escada estreita e viramos para o lado, Sam esbarra numa catraca e respira ruidosamente.

— Tem que passar o cartão do metrô... — Passo o cartão para nós dois e descemos às pressas outro lance de escadas. Quando a plataforma estremece sob meus pés, percebo que chegamos bem na hora. Olho para a frente e vejo as luzes do trem brilhando no túnel.

É hora de nos despedirmos. Queria que tivéssemos mais uns dias juntos. Queria ir com ele.

Sam me dá um beijo na bochecha.

— Tenho que ir.

A porta do vagão se abre atrás dele e as pessoas saem para a plataforma.

Não sei o que dizer. Odeio despedidas. Principalmente com ele.

— Mando mensagem assim que chegar, tá?

— Não esquece!

Eu lhe entrego a bolsa de viagem. Ele me dá um último beijo e entra no vagão.

— Quando você menos esperar, vou estar de volta.

— Por que tem que ser tanto tempo?

— São só seis semanas. E a gente vai se falar todo dia.

— Espera... — Eu pego o braço dele. — *Me leva com você.*

Ele sorri para mim.

— A gente pode ir junto no próximo verão. Depois da formatura.

— Promete?

— Não se preocupa, a gente pode viajar todo verão pelo resto da vida, tá? Você e eu.

— Tá bom — eu digo. E então me lembro de uma coisa.

— Espera... Sua jaqueta! — Tiro sua jaqueta jeans para lhe entregar antes que a porta se feche, mas Sam me impede.

— Guarda ela pra mim.

Eu sorrio e abraço o jeans.

— É bom você ter escrito um monte até eu voltar. Mal posso esperar pra ler.

— Eu mal comecei!

— Bom, agora eu não vou ser uma distração.

— Você não é uma distração... — começo a dizer.

Mas a porta do trem se fecha entre nós.

Sam e eu nos olhamos pela janela. Em seguida, ele solta o ar em cima do vidro e escreve algo. Consigo ler as letras antes que elas sumam.

S + J

Abro um sorriso e ponho a mão na janela. Sam pressiona a mão dele contra a minha. Olhamos um para o outro pelo tempo que ainda nos resta. Queria poder emoldurar esse momento entre a gente.

Uma voz ecoa do alto-falante, lembrando a todos aqueles na plataforma que permaneçam atrás da faixa amarela. Dou alguns passos para trás quando o trem começa a sair do lugar, levando Sam junto. Fico ali segurando a jaqueta enquanto vejo o trem ganhar velocidade até se tornar um borrão estrondoso de linhas, soprando ar dos trilhos e jogando meu cabelo para trás.

Então, pontinhos de luz surgem atrás de mim e giram pelo metrô como vaga-lumes enquanto o teto de repente se levanta, trazendo uma brisa fresca. Eu me viro de costas e descubro que a plataforma subterrânea desapareceu, substituída por um céu noturno e pelas luzes do carrossel do parque de diversões.

O cascalho estala debaixo dos meus sapatos enquanto olho para o Orbiter, um brinquedo que ergue as pessoas no ar e as gira como uma batedeira.

— Que tal esse aí... — pergunto, apontando para o brinquedo. — Assustador demais?

Estou de mãos dadas com James, irmão mais novo do Sam. Somos só nós dois no momento. Ele não me responde. Não fala comigo a noite inteira.

— Quer comer alguma coisa, então? A gente pode comprar algodão-doce.

James não diz nada. Só fica olhando para o chão.

Não sei por que ele está tão quieto. Eu o levo à barraquinha de algodão-doce, na esperança de que isso o anime. Ele nunca fica desse jeito. Nós sempre nos demos bem. A ideia de trazê-lo aqui esta noite foi minha.

Um homem por trás da barraca bate numa placa impacientemente.

Dou um tapinha no braço de James.

— Que cor você quer?

Nenhuma resposta.

— Acho que vamos ficar com o azul — digo.

James belisca o algodão-doce enquanto passeamos pelo parque em busca do Sam. Ele foi até as barracas de jogos com uns amigos. Pensei que James e eu pudéssemos usar esse tempo para nos aproximarmos. Mas ele se recusa a ir em qualquer brinquedo comigo. Quando paramos para assistir às pessoas serem jogadas de um lado para o outro num brinquedo giratório, finalmente pergunto:

— Você está bravo comigo?

Ele fica olhando para o brinquedo sem dizer uma palavra. Eu franzo a testa, sem saber como me comunicar com ele.

— Qualquer que seja o motivo, James, me desculpa. Fico triste de você não falar comigo. Será que você poderia pelo menos me dizer o que eu fiz de errado?

James olha para mim pela primeira vez.

— Você está tirando o Sam da gente.

— Como assim?

Ele volta a olhar para o brinquedo.

— Eu ouvi uma conversa do Sam. Ele disse que não quer mais morar com a gente. Ele disse que vocês vão embora pra algum lugar. — Ele olha para mim. — É verdade?

Fico sem palavras. Sam comentou que teve uma briga com os pais na outra semana sobre o que ia fazer depois da formatura. Sobre se mudar para Portland comigo e correr atrás da carreira de músico em vez de ir para a faculdade. Provavelmente é disso que ele está falando.

— Eu nunca tiraria o Sam de você — eu digo.

— Então vocês não vão embora?

Como respondo a isso?

— Bom, eu vou pra faculdade. E talvez o Sam vá comigo. Mas isso não significa que vamos abandonar você.

Antes que eu possa dizer mais alguma coisa, Sam aparece com um bichinho de pelúcia.

— É um lagarto. Fofo, né? Levei um século pra conseguir ganhar naquele jogo de acertar o balde. Tenho certeza de que aquilo é armado. — Ele me dá o bichinho. — Peguei pra você.

— Que fofura.

Eu me viro para James e me agacho para ficar na altura dele.

— Você gosta de lagartos, não gosta? Aqui...

James olha para mim, para o lagarto, para Sam e então de volta para mim.

— Ele deu pra *você* — ele diz. Em seguida, se afasta.

— Não vai muito longe! — Sam grita e se vira para mim. — Não se preocupa com o James. Ele tem agido assim ultimamente. Vou cuidar disso mais tarde, tá?

— Tá...

— Se anima. A gente está no parque. Você queria ir em algum brinquedo?

Olho ao nosso redor. Todos esses brinquedos parecem intensos demais para mim.

— Quem sabe uma volta na roda-gigante — respondo e aponto para trás dele.

Dá para ver as luzes da roda-gigante de qualquer lugar da cidade. Ela se ergue a trinta metros do chão, quase ultrapassando os outros brinquedos e todos os prédios de Ellensburg.

Sam vira de costas e levanta a cabeça para olhá-la.

— Ah. Hm, tem certeza de que não quer ir em, sei lá, outro brinquedo?

— Qual é o problema da roda-gigante?

— Nada. É que é meio altinho, só isso.

— Você tem medo de altura?

— O quê? Claro que não.

— Então vamos.

De alguma forma, a roda-gigante parece mais alta quando você fica embaixo dela. Entregamos nossos bilhetes para um funcionário e entramos na nossa cabine sem janela. Sam respira fundo algumas vezes. De uma hora para outra, ele fica meio tenso. Quando ouvimos o mecanismo em funcionamento e a roda-gigante começa a se mexer, Sam agarra minha mão.

— Você vai ficar bem? — pergunto.

— Vou... Superbem... — Ele ri de nervoso.

O chão vai pouco a pouco sumindo à medida que avançamos em direção ao céu.

Sam respira fundo mais uma vez. Eu aperto a mão dele.

— Eu também tinha medo de altura, sabia? — comento.

— Sério? E como você superou?

A cabine balança conforme subimos para a segunda volta. Sam se contorce no seu assento.

— Você precisa fechar os olhos primeiro — eu digo enquanto faço o mesmo. — Fechou?

— Fechei.

— Eu também.

— Tá. E agora?

— E agora você finge que está em outro lugar — eu digo.

— Qualquer lugar no mundo que te faça esquecer onde você está. Não precisa nem ser um lugar real. Pode ser imaginário.

— Tipo um devaneio?

— Exatamente.

A roda-gigante continua a girar. Mas, de olhos fechados, parece diferente.

— E aí, onde você está? — pergunto.

Sam tira um momento para pensar.

— Estou num apartamento novo... pra onde você e eu acabamos de nos mudar... e da janela dá pra ver um parque bem pertinho... e tem um disco tocando na sala... e caixas que precisam ser desempacotadas em tudo que é canto... — Ele aperta minha mão. — E você, onde está?

— Estou aí também — eu sussurro.

Sinto que ele está sorrindo.

— Não quero abrir os olhos — Sam diz.

Mas o passeio está prestes a terminar. *Dá para sentir.* Aperto os olhos com força, na esperança de fazer o tempo parar, ou pelo menos desacelerá-lo. Porque também não quero abrir os meus. Não quero perdê-lo. Quero ficar de olhos fechados e viver nessa lembrança de nós dois para sempre. Não quero abrir os olhos e ver um mundo sem Sam.

Mas, às vezes, a gente simplesmente acorda. Não importa o quanto tente impedir.

Capítulo quinze

AGORA

A brisa agita as cortinas sempre que um carro passa pela casa. Estou deitada no sofá da sala com a televisão desligada, olhando pela janela. Não sei nem quanto tempo faz que não saio daqui. Meu celular passou o dia inteiro vibrando com mensagens recebidas, então eu o desliguei. É domingo de tardinha, um dia depois de termos soltado as lanternas. Todo mundo está tentando entrar em contato comigo, mas estou constrangida demais pelo que aconteceu. Só quero continuar enrolada no cobertor pelo resto do fim de semana. Não é pedir muito. Um pouco de silêncio do mundo. Minha mãe deixou uma xícara de chá que já esfriou em cima da mesinha de centro, junto com algumas frutas e uma vela que acabei de apagar. O cheiro de baunilha estava me dando dor de cabeça.

— Me liga se precisar de alguma coisa — ela disse antes de sair de casa. — Tem um pouco de queijo brie na geladeira. Pega leve.

Comi o queijo todo faz algumas horas. Acabei de acordar de um cochilo e não consigo voltar a dormir. Do outro lado da janela, o céu é uma ametista brilhante, como a que fica em cima da mesinha de cabeceira da minha mãe. Por trás das cortinas, vejo o céu escurecendo até ficar da cor de um hematoma ao mesmo tempo que ouço os aspersores regando os gramados. Por volta das seis horas, alguém bate na porta. Não estava esperando nenhuma visita hoje, então nem me dou ao trabalho de atender. Mas a batida persiste. Eu me viro de lado e me recuso a levantar. *Me deixa em paz.* Em seguida, ouço um clique na fechadura quando a porta se abre.

Olho por cima do braço do sofá quando Mika surge na sala. Ela olha para mim. Sua voz é suave.

— Oi. Como você está?

Pisco repetidas vezes, confusa, e me pergunto como ela conseguiu entrar.

— Quando foi que você conseguiu uma chave?

— Sua mãe deixou pra mim. Ela me disse pra ver como você estava depois de um tempo. Espero que não tenha problema.

— Não tem, eu acho...

Eu esperava ficar alguns dias sem vê-la. Não quero conversar sobre o que deu em mim ontem à noite. Perseguir a lanterna como se fosse Sam. *Por que a gente não pode fingir que não aconteceu? Me poupe da intervenção.*

Há embalagens espalhadas por toda a mesinha de centro, caindo no tapete.

— Não estava esperando companhia. Desculpa a bagunça.

— Não tem problema — Mika diz. — Eu deveria ter ligado antes. — Ela confere o celular e olha para mim. — O festival de cinema vai começar daqui a pouco, né? Por que você ainda não está pronta?

— Porque eu não vou.

— Por que não?

— Só não estou no clima — respondo e puxo o cobertor para cima, na esperança de que ela se toque.

— Você vai realmente fazer isso com o Tristan? — Mika pergunta. Ela fica me olhando enquanto finjo dormir. — Ele já deve estar esperando você. Você chegou a olhar o celular?
— Não tem nada de mais. Ele vai entender.
— Então você vai ficar deitada no sofá a noite inteira?
Fico em silêncio.
— Eu realmente acho que você deveria ir. Você prometeu.
— Eu não prometi nada ao Tristan.
Mika balança a cabeça.
— Não estou falando do Tristan... — ela diz. — Estou falando do Sam.
Nós nos olhamos. Minha última ligação com ele. É disso que ela está falando. Ainda não tivemos muito tempo de conversar sobre isso. Senti que Mika queria puxar o assunto ontem à noite, a caminho do campo, mas não conseguimos arrumar um tempinho sozinhas. Como não digo nada, Mika dá a volta pelo sofá e senta na mesinha de centro, de frente para mim. Ela toca minha mão.
— Julie... Eu não vim aqui pra ver como você estava, tá? Vim pra ter certeza de que você iria ao festival.
— Por que você quer tanto que eu vá?
— Porque o Sam está certo. Ia ser bom pra você.
Por que todo mundo acha que sabe o que é bom para mim? E a minha própria opinião?
— Já disse, não estou no clima — repito. Eu puxo o cobertor para cima e afundo a cabeça de novo.
Mika fica de joelhos do meu lado.
— Julie, eu sei que você está passando por um momento ruim e sei que é difícil para você. Mas você precisa mostrar ao Sam que vai ficar bem sem ele. Você precisa ir ao festival. Então, não vou sair daqui até você sair de casa.
Eu a olho nos olhos e vejo que está falando sério. Claro que está. Isso diz respeito ao Sam.

— E não se esqueça de que eu soquei uma pessoa por você — Mika diz. — Em mais de uma ocasião. Você me deve um favor.

Eu dou um gemido, porque ela tem razão. Eu realmente lhe devo uma.

— *Tá bom*. Eu vou.

Um segundo depois, estou no meu quarto e Mika me ajuda a me arrumar. Parece errado vasculhar meu armário em busca de um vestido para usar, então Mika escolhe um para mim: o vestido vermelho liso que usei no casamento da minha tia uns anos atrás. Fico me olhando no espelho da escrivaninha enquanto ela alisa meu cabelo atrás de mim. Nenhuma de nós fala muita coisa. Não sei qual é a necessidade de eu ir a esse festival para provar qualquer coisa, mas resolvo não questionar. Embora ainda esteja chateada por Mika estar me forçando a fazer isso, observá-la me traz algumas lembranças.

— Você se lembra da última vez que fez meu cabelo? — pergunto.

— Claro que me lembro. Foi para aquele baile tosco.

— Foi bem tosco mesmo.

Foi o baile de inverno do terceiro ano. Pedi a Sam para irmos daquela vez. O tema era casais famosos, mas ninguém foi vestido a caráter, incluindo nós dois. Um grupo de alunos bêbados do último ano ficou pedindo para o DJ tocar remixes de músicas country, então fomos embora cedo. A única lembrança boa que tenho foi de antes do baile, quando Mika apareceu na minha casa com seu estojo de maquiagem e seu *babyliss* e fingiu ser minha fada madrinha. Nós três terminamos a noite na minha sala de estar, comendo pizza. No fim das contas, talvez tenha sido uma noite divertida, agora que parei para relembrar.

Mas sei que a noite de hoje não vai ter o mesmo fim. Porque está tudo errado. *Sam não está aqui.* Vou sair com outra pessoa. Não entendo por que Mika está me forçando a fazer isso. Fico olhando para ela pelo espelho.

— Por que eu sou a única que está achando isso esquisito? — pergunto por fim.

— Você não é a única — ela diz sem olhar para mim. — Eu também acho esquisito.

— Então por que você está me forçando a fazer isso?

Mika passa a escova pelo meu cabelo.

— Porque o Sam pediu. Não é todo dia que a gente recebe pedidos de pessoas falecidas, sabe? Acho que é importante cumprir, se for possível.

Nunca pensei por esse lado. Talvez porque eu não goste de pensar no Sam como alguém morto. A palavra por si só me causa arrepios. Não sei como Mika fala disso com tanta facilidade. Lembro da foto do Sam no armário da sala dela.

— Isso é cultural? Digo, sempre honrar os mortos desse jeito.

— Pode-se dizer que sim — ela responde. — É coisa de família também. Uma coisa entre primos. Quer dizer, se a gente pode fazer uma última coisa por ele, por que não?

— Acho que sim...

— Mas eu entendo — ela diz enquanto repousa a escova em cima da mesa. — É um pedido estranho. Especialmente pra você. Mas também é algo pequeno. Não acho que ele esteja pedindo muito.

Penso sobre isso.

— Acho que você está certa.

Mika me olha pelo espelho e joga meu cabelo para trás da orelha.

— E, depois de ontem à noite, acho que você precisa fazer isso por si mesma. — Eu abaixo a cabeça, incapaz de olhá-la nos olhos. — Você não pode se prender ao Sam pra sempre, Julie — ela sussurra. — Você tem que deixar ele seguir em frente também. Isso não é bom pra você. E também não sei se é bom pra ele.

Assim que Mika termina de fazer meu cabelo, confiro meu celular. São quinze para as sete. Se eu não sair de casa agora mesmo, talvez perca todo o filme do Tristan. Mika me ajuda a me vestir e corremos escada abaixo.

— Tem certeza de que não quer que eu te acompanhe até lá? — Mika pergunta enquanto calçamos nossos sapatos na porta. A casa dela fica na direção oposta da universidade que está sediando o festival. Sei que ela quer ter certeza de que eu vou, mas não precisa se preocupar. Não vou dar para trás desta vez. Vou manter a promessa que fiz a Sam. Afinal de contas, isso precisa ser decisão minha.

— Vou ficar bem — eu digo. — Não precisa esperar.

Deixo Mika ir para casa primeiro para que não me siga até lá. Depois de me certificar de que as velas estão apagadas, saio correndo de casa. Quando estou trancando a porta, avisto Dan, nosso vizinho, atravessando o gramado na minha direção enquanto acena com alguma coisa na mão.

— Entregaram algumas correspondências por engano — ele diz e me dá uma pilha de envelopes. — Dei uma passada aqui outro dia, mas ninguém atendeu.

— Ah… Obrigada.

Assim que ele se afasta, volto em casa para deixar a pilha na mesa da cozinha para minha mãe, mas então me lembro de algo. Eu sei que só deveria conferir mais tarde, mas a curiosidade me vence. Vou passando as correspondências uma a uma, com o coração disparado.

Aí está ela. Bem no fundo da pilha. O nome Reed College está impresso em letras vermelhas num envelope branco. Depois de todos esses meses de espera, finalmente está nas minhas mãos. A carta com a decisão deles. Sei que estou atrasada, mas ela está bem na minha frente e preciso saber a resposta. Minhas mãos tremem enquanto abro o envelope e leio o que tem dentro.

> Cara srta. Julie Clarke,
> Agradecemos seu interesse em ingressar na Reed College. O Comitê de Admissões avaliou cuidadosamente sua inscrição e lamentamos informar que não poderemos lhe oferecer a admissão para a turma de...

Meu peito afunda antes que eu termine de ler a frase.
É uma carta de rejeição.
Releio a carta para ver se houve algum engano, mas não houve. *Eles me rejeitaram.* Simples assim? Depois de todos esses meses de espera, acabou? Tenho que me segurar na quina da bancada para não cair. Não é de surpreender que a carta tenha chegado tão tarde. Eu já deveria saber. Lá na escola, as pessoas que passaram descobriram semanas atrás. Como eu pude ser tão burra? Durante todo esse tempo, fiquei fazendo planos para algo que não era nem uma opção. Todos esses textos foram uma perda de tempo. E aquela amostra de escrita idiota em que estive trabalhando também. Por que faço isso comigo mesma? Ponho tanta expectativa nas coisas só para vê-las desmoronar. Não sei o que fazer. Preciso conversar com alguém. Sei que não deveria fazer isso, porque combinamos que nossa próxima ligação só seria daqui a alguns dias. Mas pego o celular e ligo para Sam mesmo assim. Ele leva um tempão para atender, mas, no fim das contas, atende.

Não preciso dizer nada para que ele saiba que há algo de errado. Ele percebe pela minha respiração.

— Julie... O que houve?
— *Fui rejeitada!*
— Como assim? Rejeitada do quê?
— Da Reed College! Acabei de receber a carta.
— Tem certeza?
— Claro que tenho certeza! Está na minha mão.
Sam fica em silêncio por um momento.
— Jules, eu sinto muito... Não sei o que dizer.
Meu coração acelera enquanto dou voltas pela sala.
— O que é que eu vou fazer agora? Eu realmente achei que fosse passar, Sam. Não estava esperando uma rejeição. Realmente achei...
— *Respira* — Sam diz. — Está tudo bem. Não é o fim do mundo. É só uma carta de rejeição de uma faculdade. Deixa a Reed pra lá. Quem perde são eles.
— Mas eu realmente pensei que fosse passar...
— Eu sei — Sam diz. — Mas você vai ficar bem, tá? Você não precisa da validação da Reed. Aonde quer que você vá, seu destino é fazer coisas incríveis. Tenho certeza.
Aperto a carta na minha mão enquanto me esforço para absorver tudo isso.
— Tudo parece tão sem sentido... Todo esse trabalho por nada, sabe? Agora eu não sei nem quais são meus planos. Talvez eu não seja tão boa quanto penso. Talvez devesse simplesmente desistir.
— Você é a pessoa mais talentosa que eu conheço, Julie. E uma escritora incrível. Se o pessoal da Reed não reconhece isso, eles não te merecem — Sam diz. — Você só precisa...
A interferência invade a linha.
— Sam... O que você disse?
Mais interferência.
— *Julie?*

— Sam! Você está me ouvindo?

Não ouço nada além da interferência. Então a voz do Sam ressurge. Por um breve instante.

— *Vai ficar tudo bem...*

— Sam!

A ligação termina.

Fico sozinha na cozinha, imóvel, tentando me controlar. Porque não tenho tempo para entrar em pânico. Já estou absurdamente atrasada. Ainda tenho que ir ao festival. Preciso me divertir e provar a todo mundo, inclusive a Sam, que estou bem, que não há nada de errado comigo, e que tudo vai ficar bem, por mais que eu não saiba se isso ainda é verdade.

Capítulo dezesseis

Saio de casa segurando as lágrimas. Elas iriam arruinar a maquiagem que Mika fez para mim. Não posso chegar no festival com rímel escorrendo pelo rosto, fazendo todo mundo olhar pra minha cara. Ainda bem que decidi não usar salto, porque preciso correr para chegar à universidade a tempo. Os feixes de luz dos holofotes cruzam o céu de um lado a outro. Eu os sigo até ouvir o som da multidão misturado à música ao vivo. Não demoro muito a encontrar o festival. Não tem erro. Dezenas de tendas brancas se erguem do pátio, unidas por cordões de luz. Uma corda de veludo me impede de entrar. Na entrada, um homem de colete dourado pede meu ingresso. Entrego a ele e me recomponho ao passar pelas cordas e entrar num mar de smokings e vestidos de gala.

Que bom que Mika me fez vir bem-vestida hoje. Sinto que atravessei a tela de uma televisão e vim parar numa cerimônia de premiação. Tapetes vermelhos separam uma tenda da outra e cobrem a grama. Uma pessoa atrás de uma mesa forrada de seda sorri e me entrega a programação. Dou uma lida por alto. Os filmes principais serão exibidos no auditório, mas a transmissão dos menores, produzidos por estudantes, acontecerá do lado de fora, em algumas das tendas maiores. Saio correndo pelo tapete e olho para a direita e para a esquerda até encontrá-la — a tenda de número 23. De acordo com a programação, o filme do Tristan já deveria ter começado há vinte minutos. Mas, quando entro pela fresta da lona, a tela está apagada e todo mundo está de braços cruzados, batendo papo. Quando uns caras de camisa preta e fones de ouvido passam por mim e não vejo nenhum sinal de Tristan, imagino que estão tendo problemas técnicos. *Graças a Deus.* Eu seco minha testa e olho ao redor em busca de um lugar para sentar. As duas primeiras fileiras estão basicamente lotadas, mas o resto está completamente vazio. Não parece que vai dar muito público. Fico feliz de ter vindo para dar uma força a Tristan. Deve haver umas quinze pessoas na plateia. A programação mostra que há outro filme passando no mesmo horário no teatro principal. Imagino que todo mundo esteja lá agora.

Há algumas fileiras vazias nos fundos. Mas não quero que fique parecendo que vim sozinha. Na penúltima fileira, vejo um homem mais velho com cabelo ralo e grisalho vestindo uma jaqueta de couro escura, sentado sozinho bem no meio. Seus óculos têm lentes coloridas. Arrumo um lugar perto dele e deixo uma cadeira vazia entre nós.

Cinco minutos depois, nenhum sinal de filme. A plateia está começando a ficar agitada. Algumas pessoas se levantam e vão embora. Eu me viro para o homem e pergunto:

— Com licença, senhor, eles chegaram a dizer quando o filme deve começar?

— Daqui a pouco — ele responde. — Mas isso foi meia hora atrás.

— Entendi. — Eu franzo a testa e confiro a programação mais uma vez.

— Não se preocupa. É normal nessa indústria. Tudo começa atrasado. Então, pode-se dizer que estamos dentro do planejado.

— Você trabalha com cinema?

O homem dá um sorrisinho gaiato.

— Não, passo longe disso. Só estou aqui pelo aspecto musical.

— Musical?

— O documentário — ele diz para me situar. — Você sabe que esse filme é sobre os Screaming Trees, né? A banda de rock.

— Eu sei quem eles são — respondo, talvez um pouco na defensiva demais.

Ele sorri.

— Pensei que você pudesse ter entrado na sessão errada. Pela minha experiência, a maioria das pessoas da sua idade nunca ouviu falar deles.

Não sei dizer se ele está sendo condescendente.

— Se quer saber, eu vim hoje à noite só pra ver esse filme — digo.

— Sério? — Ele coça a bochecha, genuinamente surpreso. — Você deve ser fã de verdade.

— Claro que sou.

— Desculpa perguntar, mas onde você ouviu falar deles?

— Meu namorado. Ele me apresentou à banda. Ele conhece todas as músicas deles.

— É mesmo, é? E cadê ele?

— Ele... — Fico em silêncio, sem saber o que dizer. — Não pôde vir.

— Bom, que pena.

Quero falar mais sobre Sam. Mas não dá tempo, porque as luzes se apagam e todos se ajeitam em suas cadeiras, virando-se para a frente. A tenda fica em silêncio e eu prendo a respiração quando o filme começa.

Um motor ronca na tela preta conforme o filme vai exibindo gradualmente uma rua de um centro histórico vista do para-brisa de um carro. Uma mão coberta por uma manga jeans pressiona um botão do som do carro e a música começa a tocar. No segundo em que reconheço o violão tocando, um choque estático se espalha pela minha pele e arrepia meus braços. É a música "Dollar Bill", uma faixa do álbum favorito do Sam, aquele que esperamos debaixo de chuva para ser autografado. Quando o filme corta para a cena seguinte, sou atingida por outra música que faz Sam invadir meus pensamentos mais uma vez. E mais uma. Sabia que tinha vindo para assistir a um documentário sobre os Screaming Trees, mas não estava preparada para ouvir uma playlist dos últimos três anos das nossas vidas selecionada a dedo.

Mas tem algo de diferente nas músicas. Elas parecem ter sido desaceleradas, distorcidas e rearranjadas com instrumentos elétricos ou algo do tipo. Como se fossem versões novinhas em folha que nunca ouvi antes. Para acompanhar a música, há um compilado de trechos de shows, vídeos caseiros da banda e entrevistas televisivas dos integrantes que vão aparecendo na tela, tudo isso sobreposto por vídeos de águas agitadas e luzes do trânsito. É quase como se estivessem passando dois filmes ao mesmo tempo. Em alguns momentos, a iluminação muda drasticamente, intensificando-se para criar efeitos visuais oníricos que me fazem apertar os olhos de leve. Vinte minutos depois, ainda não sei sobre o que é o filme. As cenas parecem aleatórias e desordenadas, conectadas apenas através das músicas. A montagem tem algo de hipnótico, e a certa altura eu quase acabo cochilando. Quando a música vai diminuindo e a tela escurece, fico esperando mais. Mas então ouço o som de aplausos e me dou conta de que acabou.

— Bom, isso foi... *interessante* — o homem ao meu lado comenta quando as luzes se acendem. Ele se levanta e fecha o casaco. — Que bom que eu vim. — Fico me perguntando se o comentário foi sarcástico.

Começo a procurar por Tristan. Há muita gente de pé e andando para lá e para cá, então me levanto. Quando me apresso pelo corredor para encontrá-lo, esbarro em outra pessoa inesperada.

— Sr. Lee? O senhor por aqui!

— E você também. — Ele segura uma taça de vinho e está vestido com seu casaco de camurça marrom de sempre, só que com uma flor roxa no bolso da frente. Exatamente igual às flores dos buquês que decoram a tenda.

— Não sabia que o senhor viria — comento.

— Estou sempre presente para dar uma força aos meus funcionários. — Ele assente e brinda sozinho. — Somos uma família, afinal de contas.

Abro um sorriso com as palavras dele.

— É verdade. Somos tipo uma família.

— O Tristan vai ficar feliz de ver você. Já conseguiu falar com ele?

— Estou tentando encontrar ele.

—Ah, ele não para quieto, tentando pôr tudo em ordem — o sr. Lee explica enquanto olha ao redor. — Deve estar fazendo networking na tenda ao lado.

— Talvez eu deva dar uma olhadinha por lá — comento. — A gente se vê na festa?

— Festa? O Tristan não falou nada disso.

Pressiono os lábios. *Talvez eu não devesse falar disso também.*

— Acho que é só para o produtor do filme e alguns convidados — eu digo.

— Entendi. E vai ter comida?

— Acho que sim.

O sr. Lee respira fundo para sentir o cheiro no ar.

— Pato grelhado... — ele diz para si mesmo. — De repente eu vou nessa... *festa*.

— Ah... Acho que precisa de ingresso.

O sr. Lee me lança um olhar travesso.

Eu sorrio e sussurro:

— *A gente se vê lá*.

O sr. Lee sai para reabastecer sua taça de vinho e eu continuo procurando por Tristan. Mas a busca não dura muito tempo, porque ele me encontra.

Eu arregalo os olhos.

— Tristan... Olha só você!

Tristan endireita a postura, permitindo que eu dê uma boa olhada nele: está vestindo um terno azul-escuro sob medida com lapelas de cetim e uma camisa branca de seda com dois botões intencionalmente abertos. Seu cabelo está jogado para trás e penteado de um jeito que eu nunca o tinha visto fazer antes, e seu perfume tem um cheiro agradável.

— Você está incrível!

— Ah, meu Deus, para — ele diz, e vai ficando tão vermelho quanto a rosa que segura na mão direita. — Minha mãe me fez vestir isso.

— Ela tem um gosto impecável. Pode dizer a ela que eu falei.

Tristan abre um sorriso.

— E aí, o que achou do filme?

— Ah... Ainda estou absorvendo. Pensei que você tivesse dito que era um documentário?

— E é.

— Mas só tinha música e ninguém falando.

— Sim, é um documentário *experimental* — ele explica.

— Entendi. Sendo assim, eu amei.

— Que ótimo! É pra ser uma daquelas coisas que você tem que assistir mais de uma vez pra conseguir entender — Tristan diz. — Filmes experimentais são assim. — Ele confere o relógio. — Ah... A gente tem que ir.

— Pra festa?

— Não. Tem outro filme que eu quero que você veja.

— Tristan pega minha mão e me leva para fora da tenda. — Você vai amar.

— *Space Ninjas*?

— Quem me dera.

— Pra que essa rosa?

— Ah, é pra você — ele diz e volta a ficar vermelho. — Foi ideia da minha mãe. Mas você não precisa aceitar se não quiser.

Eu sorrio e pego a rosa.

Um lanterninha reconhece Tristan e nos leva para a frente da fila. Nós pegamos dois lugares na fileira dos "reservados" do auditório. Fico me sentindo um pouco especial, não posso evitar. Tristan não me disse nada sobre o filme, então sou pega de surpresa quando os atores começam a falar numa língua estrangeira, me fazendo lembrar de como meu francês é péssimo. A história começa com um caminhão de entregas a caminho de uma padaria, quando um buraco na estrada atira uma pequena baguete para fora da janela sem que o motorista perceba. O restante do filme acompanha a baguete perdida e sua jornada pelas ruas de Paris. Enquanto as outras baguetes são empilhadas em prateleiras de madeira e levadas para casa por famílias amorosas, a baguete solitária é atropelada, apanhada, largada de novo, beliscada por pássaros, chutada, enrolada num lenço e arrastada pela cidade numa Vespa verde-limão, até que milagrosamente vai parar nos degraus da frente da padaria. Mas, antes que o padeiro possa sair da loja para encontrá-la, começa a chover, ensopando a baguete e dissolvendo-a em migalhas úmidas que correm rua abaixo até descerem pelo bueiro.

Quando a tela volta a escurecer, Tristan me oferece seu lenço para enxugar as lágrimas.

— Não acredito que estou chorando! — Por mais bobo que pareça, eu me vi naquela baguete, desejando nada mais do que um retorno seguro para casa. Será que é por isso que estou me prendendo ao Sam? Quero que a gente volte a como as coisas costumavam ser. Olho ao redor e vejo que a plateia inteira também está aos prantos. Eu me viro para Tristan. — Por que você escolheu esse filme pra me mostrar?

— Li sobre ele na internet e pensei em você — ele diz.
— Gostou?

— Quer dizer, gostei. Mas é de partir o coração.

— É mesmo. Eu sabia que ia te deixar triste. E é exatamente o que você disse que espera de um filme.

— Quando foi que eu disse isso?

— Na semana em que a gente se conheceu — ele diz. — Eu perguntei que tipo de filme você gostava, e você disse que gostava daqueles que te fazem chorar. Você disse que queria chorar de um jeito que nunca chorou antes. Não lembra?

Penso a respeito. Parece mesmo algo que eu diria.

— Pensei muito sobre isso — Tristan diz. — Fiquei me perguntando por que alguém ia querer viver essa experiência intencionalmente. Acho que descobri o motivo. Você quer *sentir* alguma coisa. Alguma coisa intensa e com significado. Você quer sentir essa coisa no coração e no estômago. Você quer se comover, se importar com algo, ou se apaixonar, sabe? E você quer que pareça *real*. E diferente. E emocionante. — Tristan olha de relance para a tela preta. — E eu acho que esse filme faz isso, à sua própria maneira. Faz você chorar por causa de um pão. Você nunca sentiu isso antes. É original. Faz você se sentir... *viva*. — Um lanterninha aparece para limpar tudo e arrumar as cadeiras para a próxima sessão. Tristan confere o relógio de novo. — Vamos indo? Tem mais coisa que eu quero que você veja.

Conseguimos encaixar dois curtas na nossa programação antes da festa. Um é uma comédia romântica, e o outro é mais cheio de ação. Por volta das dez horas, seguimos a multidão em direção à tenda principal, onde a banda está tocando. Tristan amarra uma pulseira especial em mim antes de entrarmos. Uma fonte de champanhe borbulha ao lado de bandejas de prata com aperitivos, e mais ou menos cem pessoas socializam ao redor. Vejo que o sr. Lee deu um jeito de entrar. Eu o avisto a uma mesa com champanhe e pato assado. Ele sorri para mim. Eu lhe dou uma piscadela cúmplice.

Eu me sinto meio sufocada no meio de tanta gente, mas Tristan não sai do meu lado em momento algum. Fico segurando a rosa enquanto ele passeia comigo pela tenda e me apresenta a outros cineastas, roteiristas e estudantes universitários de todo o estado de Washington.

— Tem uma pessoa que quer te conhecer — ele diz e me conduz ao outro lado da tenda.

Eu semicerro os olhos.

— Como assim alguém quer me conhecer?

Vejo um homem de gravata estampada parado perto do canto da tenda, com uma taça de vinho branco na mão.

— Esse é o professor Guilford — Tristan nos apresenta. — Ele é um dos membros do conselho que escolheu meu filme. E também dá aula aqui.

— Que bom finalmente conhecer você, Julie. — Ele me estende a mão.

— Igualmente — digo por educação. — Mas como você sabe quem eu sou?

Ele ri.

— Você é a filha da professora Clarke, não é? — ele pergunta. — Ela fala muito de você. E me disse que você tem talento para a escrita.

— Ela é o máximo! — Tristan entra na conversa.

— Sou só O.K. — digo, um tanto envergonhada.

— A modéstia é a marca de um verdadeiro escritor, sabia? — o professor Guilford comenta.

— Ah, ela é a pessoa mais modesta que eu conheço — Tristan acrescenta.

Eu lhe dou um cutucão no braço.

— *Tristan.*

— O Tristan me disse que você está no último ano da escola. Você já sabe para qual faculdade vai?

Isso me lembra da carta de rejeição, e de uma hora para outra sinto vontade de sumir da conversa.

— Ah, ainda não decidi — consigo dizer casualmente. — Mas a Central Washington ainda é uma opção pra mim. — Eu não conto a ele que é minha única opção no momento.

— Ah, é?

— *Ah, é?* — Tristan repete.

— O preço é acessível. E minha mãe está por aqui. — Isso é realmente tudo em que consigo pensar.

— Fantástico. — O professor Guilford abre um sorriso radiante. — Então talvez você seja minha aluna. Pelo que eu entendi, você gosta de escrita criativa. Já pensou em escrever para Cinema ou para Televisão?

— Não, não pensei. Mas parece muito interessante — respondo.

— Eu ofereço um curso de roteiro a cada poucos anos. Por coincidência, o próximo vai ser no outono.

— É mesmo?

— Costuma ser reservado para veteranos — ele diz com um sorrisinho. — Mas já abri exceções antes.

— Ai, meu Deus, seria incrível — respondo quase arfando. — Nem sabia que esse tipo de matéria existia. O senhor dá aula de mais o quê?

Tristan nos deixa a sós para batermos um pouco de papo. Temos uma conversa incrível sobre alguns dos projetos em que seus alunos estão trabalhando. Ao que parece, muitos deles fazem estágios com roteiristas de grandes estúdios televisivos durante o verão, graças aos seus contatos com gente da área. Sempre achei que oportunidades desse tipo fossem reservadas aos filhos e filhas de produtores famosos. Isso me faz ter esperança em relação à faculdade. Talvez eu também seja capaz. Talvez eu não precise da Reed, no fim das contas. No fim do nosso bate-papo, o professor Guilford me convida para almoçar com minha mãe nas próximas semanas para conversarmos sobre outras oportunidades criativas. Depois que trocamos nossos e-mails, vou atrás do Tristan e conto tudo a ele.

— Tristan, que bom que você apresentou a gente! — eu falo, ainda radiante.

— Sim, ele não é incrível? — Tristan diz e me oferece uma taça de sidra espumante. — Estou muito feliz com a possibilidade de você estudar aqui. A gente ainda ia poder se ver. Quer dizer, se você não for descolada demais pra andar com, sabe, *gente de ensino médio*. De repente a gente pode até trabalhar em um projeto juntos.

— É uma ótima ideia. A gente deveria!

— Aposto que você daria uma roteirista de filmes incrível — ele comenta.

— Espero que você esteja certo — respondo.

O restante da noite é maravilhoso. Conheço os outros amigos do Tristan que trabalharam com ele no documentário e os impressiono com meu conhecimento sobre Mark Lanegan e os Screaming Trees. Comemos morangos com calda de chocolate e botamos nossos nomes na rifa. Tristan ganha seis ingressos para o cinema local. Um dos seus amigos ganha uma câmera toda chique. Todos se reúnem em volta dele cheios de inveja, revezando-se para admirá-la. Em seguida, um deles sussurra:

— Você viu ele? Nem acredito que ele está aqui, cara.

Eles viram a cabeça de um lado para o outro. Mas não sei dizer para quem estão olhando. Então Tristan cochicha:

— Ele acenou pra mim depois do filme. Acho que sabia que eu era o diretor.

— O quê? E você não foi falar nada com ele?

— Ouvi dizer que ele odeia ser abordado — Tristan comenta, ainda em voz baixa.

Enfio a cabeça na rodinha secreta.

— De quem vocês estão falando?

Todos olham para mim. Tristan aponta com o queixo para a minha direita.

—Ali. Aquele de óculos.

Eu me viro para procurar.

— O de óculos coloridos? — É o homem de quem sentei ao lado no filme do Tristan. — Ah, falei com ele mais cedo. Ele foi bem legal.

Tristan arregala os olhos.

— Como assim, *falou* com ele?

— Sentei do lado dele durante a sessão — explico. — Conversamos um pouco antes de começar. Não foi nada de mais. Eu basicamente ignorei ele.

— Julie... Me diz que você sabe quem é ele.

— Claramente não sei, Tristan.

— É o Marcus Graham — Tristan sussurra com a voz tensa. — Um dos ex-empresários da banda. É amigo de longa data do Mark Lanegan e dos irmãos Connor. Ele é um grande responsável pelo sucesso da banda. É meio que famoso.

— E está indo embora! — o amigo de Tristan grita.

Eu me viro e vejo seu braço desaparecer por uma fenda nos fundos da tenda. Como pude não ter percebido quem ele era? Não é à toa que estava tão curioso sobre meu interesse pela banda. Enquanto o vejo ir embora, um pensamento repentino me ocorre. Preciso falar com ele de novo. É minha única chance.

Deixo Tristan com os amigos e saio correndo da tenda para encontrá-lo. É incrível a quantidade de som externo que a lona é capaz de bloquear. A mudança de temperatura para o sereno me dá arrepios e faz meus ouvidos estalarem.

— Espera! — eu grito atrás dele.

O homem para de andar e se vira em busca da voz. Estamos sozinhos ali. Ele endireita os óculos.

— Algum problema? — ele pergunta.

Levo um segundo para pensar no que dizer.

— Me desculpa! Por não ter te reconhecido antes.

— Sem problema — ele diz com uma risada. — Você não vai ser a última.

— Meu namorado. Ele ia amar ter te conhecido. Ele é muito fã — comento. — O nome dele é Sam.

— Você falou dele. Que pena que ele não pôde vir — ele diz e começa a se virar para ir embora.

Dou um passo à frente.

— Ele também é músico — continuo. — Toca violão e chega até a compor as próprias músicas. Vocês inspiraram muito ele.

— Que legal, garota.

Vasculho a minha bolsa.

— Estou com um dos CDs dele aqui — comento. — Significaria muito se você pudesse ouvir. — Assim que encontro o CD, ofereço-o a ele. — Algumas das músicas não foram finalizadas, mas ele é muito talentoso.

O homem levanta as mãos.

— Sinto muito, garota. Mas tenho como regra não aceitar músicas não solicitadas. É política da indústria.

Dou um passo à frente e aproximo o CD ainda mais.

— Por favor, só ouve. Seria muito importante para ele.

Ele sacode a mão no ar.

— Já disse que não posso. Sinto muito.

— *Por favor...*

— Tenha um bom restinho de noite — ele diz com firmeza e se afasta.

Fico ali parada, com o braço estendido, enquanto o ar frio da noite me dá arrepios e faz meu corpo inteiro começar a tremer.

Não posso deixar essa oportunidade passar. Preciso impedi-lo. Preciso fazer isso pelo Sam. Mas o homem está prestes a ir embora para sempre.

— Ele está morto! — Eu arfo. As palavras passam rasgando pela garganta. — Ele está morto! — Quando me dou conta do que estou dizendo, não consigo me conter. — Por isso ele não pôde vir. Por isso ele não está aqui. Porque ele morreu. Morreu faz algumas semanas...

Lágrimas se formam atrás dos meus olhos e minha garganta incha. Faz um tempão que não me escuto dizer algo do tipo. Talvez seja porque parei de acreditar nisso.

O homem para de andar. Ele se vira de costas e olha para mim. Um silêncio se instala entre nós antes que ele diga alguma coisa.

— O nome dele era Sam, é isso?

Faço que sim em silêncio enquanto enxugo as bochechas com as mãos e tento me impedir de chorar.

— E ele tocava violão?

VOCÊ LIGOU PARA O SAM 283

— Tocava — respondo com a voz entrecortada.

Ele se aproxima de mim e estende a mão.

— Então tá bom. Vou dar uma ouvida.

— Muito obrigada mesmo.

Eu lhe entrego o CD. Mas ele não consegue tirá-lo de mim, porque eu o aperto com força.

Ele me olha.

— Alguma coisa errada?

— Eu... Acabei de perceber que é a única cópia que tenho — respondo. — Não tenho muito das coisas dele sobrando.

Ele solta o CD.

— Faz o seguinte: por que você não me manda por e-mail? — ele sugere. — Assim, não vou perder o CD e ainda posso te responder. — Ele pega a carteira e me entrega seu cartão. — Se cuida.

Eu o vejo desaparecer no estacionamento. Não volto para dentro. O CD está bem firme nas minhas mãos. Não consegui abrir mão de um CD idiota. Do mesmo jeito que aconteceu com a lanterna. Queria abrir mão de tudo, mas não consegui nem com um CD. Como é que vou abrir mão do Sam?

Vejo algo no chão e olho para baixo. É a rosa que Tristan me deu. Nem percebi que tinha deixado cair.

Capítulo dezessete

O som do piano preenche a sala enquanto eu ponho a mesa. Aliso a toalha de mesa, distribuo dois pratos de cerâmica do mesmo jogo e acendo uma vela. Há caixas de papelão empilhadas lado a lado aos meus pés. Levo uma delas até a bancada e sigo desempacotando as coisas. Talheres amarrados com barbante, canecas e colheres de pau. A certa altura, a música muda sem que eu me dê conta, e "Kiss the Rain", de Yiruma, começa a tocar. A música dele soa como gotas d'água pingando suavemente em telhados de barro na primavera. Quando toco o puxador da gaveta, *sinto* alguém ali, atrás de mim. Mãos conhecidas acariciam minha cintura, e o calor que emana delas me imobiliza. Então, sinto um beijo no pescoço enquanto fecho os olhos…

— Que tal dar um tempinho… — Sam sussurra.

Acabamos de nos mudar para nosso novo apartamento. As tábuas do assoalho rangem e os canos de ferro serpenteiam pelo teto, exatamente do jeito que imaginamos. O imóvel não é mobiliado, está um pouco desgastado e precisa de algumas reformas. Mas é cheio de potencial. Assim como a gente.

Eu toco as mãos dele.

— Sam, a gente mal começou. Ainda tem muita coisa pra fazer.

Sam me dá outro beijo no pescoço.

— Não tem nada de errado em ir com calma...

A música continua a tocar. Do outro lado da janela, só vejo nuvem atrás de nuvem, como se estivéssemos suspensos no céu.

Eu me viro e o observo em detalhes: olhos escuros, um tom mais claros do que o cabelo, lábios finos que se curvam suavemente num sorriso. Não consigo me conter. Passo as mãos pelo seu rosto para me lembrar de cada detalhezinho. Absorvo o contraste das nossas peles, suas bochechas douradas contra meus dedos pálidos. Quando percorro suas mechas macias de cabelo, ele me puxa para um beijo mais demorado, e minha mente se esquece de tudo que existe no mundo, exceto nós dois.

Ao se afastar, Sam pega minhas mãos.

— E aí, o que achou do apartamento?

Não consigo parar de sorrir.

— É perfeito.

Sam olha ao redor com um brilho nos olhos, cheio de ideias.

— É mesmo. Só precisa de umas reforminhas, nada de mais.

No chão, as caixas ainda esperam ser desempacotadas. No espacinho da casa onde fica a cozinha, uma chaleira ferve a água em fogo baixo ao lado de um bule. Sinto o cheiro agradável de gengibre e capim-limão. Em mais ou menos uma hora, posso preparar alguma coisa para o jantar. Vamos ao mercado, porque comer fora é muito caro e, de qualquer maneira, a gente prefere comida caseira.

De repente, a música do piano começa a dar uns saltos, interrompendo meus pensamentos. Em seguida, nossa vitrola desliga.

Sam olha para mim e franze a testa.

— Eu conserto isso mais tarde...
Dou uma risada enquanto ele me leva para o outro lado do apartamento, onde fica a sala de estar.

— Então, aqui fica a sala — ele diz com um gesto amplo da mão, dando vida ao cômodo. — A gente pode pôr um sofá bem aqui, e uma mesinha de centro... E quem sabe uma pintura na parede.

Aponto para o outro lado da sala.

— O sofá não deveria ficar ali?

Sam olha para onde apontei com as sobrancelhas franzidas.

— Melhor ainda — ele diz. — Eu sabia que você levava jeito pra essas coisas.

Observo Sam dando uma volta pela sala e absorvo cada detalhe à medida que ele vai imaginando nosso novo lar.

— A gente pode pôr uma escrivaninha bem aqui, encostada na parede, pra você escrever. Posso construir uma estante, já que você trouxe caixas de livros. A gente pode pôr ela aqui. E vamos precisar de umas plantas...

A animação dele é contagiante. Não dá para não visualizar tudo também. É uma tela em branco para nós pintarmos. Um novo início para a nossa história. Uma chance de começar do zero. Assim que ajeitarmos o apartamento, vamos procurar emprego. Vamos começar a juntar dinheiro. Vou me concentrar na minha escrita e tentar me inscrever de novo na Reed no outono.

Sam pega minhas mãos e entrelaçamos nossos dedos.

— Então você amou, né?

— Mais do que você imagina — respondo com um sorriso para ele. Dou uma olhada ao redor da sala. — Só quero que tudo seja perfeito. Como a gente sempre planejou.

Sam beija minha bochecha.

— Mas sabe, Jules, não dá pra planejar cada detalhe toda vez. Sempre vão ter coisas para as quais a gente não pode se preparar — ele diz. — Você precisa viver o presente de vez em quando. Deixar a vida te surpreender.

Fico em silêncio, absorvendo as palavras dele.

— Escuta — Sam diz com um brilho nos olhos. — Que tal se a gente sair hoje à noite? Ir pra algum lugar com música. Não precisa ser nenhum lugar chique. A gente pede um prato pequeno e divide. E podemos encontrar um daqueles lugares que servem pão de graça, sabe?

— Mas a gente tem tanta coisa pra desempacotar — lembro a ele.

— Não se preocupa. Temos todo o tempo do mundo pra fazer isso.

Todo o tempo do mundo... As palavras reverberam no meu corpo enquanto uma brisa entra pela janela e roça minha pele. Olho para o relógio acima da porta. Não tinha reparado nele antes. Está sem ponteiros. Lá fora, ainda não se vê nada além de nuvens reluzentes. Agora que parei para pensar, há quanto tempo o sol está se pondo?

— Está tudo bem? — A voz do Sam me traz de volta para ele.

Pisco algumas vezes.

— Está. Quer dizer, acho que está.

— Então o que me diz de dar uma saída?

Comprimo os lábios enquanto penso a respeito.

— Acho que é nossa primeira noite aqui. Talvez a gente devesse comemorar.

— Perfeito.

— Contanto que a gente desfaça *algumas* das caixas primeiro — eu acrescento.

— Fechado. — Sam me dá outro beijo na bochecha e pega uma caixa do chão. — Essa aqui é de onde?

— Do quarto. Mas é frágil, então toma cuidado.

— Cuidado é meu sobrenome.

Eu lhe lanço um olhar conforme ele vai se afastando lentamente, até desaparecer pelo corredor.

Depois que ele sai, percorro a sala com os olhos novamente, decidindo o que arrumar em seguida. Vejo uma caixa pequena no canto, iluminada pela luz que vem da janela. Por algum motivo, não há nada escrito nela como nas outras. Sam deve ter se esquecido de etiquetá-la. Eu a levo até a bancada e a abro primeiro. São coisas do Sam, que ele jogou aleatoriamente numa caixa só. Pego algumas das suas camisas e as dobro em cima da mesa. Há mais coisas dentro dela. Alguns discos, umas fotos, um monte de cartas e cartões de aniversário, e mais uma coisa que me faz congelar. Um dos aparadores de livro que ele me deu. Fico olhando o objeto por um tempo, ao lado dos pertences que distribuí em cima da mesa. Há algo de familiar em ver todos eles juntos. Como se fossem peças de um quebra-cabeça. Conforme eu as examino mais uma vez, as peças se juntam, e a imagem que se forma me atinge em cheio. *Não é possível, é?* Deveria haver mais uma coisa nessa caixa. Não preciso nem olhar para saber o que é. Enfio a mão na caixa lentamente e a tiro dali.

A *jaqueta jeans do Sam*. Passo um tempão olhando para ela. Está na mesma caixa que joguei fora semanas atrás.

Enquanto fico ali acariciando a jaqueta, a vitrola de repente ganha vida e me faz dar um pulo. Ouço uma música que não estava tocando antes, uma que não conheço. Quando o aparelho começa a chiar e o volume aumenta, eu me apresso em desligá-lo da tomada. Assim que tiro a agulha do disco, sinto as velas se apagarem atrás de mim à medida que a sala vai ficando em silêncio. A iluminação vinda da janela perde a força, escurecendo o apartamento. Eu me viro e vejo a mesa vazia. Quando olho ao redor da sala, as caixas também desapareceram repentinamente, inclusive aquela com as coisas do Sam; o apartamento está vazio. Onde foram parar todas as coisas?

— Sam?

Chamo o nome dele algumas vezes, mas ninguém responde. Será que ele ainda está aqui? Vou até o quarto para procurá-lo. De alguma forma, o corredor é mais comprido do que eu me lembrava, e parece se esticar à medida que o percorro. Por algum motivo, não há portas em nenhum dos lados, só uma bem no finzinho. Ela está coberta de adesivos, iguais aos da porta do quarto do Sam na casa dele. Eu toco a maçaneta e respiro fundo antes de girá-la. Algumas folhas entram rolando pelo corredor quando eu a abro, seguidas de uma brisa familiar.

A grama alta se curva debaixo dos meus sapatos quando eu saio e me vejo parada no meio do campo. Inspiro o ar e sinto o aroma de cevada. Há algo de diferente neste lugar. O céu está nublado e sinto uma vibração estranha sob meus pés. Um vento forte dobra as pontas da grama, quase as quebrando. Não ouço nenhum som de grilo, só um ronco crescente que vem de algum lugar das profundezas da terra. À medida que mais nuvens vão se acumulando, sinto a primeira gota de chuva na minha pele. À distância, bem acima da silhueta das montanhas, relâmpagos brilham no céu. Uma tempestade se aproxima, e parece que vou ter que encará-la sozinha.

Sam não está mais aqui. Talvez nunca tenha estado.

Eu costumava viver dentro dos meus devaneios. Passava horas planejando o futuro na minha cabeça, imaginava como estaria daqui a dez anos, já formada na faculdade, morando num apartamento na cidade grande, vivendo da escrita. Imaginava os detalhes do resto da minha vida: os utensílios que teria na cozinha, os títulos das histórias que publicaria, os lugares para onde viajaria, quem estaria ao meu lado. Mas então as cartas de rejeição chegam pelo correio, você perde a pessoa mais importante do mundo e, de repente, se vê de volta à estaca zero sem ter para onde ir. Eu tento não idealizar mais nada. Isso só me ilude com imagens do Sam, me enche de expectativa de que ainda podemos ficar juntos, que existe um futuro para nós dois, até que a realidade me atinge como uma tempestade que vem para levar tudo embora.

Sam não vai voltar. Mas, de alguma maneira, ainda espero por ele. Não sei quantas ligações ainda faltam, mas o número está diminuindo. Passei a manhã inteira examinando o registro de chamadas que tenho anotado, me lembrando das nossas conversas, tentando dar sentido às coisas. Desde que o deixei conversar com Mika, percebi que cada chamada é mais curta do que a anterior. A interferência surge mais cedo. *Quantas ligações ainda faltam antes de eu perder você?* É difícil se preocupar com isso quando existem outras perguntas que ainda não respondemos. *Por que ganhamos essa segunda chance? Só para nos despedirmos?* É como se tivéssemos nos reconectado só para nos separarmos mais uma vez. Sam disse que deveríamos ser gratos por isso simplesmente pelo que é, mas não consigo deixar de pensar que deve haver um motivo para estarmos em contato de novo. Mas nosso tempo é limitado. Talvez eu nunca tenha a resposta.

Cada vez que saio de uma ligação com ele, parece que estamos mais perto do fim. Por mais que eu soubesse que isso ia acontecer, ainda me sinto destruída. É como se eu o estivesse perdendo tudo de novo. O que vou fazer quando ele se for? Queria que o mundo desacelerasse para nós. Queria poder inserir moedinhas numa máquina para ganhar mais tempo. Queria poder economizar essas últimas chamadas o máximo possível para que possamos continuar conectados. Queria que houvesse alguma coisa, qualquer coisa, que eu pudesse fazer para que ele ficasse comigo.

— Vai ficar tudo bem — Sam disse na nossa ligação anterior. — Ainda temos mais tempo juntos. Não vou a lugar nenhum até que a gente se despeça, tá?

— Mas e se eu nunca estiver pronta?

— Não diz isso, Julie. Você tem toda uma vida pela frente. Tem muita coisa pra ansiar. E seu destino é fazer coisas grandes, eu sei disso.

— E você?

— Vou ficar bem também. Não precisa se preocupar.

As respostas dele são sempre vagas. Aprendi a não o forçar a me dizer mais. Sei que ele tem seus motivos.

— Me promete uma coisa — digo antes que a ligação termine.

— O quê?

— Que não importa o que aconteça, esse não vai ser nosso fim. Que a gente vai se reconectar algum dia.

Silêncio.

— *Promete, Sam* — pedi de novo.

— Sinto muito, Jules, mas não posso prometer isso. Por mais que eu queira.

Era a resposta que eu esperava. Mas, ainda assim, sou tomada por uma sensação de vazio.

— Então você está dizendo que, depois da nossa despedida, vai ser realmente o fim? E eu nunca vou poder falar com você de novo?

— Não pensa desse jeito — Sam disse. — É só um recomeço, especialmente pra você. E você vai ter vários.

— E você? Pra onde você vai depois?

— Sinceramente… Não sei muito bem. Mas tenho certeza de que vou ficar bem. No mínimo, posso prometer isso.

Então não se preocupa, tá? — A interferência invade a linha, como se estivesse esperando o momento exato. — Acho que está chegando a hora de ir...
  Apertei o celular com força.
  — Onde você está agora?
  — Ainda não posso dizer. Desculpa.
  — Você pode pelo menos me dizer o que está vendo? — perguntei.
  Sam levou um tempo para responder.
  — Um campo. Um campo sem fim.

A garoa molha o para-brisa enquanto percorremos a interestadual em direção a Seattle. Quando atravessamos a ponte Lacey V. Murrow Memorial, que sobrevoa o lago Washington, a vista das montanhas fica para trás e é substituída por arranha-céus de concreto que se agrupam ao longo das águas azul-marinhas. Eu não planejava voltar aqui tão cedo. A expectativa era ficar na cama o fim de semana inteiro, assistindo a séries no meu laptop. O passeio pela orla tinha sido ideia da Yuki. Ela queria vê-la mais uma vez antes de se formar e ter que voltar para o Japão. Quando Yuki me chamou para ir com ela, eu disse que não podia. Eu andava ficando mais na minha ultimamente. Desde o festival de cinema, duas semanas atrás, não estou muito a fim de interagir com outras pessoas. Mas aí Rachel ficou gripada na quinta-feira, então imaginei Yuki pegando o ônibus sozinha e se perdendo no centro da cidade, e senti uma pontada de culpa. Por isso, decidi ir com ela. Quando falei com ela no almoço de ontem, Oliver se convidou para ir junto e se ofereceu para dirigir. Chegou até a convencer Jay a dar um perdido na reunião semanal do clube do meio ambiente e ir com a gente.

Fico olhando pela janela do carro com os fones no ouvido. Talvez um tempinho longe de Ellensburg seja do que eu preciso, no fim das contas.

Não pegamos muito trânsito nesta manhã de sábado, então chegamos cedo para tomar café da manhã no píer. Assim que para de chover, nós quatro damos um passeio pela orla e paramos em algumas barraquinhas de suvenir para procurar nossos nomes nos chaveiros. Enquanto os outros se dirigem para os estandes do Pike Place Market, eu dou um tempo das atrações turísticas e encontro um banco longe da multidão para ter um momento sozinha.

Um navio mercante cruza o porto e forma pequenas ondas que encontram as rochas enquanto eu observo a água. A tarde no píer do centro de Seattle está gelada. Inspiro o ar salgado e revigorante e expiro lentamente. Já fazia um tempo que eu não sentia o cheiro do oceano. É estranho estar de volta depois de tanto tempo longe. Esqueci como a água pode nos fazer sentir solitários só de olhar para ela.

Queria que Sam estivesse aqui com a gente. O mundo parece silencioso sem ele. Já faz mais de uma semana que nos falamos pela última vez. Queria poder ligar para ele rapidinho, só para ouvir sua voz. *Saber que ainda está por perto*. Talvez assim eu pudesse curtir a viagem, em vez de ficar pensando nele a cada segundo. Deixo o celular no colo e olho para ele de tempos em tempos. Isso me faz lembrar que ainda estamos conectados, mesmo quando não podemos nos ouvir. Fico me perguntando se temos sinal fora de Ellensburg. Não sabia se era uma boa ideia vir até aqui e correr esse risco. Mas, como nossas ligações têm tido que ser ainda mais espaçadas ultimamente, eu sabia que, de qualquer maneira, não conseguiria ligar para ele neste fim de semana. São só alguns dias, afinal de contas. Eu deveria pelo menos tentar me divertir e ficar com os outros. Mas é muito mais difícil do que pensei que seria.

Algum tempo depois, alguém se aproxima do banco.

— Posso me sentar com você?

Olho para cima e vejo Yuki. Ela está segurando uma bandeja descartável com dois cafés. Eu tiro o casaco de cima do banco e abro espaço para ela. Ela se senta ao meu lado e desliza a bandeja na minha direção.

Sinto o café quentinho nas minhas mãos.

— Obrigada. Mas não precisava pegar nada para mim.

— Acho que é o mínimo que eu poderia fazer — Yuki diz enquanto encara a água. — Depois de fazer você vir até aqui com a gente. — Ela olha para mim. — Você não parece estar curtindo a viagem.

Fico olhando para o celular e me sentindo culpada. Tenho certeza de que ela não é a única que percebeu.

— Desculpa, não estou muito no clima — respondo. — Mas estou feliz de ter vindo aqui com vocês. Só estou com muita coisa na cabeça.

— No que você está pensando?

Deixo escapar um suspiro.

— Nas mesmas coisas de sempre... — respondo.

Voltamos a encarar a água. Ouço os trinados de algumas gaivotas lá em cima. Depois de alguns instantes de silêncio, Yuki diz:

— Você ainda está tendo aqueles pesadelos?

Penso no cristal que ainda carrego comigo. Está guardado em segurança dentro de um compartimento na minha bolsa. Nunca saio de casa sem ele.

VOCÊ LIGOU PARA O SAM 295

— Na verdade, não. Acho que o cristal que você me deu acabou com eles.

— Que bom que ajudou.

Tomo um gole do café e o deixo aquecer minha garganta. Não posso contar a Yuki o que de fato está me incomodando. Que não paro de imaginar um futuro em que Sam ainda está presente. Embora eu saiba que as ligações não vão durar para sempre, não consigo abrir mão da nossa conexão, por mais que já esteja perdendo a força. Não paro de pensar no que Mika me disse na noite do festival. Sobre me prender ao Sam.

"Isso não é bom pra você... E também não sei se é bom pra ele."

Eu repasso a conversa na minha cabeça. O que exatamente ela quis dizer com isso? Será que estou machucando Sam por segurá-lo o máximo que posso? Será que o estou impedindo de fazer alguma coisa? Por mais que o ame, não quero forçá-lo a ficar por mais tempo. Principalmente se ele precisar seguir em frente, para onde quer que seja. Essa escolha também é dele. Afinal, foi ele que atendeu minha ligação, para início de conversa. Algum tempo depois, eu me viro para Yuki.

— Lembra o que você disse sobre os meus sonhos? Digo, aqueles com o Sam. Que eu deveria buscar o oposto pra encontrar o equilíbrio ou algo assim...

Yuki faz que sim.

— Lembro.

— Pensei sobre isso — comento enquanto volto a olhar para o celular e o seguro com força. — Acho que agora o significado é óbvio. Significa que preciso parar de pensar nele. Que preciso abrir mão dele e seguir em frente com a minha vida. — Solto um longo suspiro. — Queria que fosse mais fácil pra mim.

Yuki afasta o olhar, como se estivesse absorvendo minhas palavras. Depois de alguns instantes, ela diz:

— Não acho que você conseguiria abrir mão do Sam, sabe? Mesmo que você quisesse muito.

— Como assim?

— Acho que o que eu quero dizer é que o Sam ainda é uma parte muito grande da sua vida, né? — ela diz. — Ele pode não estar mais aqui fisicamente, mas você vai sempre carregar uma parte dele. Sei que seu tempo com o Sam foi muito mais curto do que você queria, mas esse tempo juntos não é algo que dê para devolver. Superar não significa esquecer. É o equilíbrio entre seguir em frente e olhar para trás de vez em quando, para se lembrar das pessoas que fazem parte do passado.

Volto a encarar a água enquanto penso a respeito. Se ao menos ela entendesse como é diferente para mim... Sou a única que vai ter que perdê-lo duas vezes.

Yuki toca minha mão.

— Eu sei que ainda é difícil pra você. Mas estou feliz que você decidiu vir hoje. Estou feliz de voltarmos a passar tempo juntas.

Abro um sorriso.

— Também estou feliz.

Alguém assobia à nossa esquerda e erguemos o olhar do banco. Jay e Oliver estão encostados no corrimão do calçadão e trouxeram churros. Os dois andam inseparáveis ultimamente. Sinto um certo clima entre eles.

Oliver acena para nós.

— Compramos churros!

— Voltem pra cá! — Jay grita. — Tem leões marinhos.

Yuki e eu trocamos um sorrisinho.

— Quer saber? Adoro os dois juntos — Yuki comenta.

— Eu também.

Conforme o tempo finalmente vai abrindo, passamos o resto do dia na orla. Depois do almoço e de comprar algumas velas, seguimos até o aquário para procurar as lontras, porque são o animal preferido do Oliver. Jay sugere que a gente compre chapéus combinando para celebrar a viagem, e nós os usamos durante nosso passeio pelo parque de esculturas. Como já é muito tarde para pegar a balsa, seguimos até o Píer 57 e andamos na roda-gigante. Quando olho para a vista a sessenta metros de altitude, eu me lembro do Sam, e a lembrança de nós dois no parque de diversões me dá um quentinho no coração.

Enquanto os outros viajam de volta para casa na mesma noite, decido ficar em Seattle para passar o resto do fim de semana com meu pai. Já faz um tempo que ele vem me pedindo para visitá-lo. No segundo em que desce do carro para me buscar, meus olhos se enchem de lágrimas. Eu me esqueci do quanto sentia saudades dele. Ele sempre sabe como melhorar as coisas sem ter que me perguntar qual é o problema. Chegou até a ligar para minha mãe perguntando se eu poderia faltar à escola para que pudéssemos passar mais um dia juntos. Nós fazemos todas as minhas atividades favoritas: comemos panquecas na lanchonete em Portage Bay, onde morávamos, tomamos um café na Pioneer Square e visitamos minhas livrarias prediletas na 10th Avenue. Passar um tempo longe de Ellensburg era exatamente do que eu precisava, no fim das contas. Ainda penso no Sam de tempos em tempos, mas as lembranças são afetuosas, o que me faz respirar aliviada. Por mais que ele não esteja aqui, ainda o vejo por toda parte. E, pela primeira vez, pensar nisso me traz conforto.

*

Chego à rodoviária no fim da tarde de segunda-feira. Minha mãe ainda está dando aula na universidade, então tenho que esperar algumas horas até que ela possa vir me buscar. Encosto minha bolsa no chão e verifico o celular. Agora que estou de volta a Ellensburg, minhas chamadas com Sam devem ter voltado a funcionar. Já faz dez dias que não nos falamos. É o período mais longo que não tenho notícias dele desde que ele atendeu o telefone pela primeira vez. Desde que nossa conexão perdeu a força, Sam e eu temos planejado nossas ligações com vários dias de antecedência, uma chamada de cada vez. A próxima, por acaso, é hoje. A data está anotada no meu caderno. Eu ia esperar chegar no meu quarto, mas, depois de tanto tempo longe, mal posso esperar para ouvi-lo novamente.

Meu celular tem uma nova notificação. Um e-mail de um nome que parece familiar. Abro a mensagem e a leio primeiro.

Cara Julie,
Peço desculpas pela demora para responder. Passei a manhã ouvindo as músicas que você me enviou. Tenho que ser sincero com você. Algumas das faixas são fantásticas. O Sam era um músico talentoso. Ele realmente entendia de melodia. É um dom para poucos. E eu não diria isso se não fosse verdade. Ele era mesmo especial. Mais uma vez, sinto muito pelo que aconteceu. É uma perda muito triste.
Enfim, decidi encaminhar seu e-mail para o Gary e outros músicos da banda (já que sei que vocês dois são grandes fãs). Espero que não se importe. Se eles me responderem, te aviso. Eles vão amar saber que todos vocês vieram da mesma cidade.
Espero que tudo continue bem. Fique à vontade para entrar em contato a qualquer momento.
Se cuida,
Marcus

Releio o e-mail com a respiração entrecortada. Marcus Graham, empresário dos Screaming Trees. O homem que conheci na exibição do filme do Tristan. Não esperava uma resposta quando lhe mandei um e-mail depois do festival. Não acredito que ele se lembra de mim! E, o mais importante, que ele amou a música do Sam! Disse que ele era talentoso!

Preciso ligar para o Sam. Preciso contar a ele agora mesmo.

Minhas mãos tremem de emoção quando faço a ligação. Como sempre, prendo a respiração quando o telefone começa a chamar. Demora um tempinho, mas por fim ele atende.

— Parece que faz uma eternidade — Sam diz. — Senti saudade.

A voz dele me aquece como a luz do sol que entra num cômodo.

— Também senti saudade — respondo. — Você não vai acreditar no que acabou de acontecer. Lembra do Marcus Graham? O empresário dos Screaming Trees?

— Claro, o que tem ele?

— Conheci ele no festival de cinema algumas semanas atrás. Mandei algumas das suas músicas para ele. Ele acabou de responder meu e-mail. Preciso ler para você...

Leio a mensagem para ele. Elevo o tom de voz nas partes em que Marcus diz que amou as músicas, nos trechos em que afirma o quanto Sam era talentoso e que encaminhou tudo para os outros membros da banda.

— Dá pra acreditar, Sam? Ele disse que mandou para o Gary! Isso deve significar que também mandou para o Mark. E se eles estiverem ouvindo agora mesmo? Meu Deus do céu... E se eles estiverem falando de você? Me pergunto de qual música eles gostaram mais...

Sam fica em silêncio enquanto processa minhas palavras.

— O que você acha? *Diz alguma coisa!*
— Por que você não me contou que mandou minhas músicas para ele? — Sam pergunta.
— Porque eu não tinha certeza se receberia uma resposta — explico. — Não sabia se ele ia mesmo ouvir as músicas.
— Mas pensei que tivesse te falado pra não fazer isso.
Fico quieta por alguns instantes, surpresa com a reação dele.
— Não é como se eu tivesse procurado por ele. Meio que aconteceu lá na hora. Por que você está bravo comigo? Sam... São os *Screaming Trees*. O Marcus Graham disse que você...
— Não importa o que ele disse — Sam me interrompe.
— Por que você insiste, Julie? A gente já falou sobre isso. E, mesmo assim, você continua se prendendo à minha música e à minha vida quando eu já disse que não faz mais sentido. Por que você não consegue aceitar o fato de que...
— De que o quê? De que *você está morto*?
Silêncio. Engulo em seco enquanto espero uma resposta. Quando percebo que não vai ter resposta alguma, continuo a falar, com a voz mais áspera:
— Eu aceitei. Já aceitei faz um tempo.
— Não é o que parece — Sam diz. — Parece que você está apegada à ideia de que eu possa voltar ou algo do tipo. Desde que a gente voltou a se comunicar, é como se você não conseguisse mais me superar. E só fico preocupado...
— Não tem nada com o que se preocupar — eu rebato, subitamente furiosa. — E, não sei se você se lembra, mas foi você que atendeu o telefone pra início de conversa.
— Bom, talvez eu não devesse ter feito isso.
Sou tomada pelo choque. As palavras dele nos silenciam. Fico ali parada, completamente imóvel, com o celular firme

na mão. *Não acredito que ele disse isso.* Quero responder alguma coisa, mas nada sai.

— Desculpa. Não foi o que eu quis dizer. Por favor, não...
— Sam começa.

Desligo antes que ele possa terminar, porque não estou a fim de ouvir um pedido de desculpas. Fico olhando para a calçada e mal consigo processar o que acabou de acontecer entre nós. Sinto as lágrimas surgindo, mas me recuso a chorar. Não agora. Quero ir para casa. Não quero mais ficar esperando na rodoviária.

Pego minha bolsa do chão. Mas, antes que eu vá embora, o celular vibra na minha mão. E então começa a tocar, por mais que esteja no silencioso. Da última vez que isso aconteceu, era Sam que estava ligando. Mas nós concordamos que ele não deveria fazer isso de novo. *Porque, se eu não atender, nossa conexão acaba.*

Verifico a tela. O número é desconhecido, assim como aconteceu da última vez. Então eu atendo.

— O que você quer? — pergunto.

Ficamos em silêncio por um breve instante antes que Sam responda. Assim que o faz, percebo sua voz carregada de dor.

— Desculpa — ele diz. — Mas acho que preciso da sua ajuda.

— Sam, o que houve?

Ele solta um suspiro.

— Não sei como explicar — ele diz. — Mas tem a ver com minha família. Estou com um mau pressentimento. Nunca senti isso antes. Você tem tido notícias deles ultimamente?

Volto a sentir uma pontada de culpa no peito, porque não falo com eles desde que Sam morreu. Tenho vergonha de responder à pergunta.

— Não, faz um tempo que não tenho. Desculpa.

Um silêncio se instala entre nós.

— Será que você poderia fazer uma coisa por mim? — Sam pergunta.

— Claro. Qualquer coisa.

— Procura saber notícias da minha família, se puder... De repente pergunta à Mika se ela sabe de alguma coisa.

— Você acha que aconteceu alguma coisa?

— Não sei. Realmente espero que não.

— Deixa eu fazer isso agora mesmo...

Assim que desligamos, mando mensagem para Mika no mesmo instante, perguntando a ela se aconteceu alguma coisa. Ela responde quase que na mesma hora.

É o James. Ele não foi pra escola. A gente acha que ele fugiu. Todo mundo saiu pra procurar por ele. Te aviso se encontrarmos ele.

Ligo para Sam e conto isso a ele.

— Eles fazem alguma ideia de onde ele esteja? — Sam pergunta.

— Acho que não — respondo. — A Mika não falou nada.

— Droga, queria estar aí. Aposto que ninguém sabe onde procurar.

— Onde você acha que ele pode estar? Posso ajudar a procurar — eu digo.

— Pode ser um monte de lugares...

— Vamos procurar em cada um deles.

— Deixa eu pensar... — A voz dele está tensa.

— Vai ficar tudo bem, Sam. A gente vai encontrar ele.

Anoto os lugares de que Sam vai se lembrando numa folha de papel e mando outra mensagem para Mika. Ela pega o carro do pai para me buscar e começamos a busca por James. Mika e eu dividimos a lista de lugares ao meio, com base na proximidade entre eles. Já que fiquei com a zona norte da cidade,

Mika me deixa perto do teatro e começo a correr. Passo pela loja de quadrinhos, pelo *drive-in*, pela loja de *donuts* e tudo o mais. Quando me dou conta de que ele não está na cidade, corro até o lago para ver se está por lá, mas não há nenhum sinal de James. Então, sigo adiante. O caminho até o cemitério é longo, mas preciso conferir. Não está na lista de lugares do Sam, mas tive um pressentimento de que James poderia estar lá, sentado ao lado dele. Assim que atravesso os portões e subo a colina, fico frustrada ao descobrir que estou errada.

Confiro a lista mais uma vez. Os últimos lugares que Sam listou são um pouco fora de mão. São pontos situados no antigo bairro em que ele morava. Um deles é um parquinho onde eles costumavam andar de bicicleta depois da aula. Não sei quais são as chances de James estar por lá. Mas, mesmo assim, saio do cemitério e me dirijo até o parque.

Demoro um pouco a descobrir a localização dele. Nunca estive nesta parte da cidade antes. Preciso parar e pedir informações às pessoas na calçada. Quando finalmente encontro o lugar, escondido no fim de uma rua sem saída, vejo um casaco verde familiar pendurado num banco. No segundo em que encontro James sentado sozinho no balanço, olhando para o chão, paro no caminho para recuperar o fôlego.

Não falo com ele desde a morte do Sam. Não sei nem o que dizer quando me aproximo dele no balanço. Embora eu ainda esteja respirando com dificuldade por conta da corrida, mantenho a voz suave quando me agacho.

— Oi, James... — eu digo. — Está todo mundo te procurando, sabia? Você deixou todo mundo preocupado.

James não olha para mim. Mantém os olhos fixos no chão.

— Eles vão ficar felizes de saber que você não se machucou — continuo. — O que você veio fazer aqui?

James fica em silêncio. De repente, me lembro daquela noite no parque de diversões, quando ele não queria falar comigo. Foi a última vez em que nós três estivemos juntos, não foi? Acho que não vejo James há muito mais tempo do que me lembro. Suavizo o tom de voz mais uma vez.

— Que tal se você e eu formos pra casa, hein?

— Não.

— Seus pais estão muito preocupados... — eu começo a falar.

— Não quero ir pra casa! — ele grita.

— Aconteceu alguma coisa? Você sabe que pode me contar.

Tenho certeza de que tem alguma coisa a ver com Sam. Mas não sei como abordar o assunto. Não posso imaginar a sensação de perder um irmão. Esse é um tipo de dor que nunca vou compreender. Tento pegar a mão do James, mas ele a afasta.

— Me deixa em paz — ele diz e cruza os braços bem firme. — Não vou para casa. Sai de perto de mim!

Dói ouvi-lo falar desse jeito. Queria poder melhorar as coisas.

— Você pode me contar pelo menos por que fugiu? — pergunto.

James fica em silêncio.

— Foi por causa do Sam... — eu sussurro. — Porque ele não está mais lá?

— *Não* — James responde e sacode a cabeça. — Porque ele me *odeia*!

— Por que você acharia uma coisa dessas? É claro que o Sam não te odeia.

— Ele me odeia, sim! Ele me disse!

— Quando foi que o Sam te disse isso?

James enfia o rosto entre as mãos para tentar esconder as lágrimas de mim.

— Quando eu entrei no quarto dele e quebrei o microfone. Ele disse que *me odiava*.

Encosto a mão no ombro dele e digo:

— James, presta atenção. Às vezes, as pessoas dizem isso quando estão bravas, mas não estão falando sério. O Sam não te odeia...

— Mas ele parou de falar comigo! — James grita. — Ele estava me ignorando! Um pouco antes de ele morrer.

Meu coração se parte ao ouvir isso. Enxugo os olhos e pego James pelas mãos.

— O Sam te ama, tá? Irmãos brigam o tempo todo e dizem coisas sem pensar. Se o Sam estivesse aqui, ele mesmo te diria isso.

James seca as lágrimas com a manga da camisa.

— Você não sabe disso. E por que se importa? Você nem gosta de mim!

— Claro que eu gosto... Como você pode dizer uma coisa dessas?

— Você não liga pra gente! Você só gostava do Sam! Só vinha pra ver ele.

— Não é verdade — respondo. — Você e eu somos amigos também. Eu me importo com toda a sua família.

— *Mentira!* Porque quando o Sam morreu, você nunca mais visitou, e nunca mais falou com a gente! É como se você tivesse morrido também.

Uma dor aguda acerta meu peito em cheio conforme vou processando o peso das palavras dele. Mal consigo conter as lágrimas. Quando abro a boca, sou incapaz de falar. Eu deveria ter visitado a família do Sam para ver como eles estavam depois da morte dele. Nunca pensei no que James devia estar passando.

— Eu... Me desculpa, James. Não deveria ter largado vocês desse jeito. Eu tinha que ter tentado... — Minha voz falha, porque não sei o que mais posso dizer para que James me perdoe. Talvez o motivo pelo qual evitei a família deles tenha sido porque não podia suportar a ideia de vê-los sem o Sam. Porque não queria ser lembrada de que ele se foi. Mas isso não importa. Eu deveria ter ficado ao lado do James. Em vez disso, dificultei as coisas para ele. Eu o abandonei também.

— Não vou pra casa — James grita.

Queria conseguir convencê-lo, mas ele nem olha para mim. Não dá para culpá-lo por isso. Se ao menos tivesse algo que eu pudesse fazer para amenizar a situação... Me dói vê-lo desse jeito. Preciso fazer alguma coisa, mas não sei o quê. Eu penso no Sam. Ele saberia o que dizer se estivesse aqui. Ele é a única pessoa que James ouviria agora. Uma ideia me ocorre. Nossa conexão está perdendo a força, mas preciso fazer alguma coisa. Não posso deixar James passar o resto da vida achando que Sam o odiava.

Ao me afastar do balanço por um momento, pego o celular e ligo para Sam mais uma vez. Ele atende depois do primeiro toque.

— Você encontrou o James? Ele está bem?

— Estou com ele agora. Não se preocupa.

A voz dele transborda de alívio.

— Onde ele estava?

— No parque. Como você disse.

— Que bom que ele está bem. Por que ele fugiu?

— É meio complicado — respondo. — Mas ele acha que você odeia ele.

— Eu? Por que ele acharia isso?

— O James me contou que você disse isso pra ele antes de morrer — digo ao Sam. — Tentei explicar que você não falou sério, mas ele não quer me ouvir. Não sei o que mais posso dizer. Mas vou garantir que ele chegue em casa são e salvo e tudo mais.

— Obrigado — Sam diz. — Por ter encontrado ele.

— Imagina — eu respondo. Em seguida, volto a olhar para o balanço. — Mas preciso de um favor seu agora.

— O quê?

— Quero que você fale com o James — digo.

— Julie... — Sam começa.

— Quero que você faça isso por mim, tá? Por favor, antes que essa ligação termine. Ele precisa de você.

Enquanto ele pensa a respeito, um breve silêncio recai entre nós.

— Mas nossas ligações já estão fracas... Isso pode prejudicar muito nossa conexão — Sam me avisa. — Tem certeza?

Respiro fundo.

— Tenho.

Quando me reaproximo, James está olhando para o chão. Eu me ajoelho na direção dele e ofereço meu celular.

— Escuta, James. Quero que você fale com uma pessoa, tá?

Ele olha para mim.

— Meus pais?

Balanço a cabeça.

— Por que não descobre por conta própria? Aqui...

James aproxima o celular do ouvido e começa a escutar. Percebo o momento em que ele ouve a voz do Sam, porque arregala os olhos como se tentasse processar o que está acontecendo. Depois de um minuto ao telefone, quando James começa a chorar em cima da camisa, sei que ele se deu conta de que é realmente Sam. E, de repente, os dois se reconectam. Eu me afasto de fininho, para permitir que eles tenham esse breve e inexplicável momento juntos. Consigo pescar algumas partes da conversa. Eles falam sobre ele ser forte pela mãe deles, sobre cuidar da família enquanto Sam está longe, sobre como Sam o ama.

Mas, como nossa conexão não é mais tão forte, a ligação não dura muito. Quando James me devolve o celular, Sam e eu só temos mais alguns segundos para falar.

— Obrigado por isso — ele diz. — Mas tenho que ir agora.

— Eu entendo — respondo.

E então a ligação termina. Simples assim.

James e eu saímos juntos do parque de mãos dadas. Mando uma mensagem para a mãe do Sam pela primeira vez em um bom tempo, para avisá-la de que encontrei James e que estamos voltando. Quando a casa do Sam entra no campo de visão, a mãe dele está parada na entrada da garagem, à nossa espera. Ela abre um sorriso assim que nos vê, como se não nos encontrássemos há anos. Quando ela me envolve com os braços, nós nos abraçamos com força, e não sei qual das duas começa a chorar primeiro. A mãe do Sam pega James pela outra mão enquanto entramos na casa para cumprimentar seu pai. Depois que ajudo a pôr a mesa, nós quatro nos sentamos juntos para jantar pela primeira vez no que parece uma eternidade.

Capítulo dezoito

Tenho tido muito tempo para mim mesma ultimamente. Tempo para pensar, processar e me atualizar do resto do mundo. Desde minha última ligação com Sam, não fico mais grudada no telefone, esperando. Em vez disso, tenho passado mais tempo com meus amigos e voltei a me concentrar na escola. Terminei meu último trabalho para a matéria do sr. Gill e estou pronta para me formar. Também arrumei um tempo para trabalhar na minha amostra de escrita, por mais que eu não vá enviá-la para lugar nenhum tão cedo. E daí se mais ninguém vai ler agora? Pela primeira vez, encontrei paz ao escrever para mim mesma. A paz ao me lembrar desses momentos faz com que eu me sinta conectada com Sam, especialmente quando nossas ligações são interrompidas. As lembranças de nós dois são algo que sempre vou ter. Mesmo depois que ele se for. Só queria que ele tivesse a chance de ler o texto. Mas tento não pensar por esse lado. Sou grata por esse buraco temporário no universo sobre o qual temos flutuado juntos nos últimos meses.

É difícil acreditar que faltam poucos dias para a formatura. Ainda não sei quais vão ser meus planos para depois. Como estou sem opções, sinto que não tenho mais nenhum poder de influência sobre o assunto. Como se estivessem decidindo as coisas por mim. Não estou acostumada com esse sentimento. Gosto da ideia de planejar, de olhar para a frente e ver o que me espera. Mas, toda vez que faço isso, a vida parece sair dos trilhos. Sam sempre me disse para ser mais espontânea e deixar que as coisas me surpreendam. Ele nunca me avisou que as surpresas nem sempre são boas. Isso é algo que tive que aprender por conta própria.

Falta mais uma chamada para Sam e eu. Vai ser nossa última ligação. A última vez que vou ter a chance de falar com ele. Dessa vez, vou ter que dizer adeus. Sam disse que é a única maneira de encerrar nossa conexão e permitir que nós dois sigamos em frente. A ligação vai acontecer na noite da formatura e só vai durar alguns minutos. E, de acordo com Sam, temos que nos falar antes da meia-noite. Caso contrário, corremos o risco de perder nossa chance. Parte de mim deseja poder guardar essa ligação pelo máximo de tempo possível, mas preciso ser forte por nós dois.

Já se passaram algumas semanas desde a última vez em que nos falamos. Ainda me dói ficar longe dele por tanto tempo, como se estivesse se afastando mais e mais de mim a cada dia que passa. Mas, pelo menos, nossa distância teve um lado bom. Minha mãe e eu nos reconectamos. Passamos essas últimas semanas juntas, jantando todas as noites, assistindo à TV na sala, fazendo compras e viajando para a praia nos fins de semana – coisas que costumávamos fazer. Ela disse que sentia falta de passar tempo comigo. Eu não tinha me dado conta do quanto também sentia falta.

Os carros buzinam impacientes enquanto minha mãe e eu estamos presas no trânsito. Estamos indo para o shopping em busca de um vestido de formatura. Árvores verdejantes se erguem no acostamento. Estamos paradas na estrada há quase uma hora. Minha mãe deixou o podcast de meditação ligado no volume baixo e eu fico olhando pela janela, de olho nas nuvens.

Minha mãe me olha de relance. Ela está usando suas roupas de yoga, embora não tenha tido nenhuma aula hoje de manhã. Segundo ela, isso a ajuda a se concentrar enquanto dirige.

— E aí, já chegou a ver a lista de cursos da Central? — ela pergunta. — As turmas são preenchidas bem depressa.

— Dei uma olhada.

— Parece que eles têm um curso de escrita na primavera. Você deve estar animada.

— Estou nas nuvens.

— Nada de clichês no carro. São suas próprias regras.

Deixo escapar um suspiro.

— Desculpa. Mas é que é difícil ser positiva quando não passei pra nenhum outro lugar.

— Você só precisa passar dois anos lá, sabia? — minha mãe diz enquanto abaixa o volume. — E aí você pode pedir transferência pra outro lugar. Vários alunos fazem isso, Julie.

— Acho que você tem razão — respondo. — Só não fazia parte do plano. Nada disso fazia... — *Não passar para a Reed. Ter que ficar em Ellensburg. Perder Sam.*

— Os planos nem sempre acontecem do jeito que a gente espera.

— Estou aprendendo isso... — comento e encosto a cabeça na janela. — Não se empenhe muito nas coisas. Você só vai acabar se decepcionando.

— Que pessimismo — minha mãe diz. — Claro, a vida acaba sendo mais complicada do que a gente gostaria. Mas a gente dá um jeito.

Eu suspiro.

— Mas é de se esperar que pelo menos uma coisa dê certo — comento. — Às vezes, eu queria poder pular alguns anos só pra saber aonde vou parar. Assim, não perco todo esse tempo planejando as coisas só pra ver tudo dando errado.

— Não é assim que se vive a vida — minha mãe diz, com as mãos firmes no volante. — Passar o tempo todo se preocupando com o que vem pela frente, em vez de viver no presente. Vejo isso em vários alunos meus. E estou vendo em você... — Ela olha para mim. — Você está pondo a carroça na frente dos bois, Julie. Está tomando decisões e querendo que as coisas sejam feitas só pra definir o futuro.

— Qual é o problema nisso?

— A vida vai te atropelar — ela diz, com os olhos fixos na estrada. — E você vai acabar perdendo os pequenos detalhes, os momentos que você acha que não têm importância, mas têm. Momentos que te fazem esquecer de tudo. É como a sua escrita — ela acrescenta sem mais nem menos. — Você não escreve pra chegar ao final. Você escreve porque gosta. Você escreve e não quer que termine. Faz sentido?

— Acho que sim... — Fico pensando a respeito. *Mas e se eu não gostar do momento em que estou vivendo?*

Quando finalmente entramos no estacionamento, minha mãe desliga o motor, recosta no banco e tamborila os dedos no volante.

— Tem mais alguma coisa passando pela sua cabeça? — ela pergunta depois de alguns instantes de silêncio. — Você sabe que pode sempre falar comigo.

Volto a olhar pela janela. Já faz um tempo que não me abro com ela, que não converso sobre o que de fato está acontecendo na minha vida. Talvez seja hora de mudar isso.

— É o Sam... — conto a ela. — Ainda estou pensando nele. Fico lembrando que ele não vai terminar a escola nem se formar com a gente, sabe? Quer dizer, como é que vou pensar sobre a faculdade e o resto da minha vida quando a dele foi interrompida tão cedo? Sei que isso não me faz bem. Mas não paro de querer que ele ainda estivesse aqui.

Minha mãe se vira para mim e passa a mão no meu cabelo.

— Eu também — ela diz suavemente. — E queria saber o que falar pra melhorar as coisas, ou pelo menos te dizer como enfrentar isso, Julie. Mas a verdade é que ninguém vivencia o luto do mesmo jeito, e todos nós saímos dele de maneiras diferentes. É normal desejar essas coisas e até imaginar que ele está aqui com você. Porque esses momentos que acontecem dentro da nossa cabeça são tão *reais* quanto qualquer outra coisa. — Ela dá tapinhas na testa. — Você não pode deixar ninguém te dizer o contrário...

Olho para ela com a cabeça levemente inclinada e fico imaginando o que ela quis dizer. Por um segundo, quase pergunto se ela sabe das ligações, mas me impeço.

— Eu sei que vou ter que me despedir em breve — comento. — Mas acho que não consigo abrir mão dele.

Minha mãe assente silenciosamente. Antes de sairmos do carro, ela enxuga uma lágrima do meu olho e sussurra:

— Então você não deveria. Deixe que ele fique com você. Ajude a mantê-lo vivo de alguma maneira.

Passo o resto da semana pensando nas palavras da minha mãe. Procuro não me estressar demais com coisas que ainda não aconteceram, e tento curtir meus últimos dias como aluna de ensino médio. Oliver vai levar Jay e eu a uma festa perto do lago no sábado, e nós três vamos fazer uma trilha na manhã seguinte. Mika foi aprovada depois de ficar na lista de espera da Emory University e vai se mudar para Atlanta no fim do verão. Por mais que eu esteja animada por ela, odeio a ideia de ficarmos tão longe uma da outra. Mas ela disse que vai voltar para o Dia de Ação de Graças e para o Natal, e eu prometi visitá-la assim que conseguir juntar um pouco de dinheiro. Pelo menos Oliver e eu vamos estudar juntos na Central. Outro dia demos uma olhada na lista de cursos, em busca de matérias que podemos fazer juntos. Talvez não seja tão ruim estudar lá. Principalmente se eu entrar para a turma de roteiro. Mandei um e-mail para o professor Guilford e ele me disse para aparecer no primeiro dia, então estou de dedos cruzados. E minha mãe tem razão. Ainda posso pedir transferência depois de dois anos se minhas notas forem boas o suficiente. Posso até tentar me inscrever na Reed College de novo. Tenho que me manter cautelosamente otimista.

É chegada a noite da formatura. Balões azuis e brancos flutuam pela extensão da cerca de arame do nosso campo de futebol e as famílias vão entrando em fila nas arquibancadas do estádio. Minha mãe e meu pai estão sentados lado a lado em algum lugar no meio da plateia com Tristan e o sr. Lee. A banda está com o uniforme completo, tocando um amontoado de músicas irreconhecíveis tão alto que é difícil ouvir qualquer outra coisa. Após terminarem o que acredito ter sido o hino nacional, a cerimônia começa com uma apresentação do nosso coral, incluindo um lindo solo da Yuki. Eu subo na cadeira e grito o nome dela no final. Depois de alguns discursos e uma mudança de música, chega a hora da nossa entrada. Oliver deveria entrar com Sam, então a escola permite que ele fique entre mim e Mika durante nossa caminhada, de braços dados, em direção ao palco. Por baixo de cada uma das nossas becas, levamos um pertence do Sam, para homenageá-lo. Oliver está vestindo a camisa xadrez, Mika, um dos seus suéteres, e eu, sua camiseta do Radiohead. Talvez seja coisa da minha cabeça, mas fico com a sensação de que a plateia vibrou mais com a gente.

Só tenho alguns minutos para botar meu vestido novo antes que um milhão de fotos sejam tiradas em frente ao palco. Tristan me presenteia com um buquê de rosas amarelas. Minha mãe me faz tirar fotos em grupo com todo mundo à nossa volta, incluindo David, da turma de história, com quem nunca troquei mais do que cinco palavras. Yuki me apresenta aos seus pais, e eles convidam Rachel, Jay e eu para visitá-los no Japão no próximo verão. "Um reencontro!", Rachel exclama, radiante. Quando a música diminui e o sol começa a se pôr, vejo que horas são. *Preciso ir em breve.* Assim que a multidão se dispersa um pouco, vou atrás dos outros para me despedir.

Hoje à noite vou ter minha última ligação com Sam. Preciso correr para casa, ir para o quarto e me preparar para dizer adeus. Sei que ele vai me fazer várias perguntas sobre hoje. Eu só queria que ele estivesse aqui para celebrar com a gente, em vez disso...

— E a festa de formatura? — Oliver me pergunta. — Você não pode perder, vai ser irada.

— Preciso fazer uma coisa — explico.

— Tem certeza? — Mika pergunta. Eu lhe lanço um olhar e ela assente em sinal de compreensão. — De repente você pode encontrar a gente mais tarde. Me manda mensagem, tá?

— Pode deixar — digo e abraço os dois.

Com o celular bem firme na mão, eu me viro para sair, mas... um cara alto do time de futebol esbarra em mim. O

impacto é tão forte que o celular voa das minhas mãos e cai no concreto, rachando a tela. Não chego nem a ouvir os pedidos de desculpa murmurados. O mundo se transforma num túnel...
Um arrepio me percorre. Estou apavorada demais para mover um músculo que seja. Meu coração bate forte quando me agacho para pegar o celular. Mas ele não liga. Eu tento de tudo, mas *ele não liga*. A tela está preta e rachada, e não sei o que fazer. Simplesmente fico ali parada, completamente imóvel, tentando processar todo o impacto do que eu fiz.
Mika deve ter percebido que aconteceu alguma coisa, porque ela surge do meu lado.
— O que houve? — ela pergunta.
— Meu celular... *Eu quebrei ele*... Mika, eu quebrei ele!
— Não paro de repetir enquanto ela tenta me acalmar, me dizendo que está tudo bem, quando na verdade não está. Os botões não estão funcionando. A tela não liga mais.
Eu me viro para ela.
— Preciso do seu celular... — Eu o pego e ligo para o número do Sam, mas a chamada não completa. Tento mais algumas vezes, mas não dá certo.
Oliver se aproxima.
— Qual é o problema? — ele pergunta.
— A Julie quebrou o celular — Mika diz seriamente.
— Aff, que chato. Com certeza a gente pode levar pra consertar amanhã...
— *Não*. Preciso dele hoje. Deixa eu ver seu celular...
Eu o tiro das mãos dele antes que ele possa dizer qualquer coisa. A chamada cai de novo. E mais uma vez.
— Pra quem ela está ligando? — Oliver pergunta enquanto eu começo a andar em círculos, tentando desesperadamente ligar para o número outra vez e levantando o celular para,

VOCÊ LIGOU PARA O SAM 317

quem sabe, pegar um sinal diferente que Sam possa encontrar. Minha aflição deve ser aparente, porque uma multidão se junta ao meu redor para assistir. *Por que não está funcionando?*

Então me lembro de algo que Sam disse. A voz dele reverbera na minha mente.

Acho que só estamos conectados pelos nossos celulares.

Enfio o celular nas mãos do Oliver quando minha mãe chega. Ela me pergunta o que houve, mas não tenho tempo para responder. Pego o celular dela e ligo para Sam novamente, por mais que eu saiba que não vai funcionar. *Nada vai*. Mas não sei o que mais posso fazer. As chamadas só funcionam no meu celular, e meu aparelho está *rachado* e *quebrado* porque fui idiota o bastante para não olhar aonde ia. Preciso dar um jeito. *Preciso consertar isso.*

Sam está esperando minha ligação hoje à noite. Não posso deixá-lo esperando para sempre. *E se ele achar que me esqueci dele? E se ele achar que tem algo errado?* Meu coração bate mais forte do que nunca quando uma descarga de adrenalina atravessa meu corpo e dificulta minha respiração. Tenho que ir procurá-lo. Tenho que encontrar Sam. Não vou perdê-lo de novo. Não desse jeito.

Eu me viro para minha mãe.

— Preciso das suas chaves... — Eu as tiro das mãos dela sem responder a nenhuma pergunta. — Pede para o papai te levar pra casa!

Entro no carro e começo a dirigir sem saber para onde estou indo. Dirijo pela cidade, dando voltas pelas ruas e olhando as vitrines de lojas e cafés que costumávamos frequentar para ver se Sam está por lá, *mas não o encontro*. Estaciono o carro e corro até o Sun and Moon, ignorando os olhares dos estranhos enquanto dou uma olhada na mesa onde sempre nos sentávamos.

— Sam? Sam! — grito o nome dele.
Mas ele não está aqui. É claro que não.
Então lembro que foi ele que saiu me procurando. Assim, volto para o carro, e quando dou por mim já estou percorrendo mais uma vez a rota 10, onde ele sofreu o acidente aquela noite. Abro a janela e fico atenta para ver se ele está caminhando pelo acostamento, procurando por mim. Mas Sam também não está aqui. Outro arrepio atravessa meu corpo. Confiro o relógio e vejo que já são onze e dez. *Meu tempo está acabando.* Se Sam não está aqui, andando pela estrada, onde será que pode estar? Aonde ele está indo?

Então me lembro de outra coisa. Durante uma das nossas ligações, eu lhe perguntei o que ele via.

Um campo. Um campo sem fim.

Mas é claro! Manobro o carro imediatamente, pego a próxima saída e sigo em direção ao campo para onde ele me levou. Entro no atalho que Jay descobriu e chego à trilha num piscar de olhos. Assim que saio do carro, sou engolida pela escuridão. Meu coração martela no peito e mal enxergo o que está à minha frente enquanto corro pela trilha a caminho do campo. Os galhos das árvores roçam minha cabeça como se fossem mãozinhas. Por um instante, penso em voltar para o carro, mas sigo adiante. Sam está à minha espera em algum lugar lá fora. Não posso decepcioná-lo.

Cadê você, Sam? Por que não consigo te achar?

Algo pulsa no meu bolso. Quando sinto um calor emanando de dentro dele, enfio a mão para ver o que é. *A selenita.* O cristal que Yuki me deu e que eu levo comigo por toda parte. Está brilhando! Eu o estendo à minha frente e deixo sua luz iluminar meu caminho, expulsando a escuridão. Posso *sentir* sua energia irradiando pelo meu corpo e chegando até o ar. Levanto o cristal para o céu e vejo a lua descer na minha direção, me oferecendo mais luz. Agora consigo ver tudo. O campo nunca pareceu mais nítido do que neste momento. E então começa a nevar. *Em pleno mês de maio?* Olho à minha volta e me pergunto o que está acontecendo. Quando a neve atinge meu cabelo e meus ombros, percebo que não é nada disso que estou pensando. *São pétalas. Está chovendo pétalas de flor de cerejeira?* Isso deve significar que ele está por perto.

Sei que você está aqui, Sam. Posso te sentir. Porque você está por toda parte. Estava no café, estava no lago, e está aqui em algum lugar neste campo, esperando. Durante todo esse tempo, me perguntei por que tivemos uma segunda chance. Mas talvez nós sempre estaremos conectados, mesmo depois que você se for. Porque é impossível perder você por completo. Você faz parte de mim agora. Você está em todo lugar que eu olho, caindo do céu feito pétalas.

Chego ao campo e caminho em meio à cevada enquanto grito seu nome e procuro por ele. Chego a pensar que vi o topo da sua cabeça e corro nessa direção, mas não há nada ali. Acho que sinto seu cheiro — amadeirado, de perfume, mas não consigo me ater a ele. Continuo correndo para cima e para baixo, até minhas pernas começarem a tremer. Corro até ficar tão exausta que, quando dou por mim, estou caída no chão tentando recuperar o fôlego.

Não acho que Sam esteja mais aqui. Estou começando a duvidar de que em algum momento já esteve. Qual é o meu problema? Por que foi que vim até aqui? Vejo o horário de novo. Meia-noite e trinta e cinco. Já passou da meia-noite. Meu coração para. Tarde demais. Eu o perdi mais uma vez. As pétalas sumiram.

Depois de tudo que Sam fez por mim, não cumpri nossa promessa. Ele pediu que eu ligasse uma última vez para nos despedirmos, e o deixei na mão. E se ele ficar esperando por mim para sempre? E se ele precisar que eu diga adeus para poder seguir em frente? Pego meu celular quebrado e tento ligá-lo. Nada. Estou tão devastada, decepcionada comigo mesma e apavorada com o que fiz que ergo meu celular e tento falar com ele mesmo assim. Se estivermos sempre conectados, talvez ainda haja uma chance...

— Sam... — começo a dizer. — Não estou te ouvindo... mas talvez você ainda possa me ouvir. *Desculpa!* Não consegui entrar em contato a tempo. Eu sei que você queria que a gente se despedisse. Desculpa por ter estragado tudo de novo. Por favor, não espera por mim, tá? *Pode ir.* Não precisa esperar. Pode seguir em frente agora! — Minha voz falha. — Vou morrer de saudade. Mas tem uma última coisa que eu quero te falar... — Respiro fundo e tento conter as lágrimas. — Você está errado sobre um assunto. Você deixou sua marca no mundo, Sam. Você deixou sua marca em *mim*. Você mudou minha vida. E nunca vou te esquecer, tá? Fazemos parte um do outro. Está me ouvindo? *Sam...*
— Eu perco a voz.

Por que não posso te ligar com outro telefone? Por que só pode ser o meu?

Ouço a voz dele de novo. Ela reverbera na minha mente.

Acho que só estamos conectados pelos nossos celulares. Penso um pouco sobre isso. Sobre nossa conexão. Sobre ela só existir entre nós dois. *Só os nossos celulares.* Repito as palavras na minha cabeça diversas vezes até que um pensamento me atinge feito um raio. Meu coração dá um pulo. Mas é claro. Por que não pensei nisso antes?

Assim que tenho esse estalo, eu me levanto, saio do campo e volto correndo para o carro. O trajeto de volta passa pela minha mente como um borrão. Quando dou por mim, estou parada na entrada da garagem do Sam, disparando em direção à casa dele. A chave ainda está embaixo da caixa de correio. Abro a porta e corro para dentro. Que bom que não tem ninguém em casa. A família dele está passando a semana na casa dos avós, então não preciso fazer silêncio enquanto me apresso até seu quarto e vasculho suas coisas. Eu revisto uma dezena de caixas e rasgo sacos plásticos até encontrá-la. A caixa com os pertences do Sam que eles encontraram no local do acidente aquela noite.

Dentro da caixa estão sua carteira, identidade, chaveiro e celular. Exatamente o que eu estava procurando. Pego o celular, troco os chips e ligo o aparelho. A luz que vem da tela me cega por alguns segundos. É uma e quarenta e três. Tem bateria o suficiente para fazer uma ligação. Assim, digito o número dele.

Só os nossos celulares estão conectados. Talvez isso inclua o celular dele também. Inspiro bem fundo e prendo a respiração.

O som dos toques faz meu corpo arrepiar. Eu me sento na cama dele e tento não surtar. Continua chamando, até que uma voz surge do outro lado da linha.

— *Julie...*

— *Sam!* — Eu arfo e me seguro para não dar um grito enquanto meu corpo inteiro explode de alívio. — Achei que você não fosse atender!

— Não tenho muito tempo — ele diz.

— Não tem problema — quase grito, tentando não chorar. — Só precisava que você soubesse que eu não te esqueci.

— Por que você demorou tanto pra ligar? — ele pergunta.

— Meu celular quebrou. Desculpa...

— Que bom que você está bem. Estava começando a ficar preocupado.

— Estou aqui agora — digo a ele. — Estou tão feliz de ouvir sua voz. Pensei que tivesse te perdido para sempre.

— Estou feliz de te ouvir também. Que bom que você ligou. Mesmo que seja tarde. Mas é hora de dizer adeus agora, tá? Preciso ir em breve...

Sinto uma dor no peito. Mas não posso deixar Sam ir embora sabendo disso. Preciso ser forte por ele, então engulo a dor.

— Tá bom, Sam.

— Eu te amo, Julie. Quero que saiba disso.

— Eu também te amo.

A interferência começa a invadir a linha. Tenho que ser mais rápida no que preciso dizer.

— Obrigada, Sam. Por tudo que você fez. Por atender o celular porque eu precisava de você. Por sempre estar ao meu lado.

Silêncio.

— Você está aí?

— Estou. Não se preocupa — ele me assegura. — Mas preciso que você diga adeus agora. Tá bom? Preciso ouvir você dizer a palavra.

Engulo em seco. As palavras saem entrecortadas.

— Adeus, Sam.

— Adeus, Julie.

Logo depois, ele diz:

— Preciso que você me faça um último favor, tá?

— O quê? — pergunto.

— Depois que a gente desligar... eu vou te ligar de novo. E preciso que você não atenda dessa vez. Você pode me prometer isso?

Ele precisa interromper nossa conexão em definitivo. Precisa que eu siga em frente.

— Posso... — eu sussurro, por mais que isso me destrua por dentro.

VOCÊ LIGOU PARA O SAM

— Obrigado. Vou desligar agora. Tá bom?
— Tá.
— Fico feliz que a gente pôde se falar uma última vez — Sam diz. — Mesmo que tenha durado poucos segundos.
— Eu também — digo a ele, mas a ligação já terminou.

Sinto meu corpo anestesiado enquanto me sento na cama dele em silêncio, esperando a ligação. E então o celular toca. O número é desconhecido, mas sei que é ele. Seguro o aparelho com força, morrendo de vontade de atender, desesperada para ouvir a voz dele de novo. Mas não posso fazer isso com ele. Eu prometi. Então, deixo tocar. Deixo que continue tocando até parar, a tela ficar preta, e eu me encontrar sozinha no quarto novamente. Meu coração se parte em mil pedaços e afunda até a boca do estômago. Largo o celular, me aninho na cama do Sam e me permito chorar.

Nossa conexão acabou. Simples assim. Nunca mais vou poder falar com Sam de novo. Eu deveria me levantar e ir para casa, mas não consigo me mexer. Por isso, passo um tempo deitada no escuro. Na cama dele, sozinha no vazio da casa, desejando que as coisas fossem diferentes. E é então que algo acontece.

Ouço um toque vindo de algum lugar do quarto, seguido de uma luz que pisca. Eu me levanto da cama para ver o que é. *O celular do Sam.* Vou até ele e o ligo.

Uma centena de notificações toma conta da tela. Vou passando por elas e vejo mensagens e chamadas perdidas da Mika, da minha mãe e de todo mundo que não conseguiu entrar em contato comigo nos últimos meses. Ali estão elas, me soterrando, logo depois que terminei minha última chamada com Sam. Como se o celular tivesse sido reconectado ao mundo. Como se tudo estivesse se movendo novamente.

Vejo uma nova mensagem de voz, com a data de hoje. Mas o número é desconhecido.

Eu a ouço no mesmo instante.

A voz do Sam surge no celular.

"Oi... Bom, não sei se deveria estar fazendo isso... Nem se vai funcionar. Provavelmente deveria ter falado disso com você na ligação, mas nosso tempo acabou. Ou talvez a verdade seja que tive medo de você me enxergar com outros olhos... Quer dizer, se você soubesse por que atendi o telefone naquela primeira vez..." Ele faz uma pausa. "Antes da gente desligar, você me disse uma coisa que me fez sentir um pouco de culpa. Você disse que eu atendi sua chamada naquela noite porque você precisava de mim. Acho que em parte é verdade. Mas não foi por isso que atendi." Uma longa pausa. "A verdade é que... eu atendi porque... porque *eu* precisava de você. Precisava ouvir sua voz outra vez, Julie. Porque queria garantir que você não ia me esquecer. Sabe, levei você a todos aqueles lugares – tipo o campo, para ver as estrelas à noite – pra que você sempre se lembrasse. Pra que pensasse em mim sempre que olhasse para o céu à noite. Porque ainda não queria abrir mão de você. Eu nunca quis dizer adeus, Jules. E nunca quis que você dissesse adeus também. Foi por isso que fiquei o máximo que pude. Então, você não tem que se culpar por nada. Era eu que estava te afastando da sua vida. Talvez tenha sido um pouco egoísta da minha parte. Mas eu estava com tanto medo de que você esquecesse... Agora eu percebo que dificultei ainda mais o seu processo de seguir em frente. E espero que você me perdoe por isso."

Sam faz outra pausa.

"Lembra lá no campo, quando eu perguntei o que você queria... se pudesse ter qualquer coisa? Bom... *Eu* quero aquelas coisas também, Jules. *Eu* quero estar do seu lado. Quero me formar com vocês. Quero sair de Ellensburg, quero morar com você e quero que a gente envelheça junto. Mas *não posso*." Outra pausa. "Mas *você* ainda pode. Você ainda pode ter todas essas coisas, Julie. Porque você merece tudo isso. E você merece se apaixonar várias vezes, porque você é gentil e linda, e quem é que não se apaixonaria por você? Você é uma das melhores coisas que já me aconteceram. E quando me lembro da minha vida, penso em você nela. Você é meu mundo inteiro, Julie. E, um dia, quem sabe eu seja só um pedacinho do seu. Espero que você fique com esse pedacinho."

A interferência invade a linha.

"Eu te amo mais do que você pode imaginar, Julie. Nunca vou me esquecer do tempo que tivemos juntos. Então, por favor, não se esquece de mim, tá? Tenta pensar em mim de vez em quando. Mesmo que seja só por um instante. Significaria muito. Você não faz ideia." Uma longa pausa, seguida de interferência. "Tenho que ir agora. Obrigado... por não atender dessa vez. Adeus, Julie."

A mensagem de voz chega ao fim.

Ouço a mensagem de novo. Eu a ouço a caminho de casa e várias vezes antes de cair no sono. Eu a ouço na manhã seguinte, quando Mika vem me visitar e mostro o áudio a ela. Eu a ouço mais uma vez naquela noite e no dia seguinte. Eu a ouço nos dias em que sinto mais saudade do Sam e quero ouvir a voz dele de novo. Ouço sua mensagem de voz até decorá-la e não precisar mais reproduzi-la.

Epílogo

Mas eu ainda penso nele. Penso nele durante minha primeira semana na faculdade, quando passo por baixo das flores de cerejeira. Penso nele sempre que estou no centro da cidade tomando um café no Sun and Moon. Penso nele quando estou no telefone com Mika e passamos horas batendo papo. Penso nele depois de um encontro às cegas constrangedor que Oliver me arrumou. Penso nele depois de um primeiro encontro mais agradável com um cara da minha turma de inglês. Penso nele depois que termino de escrever nossa história e a inscrevo num concurso de escrita. Penso nele quando ganho uma menção honrosa e a história é publicada na internet. Penso nele quando visito sua casa para os jantares de domingo com James e sua família. Penso nele no meu último dia em Ellensburg, enquanto me preparo para me mudar para a cidade onde sempre planejamos morar juntos. E penso nele sempre que fecho os olhos e nos vejo juntos de novo, deitados lá no campo.

Agradecimentos

Você acaba se esquecendo de quanto tempo se passou até ter que sentar para escrever os agradecimentos. No mercado editorial, a gente aprende rapidinho que tudo acontece de uma vez ou nada acontece. E, durante boa parte da minha vida, nada estava acontecendo. Enfim, há muitas pessoas que gostaria de agradecer por me conduzirem a este ponto da minha vida. A primeira pessoa que quero agradecer é minha irmã, Vivian. Que longa jornada, hein? Você estava presente quanto este livro não passava de uma ideia que eu tinha na cabeça. Você se tornou minha primeira parceira de crítica. Você me deu um dos melhores e mais duros feedbacks que já recebi até hoje. Este livro é tão recheado de ideias suas que mal consigo distingui-las das minhas. Acima de tudo, obrigado por ser sempre a maior fã das minhas histórias.

Agradeço ao meu agente, Thao Le. Você não faz ideia de como fiquei empolgado quando recebi seu e-mail dizendo que estava na metade da leitura e amando até então! Depois da nossa ligação, soube que você era a pessoa certa para este livro. Obrigado por me ajudar a dar a forma ideal para ele. E obrigado por todo o apoio e torcida. Você é verdadeiramente o melhor no mercado, e é maravilhoso trabalhar com você. Agradeço a todos da Sandra Dijkstra Literary Agency por todo o trabalho que fazem. Um agradecimento especial a Andrea Cavallaro por fazer este livro viajar o mundo. E obrigado à minha maravilhosa agente de cinema, Olivia Fanaro, da UTA.

Agradeço à minha editora, Eileen Rothschild. Você realmente ajudou este livro a chegar num patamar que nunca imaginei. Acho que isso aconteceu porque você o entendeu melhor do que ninguém. Você ajudou a dar vida ao Sam e sou incrivelmente grato pela chance de trabalharmos juntos. Agradeço à família da Wednesday Books. Mary Moates e Alexis Neuville, vocês tornam tudo tão melhor e mais divertido! Obrigado por tudo que vocês fazem nos bastidores. Agradeço a Kerri Resnick por sua genialidade e gentileza. Obrigado por encontrar Zipcy, que ilustrou a melhor capa que eu poderia ter pedido. Agradeço a Tiffany Shelton. E também a Lisa Bonvissuto. É uma alegria e tanto ter a chance de trabalhar com vocês neste livro!

A meus amigos e minha família. Agradeço a Jolie Christine, minha amiga e parceira de crítica. Você foi de grande ajuda durante minhas revisões. Agradeço a Julian Winters e Roshani Chokshi pelo gentil apoio ao longo do processo. Agradeço a Judith Frank, da Amherst. Você me deu espaço para trabalhar neste livro quando não precisava. Agradeço a minha amiga Ariella Goldberg, que me ajudou com o prólogo quando me senti travado. Agradeço ao meu irmão, Alvin, por sempre estar presente e por dar apoio às minhas histórias. E agradeço aos meus pais. Desde o início, vocês sempre acreditaram em mim.

**Confira nossos lançamentos,
dicas de leituras e
novidades nas nossas redes:**

🐦 editoraAlt
📷 editoraalt
📘 editoraalt
🎵 editoraalt

Este livro, composto na fonte Fairfield,
foi impresso em papel Lux Cream 60 g/m² na gráfica AR Fernandez.
São Paulo, Brasil, setembro de 2024.